石田衣良系列

IKEBUKURO WEST GATE PARK

池袋西口公園

石田衣良 (ISHIDA Ira) 著

常純敏 譯

木馬文化

國家圖書館出版品預行編目資料

池袋西口公園／石田衣良著；常純敏譯. --二版. --新北市
木馬文化出版：遠足文化發行, 2016.10
譯自：池袋ウエストゲートパーク
面； 公分. --（石田衣良系列；1）
ISBN 978-986-359-307-2（平裝）

861.57 105017631

石田衣良系列

池袋西口公園

IKEBUKURO WEST GATE PARK

作　　者　石田衣良（ISHIDA Ira）
譯　　者　常純敏
總 編 輯　陳郁馨
主　　編　張立雯
企　　劃　黃千芳

社　　長　郭重興
發行人兼出版總監　曾大福
出　　版　木馬文化出版有限公司
發　　行　遠足文化事業股份有限公司
地址 231新北市新店區民權路108-4號8樓
電話 02-22181417
傳眞 02-86671891
email: service@sinobooks.com.tw
郵撥帳號　19588272 木馬文化事業有限公司
客服專線　0800221029
法律顧問　華陽國際專利商標事務所　蘇文生律師
印　　刷　成陽印刷股份有限公司
二版二刷　2016年10月
定　　價　220元
ISBN 978-986-359-307-2

〔導讀〕石田衣良的世界

新井一二三

一九九七年，石田衣良以《池袋西口公園》登上日本文壇，並獲得了該年的「ALL讀物推理小說新人獎」。至今七年，作者以及作品的發展都相當可觀。石田不停地發表多部短篇、長篇作品，二〇〇三年以《4 TEEN》一書贏得了第一二九屆直木獎，乃日本最有權威的大眾小說獎；有目共睹，他是當前在日本最活躍的作家之一。至於作品，《池袋西口公園》不僅化身爲漫畫、電視劇、暢銷DVD，而且發展成系列小說，已經有四本書問世，第五部都在雜誌上發表過了。

石田衣良於一九六〇年三月二十八日在東京江戶川區出生，從小喜歡看書，學生時代每年看一千本書，也就是每天平均二點七本；從成蹊大學經濟學系畢業以後，任職於廣告公司，跟著成爲獨立文案家；《池袋西口公園》是他發表的第一部小說。

有一次訪問中，石田說，三十七歲那年忽然開始寫小說，是受了女性雜誌《CREA》刊登的星座算命的影響。一決定要做小說家，他採取的步伐非常具體、現實：調查好各文學新人獎的投稿規定和截稿日期，並且開始埋頭寫作。

雖然最初以推理作品獲得了獎賞，但是從一開始，他就寫各類不同性質的小說；除了「ALL讀物推理小說新人獎」以外，「日本恐怖文學大獎」和以純文學作品爲對象的「朝日文學新人獎」等，石田全去投稿，而在每個地方都引起了審查人的注意。

直木獎作品《4 TEEN》是關於四個初中生的故事；他寫的戀愛小說很受女性讀者的歡迎；以金融界爲背景的小說拍成了電視劇。石田衣良的作品世界眞是五花八門。

日本小說家，《文藝春秋》創辦人菊池寬曾經說：純文學和大眾文學的區別在於，前者是作家爲自己寫的，後者則是爲別人寫的。從這角度來看，石田衣良可以說是天生的大眾文學作家。甚麼形式的小說，他都會寫，同時能夠保持自己一貫的風格。

《池袋西口公園》本來是一部短篇小說，乃池袋西口水果店的兒子，十九歲的眞島誠與當地夥伴們做業餘偵探的故事。

日文原名《池袋（IKEBUKURO）WEST GATE PARK》起得非常巧妙，特有喚起力。在東京人的印象中，池袋一貫是很土氣的三流繁華區；沒有銀座的高貴、六本木的洋氣、澀谷的時髦、新宿的次文化。連地標六十層高的陽光城大樓也蓋在巢鴨監獄舊址上，也就是第二次世界大戰後，日本戰犯被關押處刑的場所，自然不會有歡樂的聯想。但是，一改用英語把西口公園說成「WEST GATE PARK」，簡直忽而出現了全新的年輕人活動區一般，特會刺激讀者的好奇心。

那形象，實際上是作者的創造。他在訪問中說：其實對池袋並不熟悉，只是曾在上下班路上經過的地點而已；作品中，對西口一帶風化店很詳細的描寫，也並沒有根據實地採訪。如果是眞的，他想像力之豐富眞令人爲之咋舌。不過，他也承認，去哪兒都隨身帶有照相機，看到甚麼都記錄下來。

一九九〇年代以後，日本經濟長期不景氣，很多青年看不到希望，過著無爲的日子。眞島誠和他夥伴們，就是這麼一種年輕人。他母親開的那種水果店，也東京人都很熟悉的；主要生意是騙醉鬼的錢。

高中畢業都不上學、不上班的兒子誠，從主流社會來看是個小流氓，理應缺乏正統、健全的倫理觀念。然而，一面對夥伴們或社區的危機，他卻表現得非常精明、勇敢，甚至像個英雄——雖然是三流繁華區的。

《池袋西口公園》最大的魅力，是作者以寬容、溫暖的文筆描寫著這批年輕人。作品中，幾乎沒有一個人是健康、幸福的。家庭暴力、校內暴力、神經失調、援交、亂倫、嗜毒、賣淫、非法外勞、不孕症……，大家都有過不可告人的悲慘經歷、精神創傷。他們之間的來往，當初只有兩種：要麼是同病相憐，或者是徹底對抗。但是，隨著小說系列化，眞島誠他們幫助的對象也開始包括老年人、殘障人、小孩子等等的社會弱者。故事一方面保持著青年黑暗小說的架構，另一方面獲得社會、人情小說的味道。石田衣良的手藝眞不簡單。

他說：二十多歲時候，曾經有一段時間情緒低落，把自己關在房間裡長期沒出來；後來經過自我訓練，逐漸對社會適應了。我們從他作品看得出來，因爲有過痛苦的經歷，他是特會理解別人之苦楚的。

自從一九八〇年代，日本社會進入後現代階段。純文學等傳統文藝形式對年輕一代人不再有大影響力了。反之，漫畫、卡通、電腦遊戲等成爲年輕人共同的文化經驗。在文學領域，內容、情節類似於漫畫的「公仔（character）小說」流行於年輕男女圈子；其特點是，讀者認同於登場人物，像網絡遊戲一般地投入於故事發展中。

雖然石田衣良是擁有多數大人讀者的傳統小說家，但是他代表作《池袋西口公園》對年輕人的影響之大，倒仿佛「公仔小說」。他們以英文短稱「IWGP」言及作品；認同於眞島誠、安藤崇、齊藤（猴子）富士男、森永和範、水野俊司等主要登場人物之一；從電視劇到漫畫到小說，跨媒體地享受作品。

《動物化的後現代》的作者，一九七一年出生的哲學家、評論家東浩紀指出：「公仔小說」擁有資料庫形式；像某些卡通片一般，登場人物可以無限增大，情節也可以永遠發達，但是始終在一個關閉的故事空間裡。作爲大都會青春推理小說出發的「IWGP」系列，似乎在走這一條路。

例如，石田衣良的另一部小說《紅・黑》的別名是「池袋西口公園外傳」。在池袋發生的賭場利潤搶奪案小說，不是由眞島誠講述的，而牽涉到他老同學，缺左手無名指頭的黑社會成員齊藤（猴子）富士男。作者說，因爲他想多點寫猴子，一時離開《池袋西口公園》而另寫了《紅・黑》，但始終在「IWGP」世界裡。

石田衣良寫的小說，除了「IWGP」之外，《4 TEEN》也以月島爲背景，用巧妙的文筆寫下了現代東京的都市景觀。這一點非常有趣。因爲他說，曾看過的幾萬本書當中，對他印象最深刻的日本小說家是永井荷風和川端康成。眾所周知：荷風是酷愛東京的老一代文人，尤其對江戶遺風愛得要死。川端也有一段時間熱心地描寫過淺草——當年東京最繁華的鬧區。

總之，關於石田衣良作品，我們可以從好多不同的角度討論下去。不過，他畢竟剛出道不久，年紀也不很大（常帶韓國明星般的笑容出現於各媒體），今後會發表好多作品；目前下任何結論都太早了。無論如何，對一代日本年輕人來說，「IWGP」無疑成爲他們永遠不會忘記的青春插話了。看完了這本書，我相信你也一定會同意。

二〇〇四年八月十日
於東京國立

〔導讀〕作家貴公子

曾志成

作家如果也有階層，石田衣良顯然屬於「作家貴公子」這一階層。貓般的男人，是我對石田衣良的第一印象，石田氏招牌瞇瞇眼以及溫文儒雅表情，不知迷死了多少日本讀者。連最近超人氣年輕實力派男優妻夫木聰都跳出來說自己是石田粉絲，可見石田衣良小說風靡已成爲文學界年度流行話題。

三十七歲那年，石田衣良意外獲得《オール讀物推理小說新人賞》副賞（オール讀物：文藝春秋出版社發行的文藝誌。オール讀物推理小說新人賞：該雜誌推理小說部門的公募新人賞），應募代表作《池袋西口公園》（池袋ウエストゲートパーク）一舉成名，該作品被改編成電視劇後，石田衣良開始走紅日本文壇。該賞獎金五十萬日圓，全葬在一次搬家費用。

石田衣良生於東京下町江戶川區，身體流淌著不安定血液，離家獨居以來，曾在橫濱、二子玉川、月島、町屋、神樂坂、目白等地多處遷徙，樂此不疲。石田衣良的作品中充滿了東京某町的特殊情懷，即使不是出生之地，在他居住一段期間後，町所屬的氣味自然融入，成爲作家的血肉。石田衣良帶著NIKON F80相機恣意捕捉各町樣貌，池袋與秋葉原便在隨機狀態下被收入文字之中，發展成看似獨立實則相連的「池袋西口公園系列」。

以眞實街景爲小說舞台，描繪青少年主人公變異的成長，青春期的苦澀空洞一直是石田衣良關注的焦點。二〇〇一年出版的《娼年》，石田衣良便透露：「要是誰說自己二十歲時活得非常快樂，這種人的話絕不可信！」

活在青春陰影之中，石田衣良從成蹊大學經濟學系畢業後，患有輕微對人恐懼症，放棄投靠朝久晚五上班族行列。二十五歲以前的石田衣良玩過股票，幹過地下鐵工事、倉庫工人、保全人員、家庭教師。全憑自我意志，三十歲後正式進入廣告界就職，結束青春放浪生活，成爲一名靠寫字維生的廣告文案。

寫字工作輕而易舉，獨立門戶後石田衣良搖身一變成爲廣告文案蘇活族，每天只需在家工作兩三小時，生活便可無憂無慮。但年輕時肉體勞動的烙印沒有因此消失，中年的石田衣良突發奇想動筆寫小說，單純只爲緬懷自己的憂患青春期。

以作家風格來論，石田衣良不擅長灑狗血。過了血氣方剛之年，得到優渥生活保障後才動筆寫小說的石田衣良，沒有憤世忌俗，下筆冷靜，保持中立眼光觀看生活週遭。面對單刀直入的戀愛題材，石田衣良以過盡千帆的哀愁詮釋「大人（おとな）戀愛」（成熟、穩重的戀愛）。

與石田衣良初次相遇，短篇小說集《Slow Goodbye》（スローグッドバイ）正好擺在池袋東口淳久堂書店一樓的醒目位置，這本被譽爲「珠玉短篇」的小說吸引了我。那時我的日本語還停留在「讀不太懂小說」的階段，沿著石田衣良的文字軌跡，逐字讀完其中某篇，文字意象鮮明地鑲在腦海。看似平凡的愛情逐漸壯大起來，石田衣良的文字簡單冷調柔軟易讀，使人無防備地一頭栽進他所設計的二十代（二十歲以上未滿三十歲的年齡層）男女愛情物語陷阱。與《Slow Goodbye》一樣處理戀愛題材的新作《一磅的悲傷》（1ポンドの悲しみ），主人公設定轉移到三十代都會男女，石田衣良以這兩本作品劃出日本都會二十代與三十代男女的愛情代溝。

乾淨冷調，是許多人讀完石田衣良小說後的讚嘆。即使像《娼年》處理男妓題材，文字一點也不猥褻，反而異常透明美麗，這跟石田衣良文字被喻爲POP文體脫不了關係。POP文體以輕口吻描述重口味，但此文體輕的有趣的文字卻有著壓倒性力量，現代日本文學在眼前這一代慢慢起了變化，石田衣良的寫作風格符合了當今文學潮流。

從東口淳久堂書店出發，穿過一個長形地下道就可抵達西口，池袋的精采在東口西口北口交織的三角地帶匯集。其中所屬的中心地帶要算是池袋西口公園了。這裡是石田衣良「池袋西口公園系列」的另一部磅礡小說的發展場。

曾在池袋混過半年日本語言學校的我，對池袋環境再熟悉不過，常在語言學校早課過後，帶著一杯咖啡跟一塊麵包呆坐在池袋西口公園噴水池旁，觀看人來人往。東京的都市發展史上，池袋與澀谷並列爲七〇年代東京若者（young people）之町，混雜程度與新宿不相上下，新宿與澀谷已被太多作品描寫過，從池袋發跡的青少年次文化，與其獨特的幫派械鬥系譜，在石田衣良筆下逐一展開的同時，池袋的特殊氣味有了象徵性意義。《池袋西口公園》系列不僅是石田衣良代表作，更是一窺池袋次文化的最佳窗口。

池袋西口公園的臥虎藏龍，表面上無法察覺，《池袋西口公園》彷彿把藏在池袋內裡的祕事掀了開來，身爲讀者的我對池袋的移情從這一刻開始作用。曾到過的熱鬧商店街，穿越過情人旅館小巷，活生生觸及的池袋路人甲乙丙丁，隨著主人公眞島誠的帶領，跌進了一個人情味四溢的未知推理世界。

活躍在這部青春小說裡的主人公雖然邊緣，卻散發著正義感與人性純粹光輝，石田衣良青春小說的迷人之處就在於此。流連於池袋街頭的邊緣族群：風俗孃（風塵女子）、流浪漢、非法滯留的外國人、流氓組織、整天無所事事青少年，在這個活動場域交織出彼此共通的生命樣貌。《池袋西口公園》系列試圖以更新鮮的敘事方式，處理少女賣春、不登校（翹課）、嗑藥、同儕虐待事件等等當今日本青少年問題，這些正是我所親眼目睹並理解到的東京盛場（盛場：都會鬧區）文化，非常重要的關鍵部分。

石田衣良並非少年得志，缺乏作家在成名前「十年寒窗苦寫無人問」的悲苦經歷，中年初試啼聲便贏得眾多喝采與文學賞肯定，石田衣良作品廣泛被日本讀者接受的程度遠遠超乎作者自身想像。《娼年》、《池袋西口公園之三：骨音》先後被列爲直木賞候補作品，《4 TEEN》終於如願摘下第一二九回直木賞，並已改編成電視劇上映。受到直木賞三度眷戀的石田衣良，作品文字仍然輕盈，口味卻要愈來愈多樣，避開冷僻純文學，朝大眾作家之路邁進。

●石田衣良相關網站

http://www.kisschoco.com/rougenoir/noframeindex.html

目次

池袋西口公園

我的PHS背面貼了一張大頭貼。褪色的貼紙上，我和四個死黨全擠在狹窄的框框內。框框的圖案是綠色叢林，爭奪香蕉的潑猴們在叢林裡盪來盪去。這和我們的世界也沒啥兩樣。貼紙裡的我們彼此緊貼著臉頰，表情像是剛聽了全世界最好笑的笑話。當然，那時小光和理香也在。究竟是什麼事那麼好笑？我已經記不得了。也有人問我，那麼舊的大頭貼究竟要貼到何時？我總是以「夏日回憶」或「光輝歲月」等理由敷衍了事。但是，眞要問我原因，其實連我自己也搞不清楚。

我的名字叫眞島誠。去年剛從池袋當地的高工畢業。這可是很跩的唷！我們學校有三分之一的學生在畢業前就會被退學。少年課的吉岡還說我們學校是黑道的預備軍，搶劫、嗑藥、鬥毆，什麼都來。素質好的，馬上就被黑道大哥挖角。其中甚至還有連黑道都不敢接收的危險分子，例如山井。我和山井的孽緣從小學就開始了。那傢伙塊頭很大，方方正正的，脾氣暴烈，甚至連頭髮都硬得很。你們就把他想像成上頭插著一萬根金色的鋼絲、一百八十五公分高的電冰箱吧！記得別忘了在耳環與鼻環間繫上惡犬專用的鏈子。據我所知，山井的戰績是四百九十九勝一敗。關於這一敗的精彩祕辛，我會在後面的故事告訴你們。

山井的綽號來自於國二夏天發生的某個事件。山井和班上某位同學打了個無聊的賭，說要和經常出現在東口區立綜合體育館的大型杜賓犬一較高下。山井認爲自己會贏，另一個同學說不可能。於是，大家就用買麵包的零用錢分別下注。星期六，山井和一大票同學浩浩蕩蕩地走出校門，朝體育館前進。那隻狗果然在。狗的飼主是個老爺爺，遠遠地坐在體育館前廣場。杜賓犬一邊嗅著長椅下的異味，一邊四處亂晃。山井左手拿著一塊生牛肉，向狗遞了過去。狗高興地搖著尾巴跑向山井。山井右手握著武器，一根插著五寸釘的木棒像廉價的葡萄酒開瓶器一樣呈T字型。我在實作課時曾看見山井用砂輪機磨尖他的武器，五寸釘尖端還不時噴出火花。杜賓犬一邊流著口水，一邊奔向山井。山井迅速收回牛肉，並將右手向前擊出。五寸釘深深埋入杜賓犬窄小的額頭。在遠處觀望的我，甚至連一點聲音都沒有聽到。只看見山井的右手轉了一圈，將五吋釘深深旋入後，才拔出來。狗立刻倒臥在山井腳邊。額頭幾乎沒流一滴血。杜賓犬口吐白沫，全身痙攣不已。耳邊傳來有人嘔吐的聲音。我們迅速地逃離廣場。

星期一開始，那傢伙的綽號就變成「杜賓殺手山井」。

高工畢業後，我就在家裡當米蟲。因爲找不到像樣的工作，也沒有那種心情。連打工都懶得去，一點幹勁都沒有。沒錢的時候就在老媽的水果行幫忙，賺點零用錢。

說好聽是水果行，但和銀座那種光鮮亮麗的水果專賣店可差遠了。我家的店面在池袋西一番街。在地人光聽地點大概就知道我的意思了。我家旁邊開的都是色情理容院、成人錄影帶店和燒肉店。老媽就這麼一直守著水果店，但至少還是個店面，怎麼說都比死去老爸留下的水果攤格調高一點。店門口淨擺著哈密瓜、西瓜、剛成熟的枇杷、桃子、櫻桃這類高單價水果。以出手大方的酒醉上班族爲目標客戶，營業到最後一班電車發車爲止。不管是哪個車站，附近都一定會有這樣一家店。這就是我家。從水果行走到西口公園只要五分鐘，其中有半分鐘是在等紅綠燈。

去年夏天，每當我或其他死黨口袋有點小錢時，大部分的時間都泡在池袋西口公園的長椅上。就這麼坐著發呆，等待事件發生。反正今天沒事幹，明天也沒計畫，只是不斷重覆著無聊的二十四小時。但是，即使是這樣的每一天，還是可以交到好朋友。

那時，阿正是我的死黨。阿正就是森正弘。和我讀同一所高工，最後奇蹟般吊車尾擠進四流大學的天才。但是，阿正幾乎不去學校報到，總是和我在西口公園閒蕩。他的理由是和我在一起比較容易泡妞。阿正老愛大剌剌地展露在美容沙龍曬得黑亮的胸膛，左耳還穿了三個耳洞。去年六月的某個下雨天，我們在西口的丸井百貨避雨。沒錢的話，下雨就很傷腦筋，因爲沒地方可以去。我們兩人一毛錢都沒有，也沒辦法買東西，只能漫無目的地在店裡閒逛。晃到位在地下室的書店 Virgin Megastore 時，無意間看到一個有趣的景象。在寫眞集和美術書籍的高價區，有一個戴眼鏡、身材瘦弱的矮冬瓜，正偷偷把一本大部頭的書塞進單肩手提包內。之後，矮冬瓜若無其事地越過收銀台，搭手扶梯到一樓，再從丸井百貨的正門離開。我們也一路跟著他。在通過十字路口，到達東京藝術劇場前的廣場後，我們從後面叫住矮冬瓜。那個小傢伙還嚇得跳起一公尺那麼高。嗯，好的開始！不知道從這傢伙身上可以撈出多少油水呢？我們三人一起走進附近的咖啡館。

從結局來說的話，我們半毛錢也沒撈到。只喝了免費的冰咖啡。小鬼的名字叫水野俊司。他偷的書聽說是法國漫畫家的畫冊。小俊剛開始很沉默，但話匣子打開後又喋喋不休。原來他是從鄉下來的，三個月前剛考上設計專門學校。在學校幾乎不和任何人講話，也沒有朋友。他說學校同學都是笨蛋，上課也很無聊。

說話又快又急，但是兩眼卻呈現呆滯無神的樣子。這小子沒搞頭！我和阿正交換了一個眼神。眞是倒楣斃了！恐嚇這傢伙看來也沒什麼好處。小俊從袋子裡拿出素描本，給我們看他的畫。畫得還眞好。但又怎樣？不過是張畫而已。我們離開咖啡館後就分道揚鑣了。

第二天，我和阿正在西口公園長椅坐下後，小俊就走過來默默地坐在旁邊，然後拿出素描本開始畫畫。隔天也是。就這樣，小俊成了我們的同伴。

週末深夜才是池袋西口公園展現眞實面貌的時候（我們耍帥時都叫它 West Gate Park）。噴水池周圍的圓形廣場變成泡妞競技場。美眉們坐在長椅上，而帥哥們則繞著圓圈一一向前搭訕。看對眼的就一起離開公園；不管是要喝酒、唱卡拉OK、甚至上賓館，公園附近都有。噴水池前面擺著數台大型手提音響，舞者們隨著震天價響的貝斯聲練舞。噴水池的另一端則是玩音樂的地盤，他們坐在地上，抱著吉他嘶吼高歌。在最後一班公車離去後的終點站，來自琦玉的車隊將車輛排成一列慢慢移動，透過汽車廢氣向女孩們搭訕。喂，要不要和我們去玩啊？公園旁的東京藝術劇場晚上雖然沒有營業，但前面的廣場則成爲了另一個遊樂場。滑板族和越野車愛好者的集團相互表演較勁。西口公園內，各族群間都有一條肉眼看不見的界線，而武鬥派的G少年就像嗜血鯊魚般在界線附近徘徊。公園角落的公共廁所則是交易中心，大家整晚在此進行買賣。賣家進入廁所五分鐘後，穿著泡泡襪的辣妹也和賣家一同在男廁內消失。

接下來的每個星期六，我們整晚都窩在西口公園打發時間。有時向美眉搭訕，有時被美眉搭訕。有時找別人碴，有時也被別人找碴。但是，大部分的夜晚什麼事也沒發生。在等待之間，夏夜結束，太陽從東方升起，第一班電車出發。即使如此，我們仍窩在 West Gate Park 裡。

因爲也沒有其他事可做啊。

第一次見到小光和理香也是在那樣的週末夜晚。那天晚上，我們意外地手上有點小錢，而阿正的泡妞計畫意外地四處碰壁。眼看夜晚就要結束，阿正焦急地向在場的每位女生搭訕，似乎只要對方是女的就好。我呆呆地看著噴水池內不斷升起落下的水柱。小俊在街燈下，和平常一樣在素描本上畫畫。忽然，我們前面出現四條腿。四條腿都穿著當時最流行的白色皮製涼鞋，鞋跟少說也有十五公分那種。其中兩條腿白皙修長，另外兩條比較短，但曬得很均勻，看起來肉感十足。

「你在幹什麼？」

膚色較黑的女生伸頭望向小俊的素描本問道。珍珠色的細肩帶洋裝。短髮、大眼，加上猴兒似的小臉蛋。個頭不高，但是長得蠻可愛的。大概十六歲左右吧！？

「嘩，好厲害！畫得超～讚的耶。」

眞搞不懂為什麼年輕女生說話總是這麼吵？連笑聲聽起來都像警鈴。

「喂，妳們兩個！吵死啦！」

我忍不住開口，結果白皮膚的女生也回我一句：

「幹嘛那麼兇？我們不過是看看而已嘛。」

白皮膚的身材較高，穿著露肚臍的黑色緊身T恤和迷你裙，胸部特大，豐滿而高聳，就像《少年漫畫》月刊裡的廣告女郎。眼神交會時，發現她的瞳孔竟然是淡棕色的。這小妞難道是混血兒？

「哎呀，兩位先生小姐～放輕鬆點咩。小俊，你就幫這兩位小姐畫張畫，當做咱們的見面禮唄。反正你的畫也只有這種時候能派上用場嘛！」

阿正發現我在和女生說話後，立刻跑回來湊熱鬧。他似乎看上她們兩個了，特別是白皮膚的那一個，不斷地拍她馬屁。不一會兒，小俊畫好了。畫紙下方有一個黑皮膚的女生站在西口公園的石磚上。一對貓耳加上一條小尾巴。玉腿性感撩人地打橫伸展，還擺著招財貓的姿勢，甜甜地笑著。畫紙上方也有一個女生，背上長著雪白的天使翅膀，在空中飛翔。投向遠方的視線，看似悲傷的側臉。我看了小俊的素描才發現，原來白皮膚的那個長得非常漂亮。女孩們看了小俊的畫後顯得十分歡喜。我們五人接著就到附近的卡拉OK唱歌。因為天快亮了，肚子也餓了。我們接連唱了許多經典芭樂歌曲。自我介紹後才知道白皮膚高個子叫涉澤光子，黑皮膚矮個子叫中村理香。小光要我們絕對不可以叫她光子。雖然覺得有點奇怪，但是曾經有個埼玉的醜八怪也要我叫她珍妮佛，所以當時我沒再追問。等我明白小光爲何厭惡自己的名字時，已經是後來的事了。

那時一切已經來不及挽回了。

之後，小光和理香每天都會來 West Gate Park。她們讀的大小姐學校正在放暑假。我們五人總是一起玩。剛開始，小光每次都會送我們其中某人禮物。首先是送小俊德國製水彩鉛筆，說是素描的謝禮。精美的木箱內整齊排列著六十四色鉛筆，令人看得目不暇給。我從沒見過那麼高級的水彩鉛筆。接著又送阿正鑲了藍寶石的22K金耳環，說是向家裡開金飾店的女同學買的瑕疵品。最後是我「Nike Air Jordan 95年第十一代紀念款」。誠誠穿這個一定很配。咱們的頭頭果然還是打扮得帥一點比較好嘛。不用擔心啦，我剛好有親戚專門在進口運動商品，一點也不貴唷。小光天使般地笑道。我勉爲其難地收下禮物。

之後，我私下問理香。

「小光她一直都是這樣嗎？」

「嗯，她平常就是這樣。如果是她喜歡的朋友。」

「小光家是有錢人嗎？」

「對呀，聽說她家世世代代都很有錢喔。」

「她老爸是幹什麼的？」

「好像是大藏省（譯註：財政部）的大官。」

第二天，我打PHS約小光出來，我們約在東口的P'PARCO百貨。我坐在門口旁邊的花叢等她。從池袋狹窄的天空可以看見積雨雲。小光在我們約定的時間出現。白色的無袖連身洋裝配上白色的長靴，就像是把安室奈美惠拉高一點、漂白一點、再性感一點的感覺。但這樣不就完全變成另一個人了？我知道四周男人的眼光都沿著她的身體曲線上下游移。等小光在我旁邊坐下後，男人們的視線又一齊轉了開去。

「和誠誠這樣單獨見面，還是第一次呢。」

「是啊。」

「你有話要說是吧？這裡好熱，我們在附近找家店再說嘛，我請客。」

「不用啦，是我叫妳出來的，我請就好了。」

我們走進附近的麥當勞，點了兩杯冰咖啡，在二樓靠窗的位子坐下。透過窗戶，可以看到池袋車站前面的人潮。

「那，你要跟我說什麼？」

「禮物的事。」

小光一副不可置信的表情，她沉默不語。

「妳已經送過我們每個人禮物了，對吧？所以，送禮就到此爲止。懂了嗎？」

「啊～人家不懂啦！」

小光忽地嘟起嘴，眼睛朝上閃著淚光。這傢伙該不會要哭了吧？

「小光，我跟妳說，收了別人的禮物就必須回報人家。還有，如果一直收到禮物，下次見面時就會有所期待。」

「那又怎樣？大不了小光下次再送就是了嘛。」

大滴大滴的淚水從小光的眼眶滑下。坐在旁邊的男生瞅了我一眼，我當然也不認輸地瞪回去，那小子趕緊轉開視線。

「聽我說，小光。我們又不是牛郎。即使女生不給我們錢，只要看對眼就可以一起玩。所以，送禮就到此爲止。知道了嗎？」

小光的表情豁然開朗，破涕爲笑。這小妞眞是說變就變。

「喂，最後那句再說一次好不好？」

「送禮……」

「不是這句，是前面那句。」

眞拿她沒辦法，我只好再說一遍。

「只要看對眼就可以一起玩。所以囉，別再哭了。」

小光的臉上恢復了雨過天晴般的笑容。

我們走出麥當勞。在車站前的行人交叉穿越道等紅綠燈時，小光在我的旁邊低頭問道：

「喂，誠誠，如果有人生日，或者有什麼好事的話，也不能送禮物嗎？」

「嗯……眞是拿妳沒輒。如果是這樣的話就OK囉。」

綠燈時，小光猛然向前跑去。兩手像機翼般平張開來，在人潮裡左右旋轉。我呆呆地看著她。跑到對面街道後，小光回過頭來，兩手圈成擴音器狀對我喊道：

「誠誠果然是最棒的呢！明天再一起玩唷！」

唱卡拉OK、逛夜店、上電玩中心、打架、偷竊CD或衣服、用偷來的手機亂打國際電話，從電話交友中心約歐吉桑出來加以取笑。我們的玩樂方法實在有夠無聊。那時候爲什麼會玩得那麼開心呢？我到現在還覺得有點不可思議。不過，快樂的時光並沒有持續太久。

八月的第一週爆發了連續絞殺高中女生未遂事件。大家都叫那人「池袋絞殺魔」，還在雜誌和電視引起一陣討論，所以相信你們應該還記得吧？第一個被害人是東京都立高中的二年級學生。被害人在池袋二丁目的賓館「ESPACE」被發現時呈昏迷狀態。女生被灌了某種迷藥後，被繩子勒住頸部再被加以強姦。兩週後，在車站另一邊、東口附近的飯店「2200」裡，一個沒工作、剛從高中休學的女生也在昏迷狀態下被人發現。雖然兩人送醫後都已恢復意識，但是對於施暴罪犯都三緘其口，似乎是受了絞殺魔嚴厲的威嚇。池袋街上到處都是穿制服的巡邏警察和便衣刑警（穿得遜斃了），對我們而言實在很礙眼。

後來，有一家週刊雜誌揭露了被害女高中生不爲人知的內幕。標題是「女學生賣春的陷阱」，內容包括同學間流傳她倆從事援助交際、朋友大爆兩人的行情、附近的家庭主婦開心地講述她們破碎的家庭環境。甚至連兩人利用援交所得採購的名牌也被列成清單，成爲該期雜誌的頭條。接著，每家傳媒都開始寫些有的沒的，愈說愈過分。有人說她們是收了特別費用才讓客人勒頸。這就是玩屍姦遊戲的下場。甚至還有SM評論家在電視上解說家庭內的安全SM遊戲。

在媒體開始大幅報導絞殺魔事件的時候，理香和小光的樣子也有了異狀。有時兩人好像爲了什麼在爭執，但我們一接近又假裝沒事的樣子，或者半夜離開卡拉OK後就再也沒回來。我當時以爲是女孩子家的私事，就沒加以理會。

某個星期天下午，除了小光以外，我們四人和平常一樣聚集在西口公園的長椅。小光數月前就和她老爸約好去藝術劇場聽古典音樂會。她說結束後再和我們會合。

阿正仔細地檢查他的髮型，小俊默默地素描。和平常一樣的星期天。補好妝的理香走到我面前。

「喂，誠誠。我有件事想跟你商量……」

「好啊，說吧。」

「在這不大方便耶……」

「什麼嘛，只能跟阿誠說的祕密喔！」

阿正插嘴道。

「對啦，是個大祕密，才不告訴阿正你哩。」

「哼，誰希罕。大家開口閉口都是阿誠，煩都煩死了啦！」

小俊似乎發現了什麼，揮手站了起來。

「喂～這裡、這裡。」

小光的身影出現在東京藝術劇場的長手扶梯上。她穿著露肩的深藍色禮服，就像婚宴時穿的其中一種，跟阿正的藍寶石耳環一樣閃閃動人。挽起頭髮的小光十分美麗，但樣子看起來怪怪的。走起路來像洋娃娃一樣生硬。小光在劇場前面搖搖晃晃地穿越被大批盛裝賓客擠滿的廣場，直接朝我們走來，就這樣一屁股在長椅前蹲下。臉色蒼白，失去血色的裸肩泛著青灰色。小光當場略微嘔吐了一陣，透明的唾液在石磚上牽出一條絲。

「妳還好吧，小光？」

我們扶著小光在長椅上坐下，理香輕撫小光的背部。

「喂，小俊。你去幫小光買杯熱咖啡。」

「怎麼了？小光，妳沒事吧？」

理香顯得有些慌張。

只見小光喘了好一陣子，隔了許久才開口：

「嗯，沒事了。因爲安可曲演奏了我最討厭的曲子，所以感到有點不舒服。」

「那是什麼曲子？」

小俊邊問邊將紙杯咖啡遞向小光。

「謝謝。柴可夫斯基的〈絃樂小夜曲〉。」

我當時就想：小光果然是位大小姐啊。聽起來像是另一個世界的故事。

「啊，小光的爸爸！」

我們同時順著理香的視線望去。一位身材高大的男子站在那裡，深色西裝配上銀色領帶，臉上戴著無邊眼鏡，頭髮半白，感覺有點像電視新聞主播。眼睛和小光很像。小光的老爸用下巴向我們點了點頭，接著便朝劇場通的方向離去。

「喂，理香，妳剛剛要跟我商量什麼？」

「啊，那個啊，反正小光現在也不大舒服，就下次再說吧！」

「沒關係嗎？」

「嗯，沒關係，沒關係。」

理香笑嘻嘻地答道。但是，根本就是有關係。我清楚記得理香那時的笑臉。如果那時強迫她說出來就好了。因爲，我永遠都沒有機會聽她說了。

隔週的某個晚上，我在家顧店時，PHS 忽然響起來。

「喂？阿誠？我阿正啦。不得了了……」

阿正的聲音倏然中斷，接著傳來一陣窸窸窣窣的摩擦聲。

「喂？電話換人了。是我吉岡。警方今天傍晚發現了中村理香小姐的遺體。你現在可以來池袋警察署嗎？我有事想問你。」

「知道了。我馬上到。」

「對了，你今天一整天都在做什麼？」

「今天整天都在看店喔，你這是在懷疑我嗎？」

「沒的事。不過，不怕一萬，只怕萬一嘛。」

的確，理香就是好死不死的遇到了這個萬一，真是世事難料。

「還有，這件事暫時先別跟任何人說。」

「知道了，五分鐘就到。」

「我等你。」

我掛斷 PHS，走到二樓，告訴正在看電視的老媽說要出去一下。我跑下一樓後，老媽的聲音從背後傳來：今晚也不回來嗎？電視新聞裡，女性播報員滿臉驚恐地走在池袋西口的賓館街，就在我家後面不遠的地方。

池袋警察署在藝術劇場的後面、大都會飯店的隔壁。我在滿是醉漢和情侶的池袋夜裡疾速奔馳，闖紅燈穿越六線道的大馬路。腦中一片空白。高中體育課之後，就沒有再這樣跑過了。但是，腿部肌肉依舊輕盈地鼓動著，夜風輕撫著我的身體。

到達池袋警察署後，直接奔上門口旁的階梯，向少年課的警衛報上吉岡的大名。這天晚上整個樓層亂成一片，可能是因爲理香事件吧？吉岡從裡頭靠窗的桌子站起來向我招手。阿正坐在桌子旁的折疊椅上。他和我的眼神一接觸，就一臉快要哭出來的樣子。

吉岡慢慢地走過來，一眼不眨地看著我。

「唷～突然把你叫來，眞抱歉啊！阿誠。」

「先不管這個，你說理香到底怎麼了？」

「嗯，你跟我來吧。」

吉岡率先向前走去。這傢伙身材矮小，頭髮稀疏油亮，膚色黝黑，廉價西裝的肩頭上沾滿了頭皮屑。我默默跟在他後頭。他帶我到同一層樓的角落，走進最後一間偵訊室。G少年稱這間偵訊室叫「大房間」。若不是幹了什麼驚天動地的大壞事，聽他們說是沒資格到大房間的呢。吉岡隔著桌子在我對面坐下，前面牆壁從胸部以上是一面大鏡子。

「從現在開始，你所說的每一句話都將成爲呈堂證供。仔細回想事情經過，老老實實地回答我。知道了嗎，阿誠？」

吉岡的聲音和平常判若兩人。像是對著鏡後的某人，而不是和我說話。吉岡問我今天一整天的行動。早上幾點起床？中午吃了什麼？午餐時看了什麼電視節目？電視節目的主持人田森說了什麼？從幾點開始看店？有沒有熟人來買東西？今天一共賣了多少個哈密瓜？我絞盡腦汁地回答他的問題。今晚的吉岡和平常不一樣。從十三歲把同學的頰骨打凹開始，到現在已經五年了，我也早就習慣了吉岡的偵訊，吉岡當然也知道這點。但是，鏡子後的那些傢伙並不知道。

「和中村理香最後一次見面是什麼時候？」

「上個星期天。」

「理香小姐有哪裡和平常不一樣嗎？」

「嗯……沒有。」

不知道爲什麼，我沒有說出理香想找我商量的事。結果就踩到地雷啦！

「理香小姐不是說有件只能跟你商量的特別事情嗎？」

「啊，聽你這樣一說，好像的確有這麼一回事。」

一定是阿正！沒辦法，我只好告訴他那天因爲小光身體不舒服，所以最後沒機會聽理香說她的問題。吉岡一副不相信我的樣子。之後大約一個小時，偵訊一直圍繞在理香找我「商量」的這件事上，相同的話說了不下數十次。吉岡看我的證言一直都沒有改變，就起身離開房間。偵訊到現在已經超過兩個小時。過了不久，吉岡又回到房間來。

「喂，你可以跟我說實話，沒關係啦。」

「等一下，我已經把我知道的全部跟你講了。可是，你卻一點也沒告訴我理香究竟怎麼了。至少可以透露一點內幕給我吧！」

吉岡顯得極度不爽，揪住我的領口咆哮道：

「你這渾帳王八蛋，給我放尊重點！這可是殺人事件，可沒有什麼情報要告訴你這種小混混。」

我的臉上沾滿了吉岡的口水跟煙臭味。吉岡忽然壓低聲音，用只有我一個人能聽到的音量說：

「好好的一場戲就給你這渾蛋弄砸了！再撐一下，我以後再跟你解釋。」

「眞是對不起，警察先生。」

我隨即大聲道歉。

「好啦，算了算了，你到我桌子那兒等一下。」

走出大房間後，吉岡拍了拍我的肩膀，力道比平常稍大，但我仍用高分貝的音量再一次跟他說對不起。

回到吉岡的位子時，阿正已經不在了。時間超過晚上十二點，人煙也變得稀少。十五分鐘後，吉岡走了過來。

「阿誠，你眞是無可救藥的傢伙呀。竟敢在本署搜查一課的面前問我事件的內幕？就算是明天要登在報紙上的事情，那些傢伙也是裝模做樣的列爲最高機密呢。你這個大外行！！」

「警察先生，對不起！」

我大聲回答。

吉岡苦笑。

「眞是受不了，你如果一直這麼有禮貌就好啦。肚子餓了吧？我請你吃拉麵，來吧。」

我們離開了警察署，來到西口公園後面的博多拉麵店。雖然最後一班電車已經走了，但店裡還是高朋滿座。油膩的桌椅和空氣。我們點了拉麵、煎餃和啤酒。杯子有兩個。

「你喝嗎？」

吉岡問道。我搖搖頭，吉岡就把自己的杯子倒滿，一飲而盡。

「先告訴我理香的事吧。」

「好啦，等一下。」

吉岡拿出黑色手冊，將書皮對著我，好讓我看不見裡面的字，接著開始唸道：

「今天下午六點二十分，於池袋二丁目的賓館『Knocking On A Heaven's Door』——不知道爲什麼最近色情旅館都取這麼花俏的名字——六〇二號房，發現家住埼玉縣川口市、現年十六歲的中村里香小姐的遺體。發現人是該賓館的計時清潔女工。詳細死因必須等法醫驗屍後才能確定，但推測應是絞殺致死。脖子有繩子勒過的痕跡。警方正全力追緝下午四點零三分和中村理香小姐一同進入賓館的年輕男性。」

拉麵來了。吉岡津津有味地吸吮著混濁的白色麵湯。我雖然掰開了竹筷，但是一點食欲也沒有，一口也吃不下。

「犯人果然就是絞殺魔嗎？」

「目前還不清楚，不過可能性很高。」

「監視錄影帶沒有拍到嗎？」

「如果這麼簡單就可以抓到犯人，那只要在東京設置監視器，我們警察就樂得輕鬆了。但是，像絞殺魔這件案子，犯人很巧妙地從監視器死角穿過服務台。我想那傢伙事前一定徹底研究過賓館的四周環境。不但對池袋的賓館很熟悉，腦筋也一定很好。」

我看著吉岡將餃子和拉麵塞進肚子，這時腦中浮現理香的笑臉——招財貓的姿勢。

「好啦！別再鑽牛角尖了。不過如果想起任何線索，記得要立即和我聯絡。你知道我的手機號碼吧？」

「嗯。」

吉岡喝完最後一杯啤酒。

「我回去還要繼續熬夜寫報告。眞受不了……」

我一直盯著眼前的空杯。

「還有一件事！阿誠，你們千萬不可以插手這件事喔，這個變態傢伙是屬於我們警察的獵物。」

第二天，爲了參加理香的喪禮，我們四人在西口公園的長椅集合。從池袋搭JR到川口，再從川口車站搭計程車。我們都是第一次到理香家。計程車接近理香家時，我們看到許多穿黑色衣服的人。附近是幽靜的住宅區。我們在巷口下了計程車。兩側並列著像白色火柴盒般的房子，每間房子都種著相同的紅花盆栽。但是，理香家前面擠著許多警察、電視台攝影師和記者。穿著喪服的人把臉背對攝影機排成一列，我們也走到隊伍最後等待。這是我第一次參加喪禮。老爸那次因爲年紀太小，啥也記不得了。在玄關旁簽名後，把香奠交給家屬，隨著隊伍前面的人依樣畫葫蘆，不知不覺又走出了房子。超乎想像的簡單！我只記得理香的老爸、老媽和妹妹三人顯得十分僵硬而渺小。不過才一個晚上，眼睛下方即出現黑眼圈，臉上的肉也垮了下來。還因為驚訝過度，連眼淚也流不出來。此外，一路延伸到天花板的白花所圍繞的那張遺像，是理香自己絕對不會選的照片。應該是高中入學時的照片吧。理香那時還沒有曬黑，白淨的臉龐純真地笑著。理香在家裡是什麼樣子？我實在很難想像。

到了外面，夏日午後的驕陽十分刺眼。我們在一片哭泣聲中離開了理香家。小光邊走邊無聲飲泣。攔了計程車，回到川口車站。上高架橋時，從冷氣強勁的計程車窗戶可以看見積雨雲。上半部在太陽光的照射下顯得耀眼發白。理香已經看不到積雨雲。我的腦中不斷反覆想著一句話：

我能為理香做什麼？我能為理香做什麼？我能為理香做什麼？

我們在川口車站的剪票口解散，大家幾乎沒有交談。阿正和小俊穿過剪票口走下月台。小光一直拖拖拉拉地不肯走。而我只想一個人靜一靜。

「妳也快點走啦！」

「我有點話想跟你說。」

「我不想聽。」

「理香的事也不想聽？」

如果是理香的事，當然沒理由不聽。小光和我來到車站前的家庭餐廳。在硬邦邦的塑膠椅坐下後，小光開口說：

「我想再過不久電視和雜誌也會登出來，所以就先跟誠誠說一聲。那個……理香她好像有時會去打工。阿正和小俊那裡，就由誠誠去說喔！」

「妳是指援交嗎？」

「但是，理香說她沒有眞的上床。在交友中心找到客人後，一起去唱唱卡拉OK，或是去情侶茶座，聽說只是摸摸而已。」

「但是這次……」

「是啊，如果缺錢的話，或許眞的上床了也說不定。」

碰都沒碰過的冰咖啡，杯身上開始冒出許多汗珠。

「小光，妳沒聽理香說過她有什麼煩惱嗎？上星期天她說有事想和我商量，但到最後一直沒有機會談。」

「或許是那件事吧？」

小光皺眉。

「什麼都好，說來聽聽吧。」

「嗯，聽說有個有點古怪但出手很大方的客人，理香叫他醫生。因爲理香很害怕，所以我曾陪她一起去會面的地方等。」

「妳還記得那個男人的樣子嗎？」

「嗯，記得。」

於是我打電話叫小俊過來。他人目前還在池袋，我請他立刻帶著素描本和鉛筆回到川口。可以為理香做的事，似乎有點眉目了。

小俊說這是他第一次只聽別人的口述來畫人像。我先詢問小光有關醫生的特徵，等小俊畫了一些後，再請小光確認。作業只能一點一滴地慢慢進行。不知何時，餐廳窗外已經變成了黑夜。等到完成小光滿意的肖像畫，已是三小時以後的事了。畫裡的男人留著中分髮型，是個公子哥兒，下巴尖尖的瘦削帥哥。我想這傢伙在學校的成績應該不錯。

「不好意思，小俊。你到那家便利商店把這張畫印一百張來。」

小俊跑出餐廳後，我接著撥電話給GK。

GK不是守門員的縮寫，而是指 G少年的 King 。他的本名叫安藤崇。崇仔是池袋幫派少年的首領，所有集團的國王。他是怎麼當上國王的？就靠拳頭和腦袋！我讀的高工有兩大名人，分別是「杜賓殺手山井」和「卡爾安藤」。卡爾是卡爾・劉易士（Carlton Lewis）的卡爾。山井壯碩有力、頑強不屈。

崇仔則是優美、迅速、精準而強悍。身高約一百七十五左右，比山井還矮了十公分，身形也很單薄。但是，那傢伙的手臂和雙腳卻有如擰到極限的繩索，結實而緊繃。有一次，我在池袋的俱樂部看到崇仔的夾克袖子不小心勾到杯子，結果杯子從桌上掉落。他當時正在和朋友說話，也發現掉落中的杯子，立刻將手伸向桌子下方。接著，當手再度出現在桌子上方時，杯子已經握在他的手中，飲料一滴也沒灑出來。而且接住杯子的手和不小心勾落杯子的手還是同一隻，就像魔法般迅捷。我之後和崇仔談起這件事，他告訴我從出生到現在還沒有讓東西掉到地面過。不是在掉到地上前，大家都可以先接起來的嗎？他說。

山井和崇仔的戰爭發生在高三夏天。周遭朋友知道兩人實力遠遠在眾人之上，想在畢業前確定誰才是眞正第一，所以就在一旁煽風點火。說也奇怪，當事人後來也變得騎虎難下、不鬥不行，兩人都深感困擾。某一天，山井來拜託我當見證人，他說因爲沒有其他可以拜託的好朋友。我雖然不覺得自己是他的好朋友，但對於鼓起勇氣求助的山井，我也不好拒絕，只有答應了。

隔週日，世紀對決在閉館中的體育館展開。現場觀眾大爆滿，甚至連已經退學的傢伙也趕來觀戰。賭盤賠率六比四，山井佔優勢。在木板的籃球場中心圓內，崇仔繞著山井逆時針兜圈子，同時快速而輕巧地出拳。背脊挺得直直的，只有手臂像是裝了彈簧一樣，出拳後又立刻收拳。對相同部位連續擊出三、四記鋒利的拳頭。山井雖然想要捉住崇仔，但崇仔的腳就像長了翅膀一樣。偶爾，山井亂揮亂舞的拳頭不小心擦過崇仔，但崇仔依然處變不驚，絕不出現大動作的攻擊，繼續精準而快速地出拳。我看到這個情況，就知道崇仔贏定了。

崇仔的拳頭一拳一拳地削弱山井的力量和鬥志。不過，山井就像怪物一般頑強。即使在雨點般的拳頭攻勢下，仍不斷向前挺進。但是，十五分鐘後，仍保持站立的還是崇仔。不過，崇仔的最後一句台詞是：「我永遠都不想再和你單挑了」。

「喂？」

PHS 那頭傳來崇仔不急不徐的聲音。

「是我——阿誠。今晚可不可以幫我召集各集團的首領？」

「是爲了你那夥的女生嗎？」

一如往常，和崇仔溝通總是很快。

「對！我想爲她做點什麼。我有內幕消息。」

「絞殺魔啊……」

一陣緘默。我聽著 PHS 那頭傳來的街道雜音。

「那好吧！今晚九點在大都會飯店的大廳見面。我會叫大家來。」

崇仔掛了電話。我向擔憂地望著我的小光點點頭。

夜晚的大都會飯店大廳空蕩無人，飯店服務員的視線全集中在大廳沙發一隅。G少年的幹部四人——滑板族、越野車、歌手、舞者等部的幹部各一人——再加上崇仔和我。我們全員到齊後，就搭電梯往崇仔事先預訂的會議室。

十個各依喜好打扮誇張的小鬼，挺著胸脯坐在像是長官專用的黑皮椅上，這眞是難得一見的奇景。誰也沒有開口，崇仔先和大家打招呼：

「上星期才剛開過例行會議，很抱歉現在又突然把大家叫來。今天叫大家來是爲了絞殺魔的事，召集人是坐在那兒的眞島誠。各位應該都聽過他的大名吧？也應該知道他集團裡的一個女孩昨天被殺了。那麼，阿誠，你來說吧。」

我描述了理香的事，包括吉岡的情報和援交的事，以及小光看到的「醫生」的事。我拿出一整捆肖像畫的影本，傳給大家。

「我希望藉由這次會議，請各位建立一個警衛系統，二十四小時巡邏監視各飯店和電話交友中心。同時，也希望把肖像畫發給池袋所有的少年少女。目前已有兩人身受重傷，還有一人慘遭殺害。爲了這個地區，也爲了我們自己，我想現在應該是挺身而出的時候了。」

「你可以確定絞殺魔還會繼續犯案嗎？」

一個光頭的G少年出聲了。

「不知道。但是，這個月一共發生了三起事件。我相信他最近一定還會繼續犯案。」

「你有什麼證據說那醫生就是絞殺魔？說不定只是色老頭一個！」

把長髮編成印地安頭的歌手幹部說道。

「也有這種可能。但是，我目前只有這條線索值得一試。況且我們不是警察，無論用任何手段也要讓對方招供。就算是絞殺魔，也絕對要讓他無所遁形！」

每個人依序發表自己的意見。一定要發表意見是這個會議的規則。最後，由崇仔做總結。

「好！我了解各位的意見了。從現在起一個月內，進入A級警戒狀態。二十四小時四班制，由各集團分派人手進行監視。賓館街、電話交友中心，加上情侶茶座，在以上所有的地點派駐警備人員。另外，所有池袋的小鬼每人發三張肖像畫。把這個醫生當做頭號目標，特別留意老少配的情侶。OK？這次換我們來獵捕絞殺魔。」

理香喪禮的第二天開始，池袋街頭變成了戰鬥區。警察和G少年都殺氣騰騰。報紙和電視則因爲池袋絞殺魔一案終於出現第一個被害死者而大肆渲染報導；他們似乎樂在其中，好個提升收視率的最佳題材！我則成爲獵捕絞殺魔的最高指揮，分派巡邏人員，接收各集團的訊息。同時，每隔三天和阿正、小俊在池袋叢林巡邏六小時，小光有空時也會加入我們。崇仔給我五支冒名申辦的手機，整天鈴聲響個不停。從出生到現在，我還是第一次體驗到因爲用腦過度而累得半死的感覺。

接下來的一週飛快地過去了。有用的情報很少，一直撲空，只捉到幾對正在進行援交的歐吉桑和不良少女而已。但是，負責巡邏的池袋少年少女沒人發出一句怨言，街上甚至開始出現身穿印著理香黑白大頭照T恤的青少年。頂著一頭爆炸捲髮，理香堅毅的眼神穿過髮絲，直視前方。下方以鮮血般的紅字印著「**REMEMBER R**」。我也在陽光通的路邊攤向哥倫比亞人買了一件來穿。

* * *

我和阿正、小俊趁著巡邏空檔在西口公園的長椅休息時，有兩個男人走了過來。其中一人拿著筆記本和品味極差的黑色背包，另一人則揹著附有閃光燈的大型照相機和相機袋。肥胖的筆記本一邊擦拭脖子上的汗珠，一邊向我說道：

「你好，你們認識被殺害的中村理香小姐嗎？」

我們互相交換一個眼神。阿正瞇起了眼精。不太對勁！

「不認識，那是誰？」

我配合著阿正說道。

「就是被絞殺魔殺害的女孩子呀。你們知道吧？聽說她從事過援交。運氣也眞有夠背的，只爲了買什麼名牌衣服、名牌包包而出賣靈肉，結果還被殺，眞是的！」

「好像有這回事，你們有聽到什麼傳聞嗎？」

我努力保持平靜地探問。

「沒有，這女生和之前那兩個不同，她朋友的口風都緊得很。不過呢，聽說有集體賣淫的嫌疑。」

我們的理香和集體賣淫有關？什麼跟什麼啊？我正想再從筆記本這傢伙身上套出一點情報時，阿正忽然出拳毆打筆記本。小俊對著相機吐了口唾沫後，用催淚噴霧器朝攝影記者噴去。

「開什麼玩笑！你們要是敢亂寫理香什麼，小心我殺了你們！！」

阿正怒吼道。

在路人圍過來看熱鬧前，我們就拔腿逃出了西口公園。

之後又過了兩週，依然沒有發現絞殺魔的蹤影。G少年裡的激進派分子再也按耐不住，開始以年齡差距較大的援交情侶爲目標，展開攻擊歐吉桑的遊戲。話說回來，這也是沒有辦法的事，自作自受嘛。吉岡打我的 PHS，問我們是否在追查什麼，而搞得街頭很不安寧。我跟他說我什麼也不知道，什麼也沒有做。吉岡說逮到犯人的話，一定要交由警方處理，就掛了電話。

當時，我們正在進行深夜巡邏。我們三人沿著賓館街蹓躂。便利商店前，有幾個 G少年正坐在護欄上打手機哈啦。應該也是巡邏人員。對方用眼神向我們示意，我們也微微點頭回應。接著，我們就轉進了兩側都是賓館的窄巷。燈光昏暗，每間賓館都亮著尚有空房的藍燈。在街燈的光暈下，有兩個女生一直站在那兒。短得不能再短的迷你裙，遠看似乎是年輕女子，走近後才發現臉上化著用來掩飾歲月痕跡的大濃妝，看起來像有三十五到五十多歲。兩人看到我穿著理香的T恤。

「你們加油。要爲那個小女生報仇喔。」

我們把小俊畫的肖像畫發給她們。自從理香的事件發生以來，原本池袋四分五裂的人們，似乎又開始凝聚在一起了。

第四週的週末，一個月的巡邏活動即將進入尾聲。巡邏和跟監仍如機械式般地持續進行中。G少年一旦決定的事，就必定貫徹到底。這一晚，因爲需要値班到早上，所以我們四人晚上八點多到西口的麥當勞吃飯。我們點了一堆麥香堡、薯條和可樂。店內坐滿了人，透過香菸的煙霧，可以矇矓地看到店的另一頭。星期六的夜晚，由窗戶向下俯瞰到的池袋人潮，似乎顯得比平日更愉悅。這時，帆布背包裡有一支手機響了起來。小光跑到背包處拿出手機，試到第二支，賓果！她遞給我。

「我是阿誠。」

「誠哥，我是Killers的義和。我現在人在丸井百貨後面的情侶茶座『Mezzo Piano』前面。有個跟醫生一模一樣的男人剛帶著年輕女生進去了。」

「收到！你待在那別動，我五分鐘就到。」

我掛上電話，對大家說道：

「情侶茶座『Mezzo Piano』，走吧。」

從池袋西口圓環前的麥當勞，快步走到西口五岔路的丸井百貨只要三分鐘。穿過丸井，轉進第二條小巷子後，可以看到一個小酒館集聚的角落。情侶茶座 Mezzo Piano 就在那條路左手邊，位於一棟像鉛筆一樣細長的綜合大樓內。沒有任何看板，如果不知道那家店，很可能就這麼擦身而過了。在面向道路、有點髒兮兮的電梯前面，有一個身材矮小、看來像是十四、五歲國中生的G少年。鬆垮的牛仔褲垂在髖骨，外罩一件大得幾乎可以在裡面游泳的猶他爵士隊球衣。我豎起大姆指跟他打招呼。

「嘿~辛苦了。那傢伙是多久前進去的?」

「我想還不到十分鐘。」

「爲什麼你知道是 Mezzo Piano ?」

「因爲電梯停在六樓，而下來時裡面是空的。」

「這個大樓除了電梯外還有其他出入口嗎?」

「有逃生梯，但無論是走樓梯或搭電梯，出來一定得經過正門。」

義和回答得很篤定，好個聰明的小夥子。

「幹得好!我會跟 Killers 的首領和崇仔誇你兩句的。」

接著該怎麼辦呢?我看著小光，小光點點頭。

「現在，我先跟小光到店裡確認醫生的樣子。你們打電話給崇仔，跟他報告我們已經進去監視了。你們再依崇仔的命令行事，懂了嗎?」

我直視阿正和小俊的眼睛。小俊點點頭，阿正似乎有點不滿，但最後還是點了頭。

電梯門在六樓開啓。狹窄的走廊對面可以看見一扇灰色鋼板門，上面掛著一塊塑膠板寫著「Mezzo Piano」，就像一般公寓的大門，一點也不像是店家。我拉開門。

和走廊明亮的螢光燈相較，店裡顯得有些昏暗。用布簾隔出三個榻榻米大的狹小空間，右手邊是櫃台，裡面有一個中年男子，黑色領結配上兩撇小鬍子。我們目光交會。

「歡迎光臨。」

非常溫柔的聲音。小光和我踏入店內。

「這邊請。」

小鬍子爲我們帶路。撥開黑色布簾走入店內，八個榻榻米大的長方形空間裡共放了六組紅色天鵝絨沙發，沙發和沙發之間分別夾著小桌子。我因爲還不適應裡頭幽暗的光線，只能看見人們模糊的輪廓。我們一進去，所有的情侶就同時停止了動作。只剩下最靠近門口角落的沙發還空著，我們便在那兒坐下。小鬍子用筆型手電筒照著菜單，小光先點。

「烏龍茶。」

「再加一杯。」我說。

「馬上送來。」

小鬍子掀起布簾走出去後，隔壁二十七、八歲的上班族和粉領族情侶首先開始動了起來。女人跪在男人的雙腿間，含著上班族的老二，故意發出好大的聲音，還高高翹著屁股。男人把手伸入她的緊身裙內，捲起裙擺。粉領族的裙子裡一絲不掛，就像是故意做給對面的中年情侶看一樣，女人輕輕擺動著腰枝。小光雙手環住我的肩膀，將舌頭伸進我耳朵裡，呢喃輕語。我全身起了雞皮疙瘩。

「誠誠，什麼都不做反而會讓人起疑唷。我無所謂的，你不用介意。」

小光說完，拿著我的右手壓住無袖露背裝的胸口。裡頭沒穿胸罩！就像是充滿黏稠高溫液體的柔軟氣球，握緊後好像有什麼東西要從指縫間流瀉而出。我忍不住勃起。

一邊搓揉著小光的胸部，我一邊環視店內情況。我們正對面是一位快禿頭的歐吉桑和像是他老婆的普通情侶，兩人正目瞪口呆地看著別人。這對情侶沒問題。隔壁的上班族和粉領族，以及他們對面看來像是熟客的中年情侶也沒問題。最後就剩下最裡面的兩組沙發。在情侶茶座裡，只要不和他人眼神交會，再怎樣無禮地窺視對方也無所謂（甚至每個人都是這麼做的）。這正合我們的意。最裡頭斜對角的沙發上，兩個穿牛仔褲的學生身子緊緊相貼。過了一會兒，他們褪下了牛仔褲，然後連內褲也脫了個精光，但仍穿著白色的襪子，真不可思議！然後是最後一對，在和我們同一排的沙發上，我發現了那個男人。讓女生擺成小便的姿勢，從後面揉搓著陰蒂。女生看起來很年輕，感覺只有十八九歲。啊——啊——啊——地哀叫著。男人則像貓頭鷹般地轉頭四顧。中分的頭髮，本人比小俊的肖像畫瘦了些，臉型更顯尖削。但是，就是那個醫生沒錯。我把嘴唇貼著小光的耳朵小聲地說。小光唇邊逸出一絲嘆息。

「我們這排最裡面的情侶，仔細看清楚。」

小光臉上紅潮未退，點了點頭。像要把臉枕在我的大腿上似的，直接向前彎下身子，朝裡頭的沙發瞧去。小光用小手繼續愛撫我高高鼓起的褲襠拉鍊。過了一會兒，小光又抱住我的頭頸，在耳畔說道：

「沒錯，那個男人就是醫生喔。」

我們繼續學其他情侶調情了一會兒，之後我和小光走出門外到櫃台結帳。櫃台前的椅子上坐著三對等待空位的情侶。在電梯裡的時候，小光說這種店好像會讓人上癮，約我下次再一起來。走出電梯，綜合大樓前空無一人，就連巡邏員的人影也看不到。我立即撥 PHS 給崇仔。

「崇仔嗎?應該就是醫生沒錯，剛剛確認過了。接下來要怎麼辦?」

「先讓女人回家。我已經用汽車和機車包圍大樓附近了。我說阿誠哪，不是接下來要怎麼辦，應該是你想怎麼辦才對吧?」

崇仔之所被稱爲 G 少年的國王，並非徒有頭銜而已。那傢伙有解讀人心的能力。這也是他和山井最大的不同點。

「我想直接去確認那傢伙是不是絞殺魔。事情會因此有點難搞也說不定。麻煩你們在背後支援，別讓他跑了。」

「好，去吧!阿誠。把絞殺魔捉起來。」

我跟小光說等會兒再打電話給她，要她先回去。小光擔心地叫我別做傻事，然後朝東京藝術劇場的方向離開。我穿過小巷，在對面的護欄坐下，等醫生下樓。等待，一點兒也不痛苦。

REMEMBER R。

之後又過了三十分鐘，大約到了晚上十點左右。電梯門不知打開幾次後，摟著年輕女生肩膀的醫生出現在綜合大樓的入口。白色西裝，沒有打領帶。肩上揹著 COACH 的單肩手提包。女生的步伐搖晃，在男人攙扶下走著。他回頭確認後方沒人。我接著開始行動，穿越丸井百貨的十字路口，朝藝術劇場走去。一如往常的星期六夜晚，滑板族和越野車愛好者在劇場前的廣場進行高水準的表演。醫生穿越人潮，朝西口公園後方的賓館前進。兩人走出公園，進入藝術劇場旁的小巷子。周圍看不到任何人影。暗巷盡頭有兩家賓館，休息四千圓日幣起。

我快步越過兩人，在賓館前站定。醫生和我目光相遇。那傢伙有著演員般端正的臉龐，看來很年輕，約三十五左右，感覺像是上流女子大學的教授，但身材出乎意料地矮小，約一百七十公分出頭吧？

「你想怎樣？」

「不想怎樣，只是想確認你是不是絞殺魔。」

話才說完，那傢伙就驚慌起來，眼神游移不定。

「你說什麼鬼話，我只不過是和女朋友約會而已。如果你要搶劫，我就要叫人囉！」

女生一副睡眼惺忪的樣子，視線飄向遠方的夜空。

「想叫的話，悉聽尊便！但如果你決定不叫的話，就讓我看看那個包包。」

那傢伙猛然把女生推開。女生就這麼軟趴趴地倒在柏油路上，再也沒有站起來。那傢伙從手提包的口袋裡拿出一個亮亮的東西指向我。細細的刀刃，像是手術刀。醫生一臉快要哭出來的樣子。

「你，快滾！愈遠愈好！慢吞吞的我可不客氣了！」

「想動刀的話請便。但是你絕對逃不了的。我們的人早就包圍住四周了。」

「你胡說！」

手術刀在小巷子裡顫抖著。

「我沒騙你，不信你看看後面。」

那傢伙仍的手術刀仍指向我，只微微轉頭向後看。我將帆布背包從肩膀上滑下，握住背帶朝那傢伙的右手叩擊，動作小而迅速。背包裡有五台聯絡用的手機和我的 PHS 。第一擊把他的手術刀打飛，第二擊瞄準他的頭。二下、三下、四下！我不停揮舞著背包。那傢伙護著自己的頭坐倒在地。

「厲害！」

我的背後傳來一聲喝采。拉起背包轉頭一看，崇仔雙手叉胸站立，輕笑著。

「嗯……」

聽到醫生嘔吐般的悲鳴，我又回過頭來，崇仔的手下正把醫生踢倒。醫生臉朝下趴倒在地，他們用一條塑膠製的環狀軟線套住他的雙手雙腳。「啪嚓」一聲拉緊軟繩，那傢伙便完全無法動彈了。

「美國製品，做得挺不賴的吧！」

崇仔說道。我拾起那傢伙丟棄在路邊的手提包，打開袋口。裡面有麻繩、手術用手套、裝滿透明的不明濃稠液體的小瓶子、兩隻按摩棒、另一把手術刀、拍立得相機、計時碼錶。崇仔看著我搖搖頭。

「住手，不許看！那是我的私人物品。你們到底是誰？不是警察吧！你們這樣對我，以爲我會善罷干休嗎？」

男人像毛毛蟲一樣在地面扭動著身軀，一邊咆哮道。

崇仔拾起掉落在地面的手術刀，朝男人走去。G少年們快速地讓出空間。

「喂，你知道《唐人街》這部電影嗎？傑克尼柯遜和費唐娜薇主演的。很棒的片子，雖然我只看過錄影帶。」

崇仔在醫生的旁邊蹲下後，扯著他的頭髮把他的頭抬起來，直勾勾地盯住醫生的眼睛。

「啊，知道。導演是羅曼波蘭斯基。你們究竟想要幹什麼？」

醫生終不敵崇仔的眼神，移開了視線。

「你把一切從實招來的話，我們就什麼也不會做。你就是池袋的絞殺魔吧？對嗎？」

崇仔把手術刀尖端插入醫生左邊的鼻孔。

「我不知道！關於這件事我什麼也不想說。我應該有緘默權吧！」

崇仔把手術刀朝自己的方向倒劃出來。「噗」地一聲，像是割開厚塑膠布的聲音。醫生的鼻翼被割開，鮮血不停從傷口冒出來，發出不知所以的哀號，他的牙齒和牙齦染成了一大片紅。唾液伴隨著紅色泡泡滴在柏油路上。

「這把手術刀鑾利的嘛。你這傢伙才不配有什麼緘默權。我再問一次，你就是池袋的絞殺魔吧？」

這次我把刀子放進右邊的鼻孔裡，醫生眼眶充滿了淚水。

「我知道了，不要再割了。對，就是我做的。」

「殺理香的人也是你嗎？」

我開口問他。

「快說！」

崇仔再把手術刀深入鼻孔約兩公釐。

「不是，我沒有殺人！這只是一場遊戲。不但藥量經過仔細計算，勒脖子時也是一邊看碼錶一邊進行。殺人那種傷天害理的事，我是不會做的！」

崇仔和我對看一眼。

「眞的嗎？眞的是那樣嗎？」

我也在那傢伙的旁邊蹲了下來。

「眞的，不管你們怎麼拷問我，沒做過的事就是沒做過！與其這樣耗著，不如快點帶我去看醫生吧！不然我的鼻子就毀了。」

「不可能啦，再過一會兒，警察就會到這裡。你已經逃不掉了。」

我一邊聽著崇仔的聲音，一邊想著理香的事。這傢伙眞的沒有做嗎？或者只是爲了擺脫我們而在耍花槍呢？

「饒了我吧，要錢的話我有。一千萬也好，兩千萬也好，我可以準備你們連看都沒看過的金額。我跟那個死掉的女生根本就不熟。」

「你認識理香嗎？」

我問。

「嗯，和她援交幾次。」

「也有勒頸？」

「只有一次。不但付了錢，而且玩法也經過她的同意。」

我無話可說。男人的眼睛裡露出奇妙的光彩。

「你們對我做這種事，我不會善罷干休的。如果我被警察逮捕，我就把你們的事情通通抖出來。我要控告你們，把你們也送進監獄！這是傷害罪！」

男人開始胡言亂語，連自己身陷重圍的現實都忘了。崇仔哈哈大笑，似乎打從心裡感到有趣。

「你大概是因爲在學校功課不錯，就以爲自己很聰明吧？但是，當你被欲望沖昏頭而落入叢林時，你的好運就已經用光了。在我們這裡，像你這種豬頭就算腦袋再靈光也是逃不出去的。懂嗎？」

崇仔的臉只有嘴唇在動，甚至連看都不看男人一眼。

「囉嗦！我只要請最好的律師，很快就會被釋放。到時一定會回來找你們報仇。花錢請流氓把你們痛扁一頓……」

崇仔勾起手術刀，劃開了另一邊的鼻翼。他用左手揪住醫生的頭髮，再把醫生的臉往柏油路上敲。這都是發生在一瞬間的事。啪、咕咻。鼻樑斷裂的聲音。男人嘶吼哭泣。

「走吧，條子就快到了。」

崇仔說完舉起右手，用食指在空中畫了一個小圈圈。小巷兩旁阻擋行人進入的G少年紛紛散去。

「喂，阿誠。我們也走吧。」

「去哪？」

我低頭看著哭泣的男人。

「夜店。」

「現在去喝酒嗎？」

「你也眞是遲鈍呀，我們今天從傍晚就一直在那家店喝酒的，不是嗎？」

崇仔對我笑道。

「說的也是，我們現在其實並不在這裡。」

我也對崇仔報以一笑。

然後我們就回去了。回到原本屬於我們的地方，夥伴們等待我們的地方。

夜店的名稱叫「Rasta Love」，背後有G少年在撐腰。一個到處都是噴漆塗鴉的水泥黑箱子。那天晚上，整家店幾乎都被包下了，曾經出席會議的各幹部全員集合。持續近一個月的警戒狀態總算宣告結束，只剩下瘋狂喧鬧。隨著緩慢的雷鬼旋律，大夥喝著蘭姆酒跳舞。阿正和小俊也在場。到處都是乾杯的聲音。但是，即使灌再多酒，我的腦筋仍是清醒的。逮到絞殺魔是可喜可賀（留在現場監視的人，後來向崇仔報告那傢伙已遭到逮捕）。但是，理香的事仍在我的腦中徘徊不去。我不覺得絞殺魔在說謊，殺死理香的凶手或許另有其人。是否還有另一個變態此時正在街頭閒蕩？但若是這樣，似乎也沒有其他事是我能夠做的了。安靜地喝著酒、打發時間。在店內氣氛終於到達最高潮的深夜兩點多，我撐起沉重的身軀，打開店門正想要離去。一個G少年走過來，跟我說崇仔有事找我。我回到店後方，崇仔正被大夥包圍著。和我視線相交時，崇仔點了點頭，招手叫我。高分貝的 Sly & Robbie 音樂聲中，崇仔在我耳邊說道：

「今天辛苦了。阿誠，隨時歡迎你來擔任我們組織的幹部喔。另外……」

很罕見地，崇仔似乎有難言之隱。

「小心那個叫小光的女人。就這句話。」

我一路走回家，蓋上被子睡大頭覺。在回家的路上，崇仔那句「小心小光，就這句話」不停在腦中迴盪。那天晚上好像做了很多惡夢，雖然我一個也記不起來。

翌日星期天，我大約在中午起床。報紙社會版頭條是「逮捕！連續絞殺未遂犯」。裹在棉被裡看著報紙，自從理香事件發生後，我也養成了看報紙的習慣。現在如果參加國文考試，說不定可以考得不錯哩。

絞殺魔原來是某大學醫院的麻醉醫師。三十七歲，未婚。工作態度認眞，前途光明的菁英分子。沒想到那樣的人竟然會……，千篇一律的內容。不過，他果然仍對警方否認殺害理香。今後偵訊將持續進行。

我到了西口公園，像平常一樣在長椅上坐下。阿正和小俊走過來，傍晚的時候小光也來了。我告訴他們昨晚的經過——除了保留崇仔割破絞殺魔鼻子那段的全部經過。雖然關於理香的事大家仍無法釋懷，但對於我們靠自己的力量逮捕絞殺魔一事都感到滿足，大概就是這樣。接著，嘮嘮叨叨地繼續著沒營養的話題。好久沒有這麼悠閒的星期天下午，已經不必再去巡邏了。

隨著夕陽西沉，大樓的影子漸漸拉長。夏天也近尾聲了，我呆呆地望著西口公園的圓形廣場。在我們長椅的對面，出現了「杜賓殺手山井」熟悉的臉孔。山井拿出手機，按下號碼。小光正在和阿正聊天，手機響了起來。小光從黑色 Prada 單肩手提包裡取出手機。

「喂？我是小光……什麼？唉呦。不要隨便打來啦……有事的話我會打給你，就這樣。」

小光很快地掛斷電話。剛開始的聲音很可愛，但中途猝然發起火來。我一邊聽著小光的聲音，一邊呆望著山井。他好像也掛了電話。我當時以爲只是巧合，直到我想起崇仔的「就這句話」。

當晚，因爲小俊和阿正先前在「Rasta Love」喝到早上，我們便提早解散。小光嚷著好無聊，也回去了。分手的時候，小光用食指戳著我的胸口，說：下次再一起去那家情侶茶座吧。

我回家前先去了一趟丸井百貨地下室的 Virgin Megastore 這是我生平第一次到古典音樂賣場，以前從沒聽過古典音樂。我向穿著 Polo 衫制服、用橡皮筋綁著馬尾的年輕男店員問道：

「有沒有柴可夫斯基的〈絃樂小夜曲〉呢？」

店員帶我來到T開頭的展示架前，有一大堆的柴可夫斯基。

「卡拉揚、柯林戴維斯（Colin Davis）、巴倫波因（Daniel Barenboim）、穆拉汶斯基（Yevgeny Mravinsky），您想選哪位指揮家的呢？」

我說都可以，店員就遞給我柯林戴維斯的CD，說這個比較便宜。我在櫃台付了帳，回到家把它放到CD收錄音機裡。就這樣，當晚連續聽了那首曲子六遍。

〈絃樂小夜曲〉就像外國電影裡舞會場景所出現的音樂。像甜蜜而悲傷的華爾滋一樣。優雅的社交名媛穿著蓬蓬裙，圍成圓圈不停地跳著舞。我在第二天、第三天，從早到晚放著那首曲子不斷地思考著。理香、小光、絞殺魔、山井、集體賣淫。相同的名詞在我的腦袋盤旋不下百萬次。即使如此，我還是沒有停止思考。因爲理香已經無法再思考了，所以我應該要連她的份也一起努力。

第三天傍晚，我打PHS給崇仔。

「我想知道山井的手機號碼，你可以查得到嗎？」

「今天的天空也是藍色的嗎？別問我這種理所當然的事。」

崇仔隨即回電告訴我山井的號碼。我立刻撥去。

「喂？」

透過街道吵雜的人聲，傳來山井慢吞吞的聲音。

「唷，我阿誠。有點事想跟你說，現在有空嗎？」

「啊——」

「那麼，三十分後西口公園見。可以嗎？」

「啊——」

電話掛斷。這傢伙的話還眞多哩。

我坐在長椅上等山井，周圍開始變暗。趕著回家的上班族快速地穿越公園，因爲是非假日，G少年也不多。比約定的時間稍晚一點，就看到山井的金色腦袋出現在公園的東武百貨出口。他似乎也發現了我，直直向我走來。粗獷的黑色工作靴、迷彩褲、袖子剪斷的灰色T恤。手臂上滿是刀疤，連接鼻環和耳環的鍊條換成金的了。

「唷。」

山井在我的旁邊坐下。

「嗨。」

「什麼事？」

山井的聲音很低沉，像是用扁平的石頭在喉嚨深處磨擦。

「想問你小光的事。」

我定定地看著山井的眼睛說道。山井的表情沒有任何變化。

「你總算發現了啊。」

「什麼？」

「那個女人是屬於我的。」

「你們在交往嗎？」

我嚇了一跳。

「不是，沒在交往。但是，那個女人是我的。」

「為什麼？」

「活到現在，我第一次遇到和我同類的人，那個人就是她。雖然不像你們所謂的那種交往，但那女人是我的。誰要是敢動她，就算是阿誠你，我也照殺不誤。」

杜賓殺手和千金大小姐是同類的人？這傢伙腦筋短路了嗎？

「沒有人會覺得你和小光是同類吧？」

「你們不會懂的，連那個女人自己都還不知道。那個女人自以為迷上了你，你知道嗎？」

「嗯……」

我不置可否。

「你雖然遲鈍，但人還不錯。話先說在前頭，我不怕你、不怕崇仔或這世界上的任何東西。因為我已經找到那個女人了。」

山井起身離去，他說不定又長高了一點。我朝那傢伙像門一樣厚實的背部喊道：

「喂，之前你打手機給小光是故意的嗎？爲了讓我看到。」

「廢話。」

山井走了。附近的上班族在山井走近時，很自然地讓開一條路。

隔週的星期六午后時分，我約小光單獨見面，地點還是在西口公園的長椅。天氣很好，雖然已經九月天了，但陽光依然猛烈。小光穿著我們初次見面時的黑色緊身T恤和黑色迷你裙，一個縱身在我旁邊坐下。

「不知怎麼搞的，眞開心耶，可以和誠誠兩人單獨見面。雖然有點早，要不要直接去情侶茶座呀？」

小光和平時一樣開朗。天使般的笑臉。但是，山井應該不是被這張笑臉所迷惑的。

「我，大概搞懂了。」

小光很會看人臉色，表情立變。

「什麼事？」

小心翼翼地問。

「理香的事啦。」

「可是，那是絞殺魔幹的。不是嗎？」

「我覺得不是。」

「那你說，是誰幹的呢？」

「是妳。」

小光表情凍結，但立即又恢復正常。

「你說什麼傻話啊！我怎麼可能做出那種事？虧我和理香還是好朋友耶！」

「我也覺得妳不是這種人喔。但是，其實是妳幹的吧？」

我直視著小光的眼睛說道。

「人家沒有做啦！」

我再次凝視小光的眼睛。詭異的光彩閃爍著。

「所以，你叫山井去做。」

小光似乎是承受不住了。淚水浮現，從大大的眼睛裡一滴滴往下掉。即使如此，我依然繼續盯著小光的眼睛。

「可是，我只有拜託山井去把理香嚇個半死而已嘛！」

我想起小光在理香喪禮那天的淚水。不止是這樣，小光還沒全盤托出。

「真的嗎？小光，真的是那樣嗎？」

我的眼神不放過小光，甚至以加倍的力量注視她。山井也說過，反正我就是遲鈍的男人。

「如果把真相說出來，我會失去一切的。誠誠你也一定會討厭我的！」

「如果你不說出真相，我更會恨妳。小光，說！」

小光大大嘆了一口氣，淚水從雙眼流下。就像是喊了「卡」以後的女演員，演技精湛無可挑剔。連聲音也變了。

「知道了，我說嘛。理香她運氣不好。暑假開始的時候，理香因爲援交而遇上絞殺魔。你還記得大約有一個星期她一直圍著圍巾嗎？那是爲了遮掩勒頸後的瘀青喔。後來，絞殺魔捅出了大簍子，弄得天翻地覆，理香才開始害怕起來。她跟我說她知道絞殺魔是誰，問我是不是和你商量一下比較好。」

「但是，妳阻止了她。」

「對，因爲如果理香跟誠誠說的話，那我的事也會曝光。」

「是指妳把女生介紹給歐吉桑的事嗎？」

「對。我負責調度所有的女生。這件事就算被學校、父母、警察知道，我都無所謂喔。但是，就是不想被誠誠知道。」

「爲什麼？」

「那是因爲，誠誠你……」

小光臉部表情驟變，從女演員變成了小女孩。眼神模模糊糊地溶化，像是決定好要扮演什麼角色般。小光咬著經過精心彩繪的大拇指指甲。

「怎麼了？妳沒事吧，小光？」

「那是因爲啊，在比爸爸年輕的人當中，誠誠是我第一個喜歡上的人。人家雖然也不喜歡這樣，但是我以前只喜歡比爸爸年紀大的人。」

「那個柴可夫斯基是怎麼一回事？」

「那是爸爸最喜歡的曲子喔。爸爸最喜歡柴可夫斯基了，經常和人家兩個人一起鎖在書房裡聽呢。

〈絃樂小夜曲——悲切的甚緩板〉。爸爸好愛、好愛光子喔！雖然有時也會痛痛，也覺得不喜歡，但是爸爸說相親相愛的人都會這樣做的喔。」

同類的人嗎？就像山井說的一樣。山井的老爸是附近出了名的酒精中毒者，不論有沒有理由，都會毆打山井和他媽媽。山井曾經在下雨的冬夜睡在我家店門口躲雨。也曾經在國小上學途中，看見他們母子兩人蜷曲著身子睡在池袋的鐵橋下。他老爸在山井讀國中時因爲肝病死了。山井說他只感到無比的痛快。而山井的屠狗事件就是發生在那之後不久的事。

「小光，第一次是在幾歲？」

「幼稚園大班的時候呀。流了好多血，還被媽媽打耶，說人家把沙發弄髒了。所以，光子討厭媽咪，喜歡爸爸喔。」

「我已經知道了。小光，好了。」

「才不好呢。」

小光尖叫起來，聲音又回復成充滿張力的女演員。不再咬指甲，眼神熠熠發亮。

「一點也不好。是我拜託山井把理香殺掉的。山井不知道爲何立刻就能了解我，還愛上了我。說什麼只要爲了我，他什麼都願意做。其他人做不到的事，爲了我，他都願意做。因爲這樣，我才拜託他要他幫我殺死理香。」

「用錢嗎？」

「他說他不要錢。」

「小光，你是不是答應山井什麼？」

「對！把身體給他。上床三次，但是不接吻。人家只和喜歡的人接吻喔！」

「你這麼說時，山井臉上是什麼表情？」

「不記得了，我根本很少去看山井的臉。或許，顯得有點悲傷吧？」

我陷入沉默，不知道該說些什麼才好。星期六下午的西口公園，少男和少女開始群集。噴水柱的雜聲加上吉他的合奏聲。高空中薄薄的一層秋雲。

「喂～誠誠。這件事就這麼算了嘛！只要誠誠不說，其他人也不會知道的。我們兩人一起離開這個跟垃圾一樣的地方吧。我會努力工作，讓誠誠可以一直穿帥氣的西裝，開保時捷的跑車。只要是爲了誠，就算要我去援交也可以喔。兩個人一起玩樂、一起生活嘛。我的身體也可以隨便誠誠玩喔。誠誠其實也很想要我吧？好嘛，只要應一聲就好了。」

「如此一來……」

「如此一來，我們就可以在任誰也找不到的地方過著幸福快樂的日子。」

「妳是眞的這樣想嗎？眞的覺得可以欺騙所有人而活下去嗎？」

「對啊！我從以前就是一直這樣活過來的嘛。以後也只能繼續這樣活下去而已。」

小光站起來，搖搖晃晃地向前走去。就像上次音樂會，聽完柴可夫斯基後那種洋娃娃般的走法。她就這麼橫越過藝術劇場前的廣場。我一直看著小光的背影，她在劇場通攔了一台計程車離開。我沒有追上去。計程車消失在車陣裡，那是我最後一次看到小光。

就這樣，我坐在長椅上直到天色變暗，什麼也沒做。兩個小時後拿出PHS，按下吉岡的手機號碼。

「喂？」

「喔，阿誠呀。你幹得挺精彩的嘛，那傢伙的鼻子聽說無法恢復原狀了。好好一個帥哥就這麼糟蹋了。」

吉岡低笑。

「是嗎？懶得理那種人。我有更重要的事……」

「什麼更重要的事？是理香小姐的事嗎？」

「對呀，爲什麼你會知道？關於理香和山井的事，我有點話想跟你說。」

「你這傢伙，可別小看警察呀。雖然沒告訴過你，但頭兩件案子和理香遇害現場的情況完全不同，就像是無菌實驗室和垃圾場一樣完全不同。我們可也是踏踏實實地在進行搜查。爲什麼你又會知道山井的事？」

「深思熟慮過啦，一百萬次以上。」

「那傢伙你就別碰了。反正報紙會登出來，先跟你說了。那傢伙因涉及另一起傷害事件，現在正在我們這裡。理香小姐遇害的當天下午，有目擊證人看見他。如此一來，這件事就算告一個段落了吧。」

「原來是這樣，那我的事就不必說了。」

「你不是有其他的事想告訴我吧？」

「沒有，已經不用了。」

「是嗎？對了，阿誠，你既然每天這樣晃來晃去，不如來當警察吧？我想你一定很適合。如果你有意，我可以幫你跟警察學校說。怎麼樣？」

「謝了，不過我看來還是不適合。如果每天都要處理這些事，人一定會變得怪怪的。就這樣了。」

我掛斷 PHS，回到家。當晚，阿正想約我出來，我也以身體不適爲由推掉。我蓋上被子思考著。

這回是想：我可以爲小光做什麼？

接下來的星期一傍晚，我揹著帆布背包出門。從池袋坐丸之內線二十分鐘。因爲有先查過地圖，所以立刻就找到目的地——霞關 3-1-1。灰色磚造的雄偉建築，三個並排的白色拱門前有十個保全人員，要進入建築物必須出示通行證。我坐在距大門約一百米的護欄上等待。

這是我第一次襲擊歐吉桑。我只是一味地等待。接著又過了五小時，大約到了晚上十點左右，一個熟悉的高個子男人和保全人員打過招呼後，走出了大門。我尾隨在他身後。夜晚的霞關，人煙極爲稀少。那個男人或許是想抄近路到地下鐵車站，於是走進了一座小公園。我先猛衝上前越過他，接著回轉身面向他說道：

「涉澤先生吧？」

「你這是做什麼?」

大波浪銀髮、無邊眼鏡、和小光極相似的眼睛。男人沉著地應對。

「我是小光的朋友。有點東西要還你。」

男人不可置信地皺起眉。這傢伙也是演員一個!

我一隻腳向前踏出一步,縮起右拳,做了一個假動作;再給了小光老爸的腹部一記左勾拳。趁那傢伙身體彎起時,兩手交握擊向他的肩頭。男人就這麼倒地不起。我再朝男人的肩頭和大腿踢去,一腳一腳地踢著——七下、八下、九下、十下!然後對著在地上抱著頭的男人唾聲道:

「我知道你一邊聽柴可夫斯基一邊對小光做了什麼事。如果你想知道爲什麼今天會被扁,就去問小光。要小光把所有事情都告訴你。聽完以後,如果想要自首就去,要怎樣都隨你們便。」

我把男人亮晶晶的黑皮鞋脫下來,丟到花叢裡。然後從背包裡拿出 Nike Air Jordan,套到小光老爸的腳上。小光送給我的最初、也是最後的禮物。95年第十一代紀念款的黃色款。

「給她看這個她就會明白。幫我跟小光說,事情要自己了斷。」

我沒等男人再站起來,就直接快步走向霞關車站。我知道小光的老爸不會叫警察,或許我只是不想和他呼吸相同的空氣吧!

數日後,報紙刊出了一小篇記事:「大藏省銀行局副局長遇刺」。刺殺者是女兒A子小姐,還說A子小姐平日精神狀態就不安定等等。幸好傷口很淺，沒有生命危險的樣子。

小光以她自己的方式做了了斷。這究竟是好是壞？我不知道。但是，我的故事說到這裡就結束了。其他的事就是大家之後的近況報告。

小光目前好像在長野縣或某處的療養院長期住院，我曾收過她寄來的一張明信片。

小光的老爸向大藏省請辭獲准，現在在某租賃公司二度就業。

阿正最近加入了大學社團。是個夏天衝浪、冬天玩滑雪板，像泡妞社一樣的社團。眞是再適合他不過了。現在只有偶爾才會在西口公園現身，但仍是我的好朋友。

小俊在電玩軟體公司打工，工作內容是設計電玩人物。因爲比上專門學校有趣，說不定哪天就辦理休學，直接就業。

至於山井，到最後仍沒把小光抖出來，就這樣進了苦窯。聽說是因爲小光哄騙他，說等他出來後就嫁給他之類的。眞想知道數年後小光要如何擺脫山井。但我想若是小光的話，應該可以順利脫身。畢竟小光的演技還是比山井略勝一籌。說不定山井早就知道小光在耍他，但他不但原諒她，還裝做被騙的樣子也說不定。而這就非我所能夠理解了。

崇仔現在仍努力扮演G少年的頭目。我在後來發生一些問題時曾幫過他一點忙，當做此次事件的回禮。不過那個故事說來話長，還是等下次有機會再告訴你們吧。

最後，關於我自己。我開始認眞在看店了。還需要去市場批貨，但早起實在痛苦。若要說有何改變，就是最近和古典音樂賣場的店員交情變好。那傢伙不知爲何好像認爲我很喜歡俄羅斯音樂，向我推薦了很多音樂家：史特拉汶斯基、普羅高菲夫（Prokofiev Sergey Sergeyevich）、蕭斯塔可維奇（Shostakovich Dmity）。所以，我家水果行現在輪流播著《春之祭》和雷鬼之父巴布馬利（Bob Marley）的音樂。和柴可夫斯基相較，我個人比較喜歡史特拉汶斯基。

如果你到池袋來發現一家播放古怪音樂的水果行，記得打聲招呼吧。如果是我看店，即使價值五千圓日幣的哈密瓜也可以給你打個八折。

反正就算打了折，我家的水果店還是可以狠削一筆的。

熱血少年

你聽過幽靈休旅車的傳說嗎？

在天快要亮的午夜，馳騁在首都高速公路五號線和日出通時，它會驟然出現在後照鏡裡。先以駭人的速度追上你的車尾，在快相撞的瞬間變成如毛玻璃般半透明，並開始噴出銀白色的火焰。那輛休旅車不閃不避，直接穿進你的車子。你知道我在說什麼嗎？休旅車的鼻尖融進你車子的屁股，然後慢慢地重疊。十公分、二十公分、一米……進去你駕駛的車子裡，幽靈休旅車以行走的速度般緩緩通過。

座椅對座椅、方向盤對方向盤，就像特效電影一樣交疊。正在開車的你和幽靈休旅車的駕駛合而爲一，從你的肩膀上伸出另一雙手臂，握著另一個方向盤。你的臉也變成雙重的，眼睛對眼睛、舌頭對舌頭。

聽說那輛休旅車裡有兩個人，駕駛是個美男子，旁邊則坐著一個非常正點的女人。重點來了：千萬別直視那女人的眼睛。女人的瞳孔呈亮灰色，就像是天明時分的微陰天空。聽說看到的人短時間內必遭意外，運氣差一點的甚至可能就此喪命。所以，你記得把眼睛緊緊閉上，好好握住方向盤。如此一來，幽靈休旅車在穿越你的車子之後，就會從池袋朝雜司谷靈園的方向再度加速駛去。

拖著流星般的銀色尾巴。

這是關於一輛銀黑色本田 Odyssey 的故事。我雖然沒有親眼看過幽靈休旅車，但是我知道另一輛消失的黑色 Odyssey 。而且，我也知道那輛 Odyssey 應該再也不會在首都高速公路上馳騁了。

我家在池袋西一番街經營水果行。好一陣子沒來電的崇仔來電時，我正將剛成熟的橘子陳列在店頭。秋末的橘子多汁而無味，漂亮的只是那用蠟擦得光亮的外表和價格而已。

「阿誠嗎？今晚有沒有空？」

安藤崇是池袋不良少年的大頭目。總是不說客套話，不浪費時間、快速、迅捷的國王。

「有呀。」

「九點，West Gate Park 長椅見。」

電話就這麼掛斷了。把 PHS 放回牛仔褲屁股後面的口袋，什麼也不想地繼續陳列橘子。我想起小時候玩過的樂高積木。就像大人們說的一樣，不管什麼樣的工作都可以從中發掘出樂趣。

但是，我還是眼巴巴地期待夜晚到來。因爲工作的樂趣頂多只能將口袋裝滿，但工作的苦悶卻要兩噸的卡車才載得下。

大家還記得池袋絞殺魔嗎？夏天的時候鬧得滿城風雨，所以我想就算不是推理犯罪迷應該也還記憶猶新吧？雖然將犯人逮捕的是警察，不過最早發現那傢伙、把他揪出來的是池袋 G 少年所組成的義警團。我則是在偶然之下成為當時的指揮。因為被殺害的女生是我那一夥的成員，只好一肩擔了下來。事件結束後，池袋地區出現了一些莫名其妙的流言，我也開始接到一些詭異的委託。尋人、排解糾紛、保鑣，大部分都不是什麼好差事。

這是當然的。如果是可以跟警察吐露的事件，直接拜託警方就好。如果有錢的話，也可以請徵信社或黑道代勞。所以，最後會到我這裡的委託案，都是一些既不能找警察、又沒有賺頭的小鬼糾紛。話雖如此，閒閒無事時，我偶爾也會接受這些委託。反正剛好可以用來打發時間。而且，每次看到那些既沒錢又滿腦子漿糊的小鬼被無聊透頂的糾紛搞得一籌莫展時，我就忍不住想插手幫忙。

並非因為我良心發現，只不過好像是看到了鏡子裡的自己。

West Gate Park——池袋西口公園就在JR池袋車站西口的正對面。一到夜晚，環繞噴水池的圓形廣場就變成G少年的聚集地。我在晚上快九點的時候出門，從我家的店走到公園不用五分鐘。

進到公園裡，每張長椅都坐著醉鬼和等著被搭訕的美眉。男孩們一邊在廣場上蹓躂，一邊向女孩子搭訕。距離真正的冬天還有一段時間，男孩們或許是想趁冬季來臨以前飽嘗本季最後的美味珍饈吧？女孩們也像是要滿足他們的期待一般，穿上了超級迷你裙。百貨公司的看板和賓館霓虹燈像是一面亮晃晃的牆，將鶯聲燕語不斷的圓形廣場圈在其中。

一如往常的 West Gate Park 之夜。

我走近崇仔的長椅。不知為何只有那傢伙的四周像是裝了隔音裝置般鴉雀無聲。崇仔朝我豎起右手大姆指。黑色貼身西裝配上亮面材質的V領毛線衣，是Gucci的嗎？這傢伙還是一樣時髦。坐在兩旁的男子站起身，讓人不由得抬頭仰望的高大雙人組。他們擔任崇仔的貼身保鑣，也是同卵雙胞胎。同款式的保齡球衫是G少年的代表色——鮮艷的藍色。我向兩人打了招呼。

「辛苦了，一號、二號。」

雙人組用冷氣室外機般的戽斗下巴同時點點頭，把位子讓給我、便隱身暗處，保持警戒態勢。不知道哪個才是一號呢？

「阿誠，歹勢噢！突然把你叫來。」

崇仔看著我的眼睛說道。劈頭就道歉實在不像他的作風。我有點意外。不好的預感。

「是什麼事？」

「有工作想拜託你。」

「應該不是什麼好工作吧？」

「嗯~是不太好。和黑道的羽澤組有點關係。」

在池袋數十個暴力組織裡，羽澤組向來是前三名，就像是黑道界的大聯盟。

「推不掉嗎？」

「如果想推應該還是推得掉。不過……」

某張長椅上被搭訕的女孩忽然發出如夜晚叢林裡的鳥兒一樣誇張的笑聲。崇仔苦笑。

「哪，阿誠。池袋乍看之下似乎很平靜，其實水面底下有微妙的平衡勢力在運作。羽澤組的事雖然可以推掉，但是這樣池袋的G少年全體就等於吃了一張紅牌。」

「你的意思是，如果順利解決的話，就等於賣對方一個大人情？」

「正是如此。」

我心裡想著G少年那群腦筋不靈光的小鬼，吸了一口公園裡充滿廢氣臭味的空氣後，回答道：

「我知道了。雖然不能保證一定能順利解決，但我會試試看。」

這回換崇仔顯得有些意外了。在那之前，只要是和黑道有關的工作，我一定推掉——無論是誰，都一定有不想來往的對象。

「絞殺魔那次，不是請你們G少年全體幫忙站崗嗎？我欠你一份人情。不過，爲什麼要找我？」

我說完，崇仔就笑了起來。好一口漂亮的牙齒。

「我跟你說，阿誠。咱們這地區有多缺人才，你要是知道了也一定會大吃一驚。會幹架的傢伙、離經叛道的傢伙要多少就有多少。但像你一樣有能力又了解池袋內幕，同時可以在小鬼頭裡自由來去的傢伙就少之又少了。你就是G少年的王牌啊。」

我知道有些傢伙可能會因爲被崇仔這樣稱讚，就連命都可以不要了。這馬屁拍得實在太過火，背後大有問題。

「是靠不住的王牌才對吧？那什麼時候去和對方談比較好？」

崇仔揚起嘴角，抬眼看著我。

「現在立刻去。我和羽澤組約好了十點見面。」

眞是好樣的國王啊！

崇仔的GMC廂型休旅車在池袋東口的綠色大道右轉。在本立寺盡頭按下臨時停車燈，停車。從休旅車的踏板走下來後，眼前是一棟混凝土外牆的時尚建築，沒有任何看板。我和阿崇，加上一號、二號四個人一起搭電梯上樓。小小的枝形吊燈在貼滿鏡子的電梯天花板上搖曳，每盞燈上都有上百顆雕花玻璃的淚珠。

電梯門開啓，正面是一扇紅木門，寫著 MEMBERS ONLY。兩邊站著兩個年輕男子，身穿DiMaggio 和 Renoma 的運動棉衫。眞搞不懂爲何某些業界的人對制服情有獨衷呢？男子們一看到我們，便反射性地以銳利的眼神猛盯著瞧，就像巴甫洛夫條件反射說的狗一樣。（譯註：俄國生理學家巴甫洛夫 Ivan Petrovich Pavlov 進行實驗，在每次餵狗前先打開電燈，不斷重覆刺激後發現。只要一開燈，即便不予餵食，狗仍會分泌唾液——他將此種實驗現象稱做「條件反射」。）

「我們十點和冰高先生有約。」

崇仔說完，其中一個看門的取出手機，以極小的音量低語著。我們假裝沒看見。男子掛斷手機後，把門打開。

「請進。」

「你們在這裡等。」

崇仔朝直聳的像大樓建材般的一號、二號說道。一號、二號點點頭，視線不離看門的人。我和崇仔走進店內。

店裡每個角落都像用鈔票堆砌而成的。櫃台、牆壁貼滿了和大門紋路相同的木板。沒有窗戶。金屬是黃銅，整個房間閃爍著暗黃色的光芒。地板則是深紅色的地毯。同一紅色系的沙發像是一個個小島般地飄浮在地板上。除了櫃台的一位客人外，最裡頭還有一組客人。裡頭的客人坐在兩個酒店小姐的中間，是一個中老年男人，穿著像職業高爾夫選手一樣誇張的格子西裝。沙發後面還站著兩個人，雙手叉胸，又是一組巴甫洛夫狗。

我們一走近沙發，坐在櫃台的男人就站起身。

「這位就是眞島誠先生吧？安藤先生。你們終於來了，我們等好久啦！」

男人滿面堆笑道。就像是你剛走進銀行自動門，還沒開口說要幹什麼，他就自動迎上來說歡迎光臨的銀行人員那樣。

「阿誠，這位是羽田組的堂主冰高先生。」

年約四十五，微胖，後退的髮線向後梳攏。雖然說話客氣，但總給人刻意疏遠的感覺。

「給各位介紹我們的老大，這邊請。」

冰高領著我們往裡頭走。一到沙發前站定，便直立不動地說道：

「客人已經帶來了。」

中老年男人揮了揮擱在女人大腿上的手，跟室內裝潢一樣花大錢打扮過的女人們隨即起身離開。男人從頭到腳仔細打量著我，態度從容不迫。眞是個令人生畏的老年人，我的背部就像插了一塊鐵板那樣僵硬。

「來，坐吧。」

老年人說完，崇仔和我在冰高的催促下，並排坐在圓形沙發上。坐在老年人旁邊的冰高說道：

「這位就是關東贊和會羽澤組的組長羽澤辰樹。」

羽澤瞇起雙眼，用像鷲鷹一樣冷傲的表情對我們微微頷首，再看著我說道：

「聽說是你捉到這次夏天的變態，是眞的嗎？」

我悶不吭聲地點點頭。冰高說道：

「要不要叫個飲料……」

羽澤響亮的聲音打斷了他的話。

「怎麼捉到的？」

「不是我一個人的力量，是靠池袋所有小鬼的力量。」

崇仔插口道：

「不過，指揮數十個集團、發現絞殺魔行蹤的就是這位阿誠。」

羽澤辰樹猛然將額頭往桌面壓，朝我深深一鞠躬。我可以聽見沙發後面貼身保鏢的吸氣聲。只看到白花花的頭髮，店裡的時間就像瞬間凍結了一樣。過了一會兒，他抬起頭說：

「請把你的力量借給我找女兒，求求你！」

羽澤直直注視著我。我完全搞不清楚情況，也不知怎麼回答才好。

「不是要你保證一定找得到，只是拜託你盡全力試試看，怎麼樣？」

好大的一股壓力呀。他的眼神充滿了魄力。我開始對這個老頭產生了好感。

「我明白了。」

「你可以答應我一定會盡全力吧？」

我點點頭，鷲鷹的表情像是終於鬆了一口氣。

「是嗎？太好了。詳細情況就問這位冰高，有些話我在場也不太方便說，是吧？」

話說完，羽澤脫下了手錶。把手錶握在右手裡，再將那隻手伸向我。

「一點小玩意兒不成敬意，就當做男人約定的信物。收下吧。」

盛情難卻，我只好收下。鷲鷹的爪子一張開，一股沉甸甸的觸感落在我的手心。

「那麼，我先告辭了。另外提醒兩位貴客，今晚這家店被羽澤組包下來了。無論是酒或女人，都可以盡情享用。不過，明天起就萬事拜託了。」

羽澤辰樹站起來，帶著貼身保鏢離開了店裡。好一號難得的人物啊。我打開手掌確認裡頭的東西，是一隻用金塊雕鑿成的勞力士錶。我看著數字面板上十顆閃閃發亮的鑽石，心情霎時變得沉重無比。

「公主消失到現在已經一個星期了。」

冰高從西裝內側口袋裡拿出照片，推到我的面前。女孩穿著在池袋隨處可見的私立高中制服。長得有點像之前推出露毛寫眞集而引起話題的清純派女藝人，只不過要把臉再擠小一點。淡咖啡色的頭髮，灰色杏仁眼，瞳孔像是鑲了寶石般反射閃光燈的光芒。女生學著模特兒的姿勢站在夜晚街道上，像野生小鹿般纖瘦。

「公主的名字叫天野眞央，是我們老大和情婦的私生女。因爲年過五十才得女，可以說是萬千寵愛集一身。母親在公主很小的時候就因病過逝了。但是，因爲我們老大的老婆是一個很強勢的人，所以公主沒辦法搬回家裡住。不過，老大一直讓她過著衣食無缺的生活。」

我對冰高說道：

「有沒有在哪玩樂的可能性？向警察報案了嗎？」

「也可能是突然跑去旅行，過一陣子就回來了，公主本來就是個管也管不住的野丫頭。也向警方提報失蹤了。但那些傢伙在還沒演變成『事件』以前，什麼也不肯幫忙。你知道我的意思吧？」

我點點頭，望向坐在隔壁的崇仔。崇仔看著前方，擺出一副我不知道的表情。

「我聽別人說你們的世界有特殊的情報網？」

「還好啦，要說尋人的話，的確沒有比黑道更厲害的角色了。」

冰高淡淡地承認，一副苦瓜臉。

「但是，你們卻來拜託我們這種小鬼。是爲什麼？」

「如果公主是正常行動，那無論如何一定會被組織網絡發現。在日本全國的任何地方，只要公主一使用金融卡或手機，我們的內部幫手就會立即和我們聯絡。可是，公主這一個星期簡直就像是從地球上消失了。不但沒花一毛錢，也沒有打一通電話，如果是躲在某個地方，這實在也不合常理。我們組織拚命地找，但仍沒發現她的蹤影。就在這時，老大不知從哪兒聽到你的事。」

「我可不是哪門子的尋人專家喔。」

「但是，你擁有我們所不知道的街頭小鬼情報網。老實說，老大雖然一時心血來潮拜託你們，但是公主也不是那麼簡單就可以找到的。所以，拜託你們千萬別跟老大說些有的沒的，萬一老大發起飆來，那可不是鬧著玩的。你們也不想遇到什麼意外，是吧？」

冰高皮笑肉不笑地說道。終於要露出眞面目啦？

「不管怎樣，爲了找公主，我需要更多資料。該怎麼做？」

冰高取出手機，撥給了某人。好像是叫某人到這裡來。崇仔面前是烏龍茶，我的面前是柳丁汁。口裡含著不冰不熱的果汁，喉嚨因爲酸味而縮緊。

在可以自由享用女人和酒的唯一時刻，我卻一點興致也沒有。這是爲什麼？

等了十五分鐘左右，有人進到店裡來。直直地走向我們的沙發，像吞了根棍子似的直挺挺地站在冰高旁邊。這張猴臉好像在哪見過。一個身高連一五五都不到的矮冬瓜。

「這傢伙是我們的小弟齊藤富士男，是公主的跟班。」

一聽到齊藤的名字，我終於想了起來。猴子似乎注意到我的視線，用力回瞪了我一眼。

「富士男，從明天起你就跟眞島先生一起找公主，知道了嗎？好好聽這個人的話，給我好好地幹！」

「是，請多多指教！」

猴子鞠躬說道。頭抬起來後，面無表情地看著前方。鬆垮垮的白色牛仔褲比腿長了十公分，外罩黑色尼龍套頭毛衣，胸口大大寫著B. I. G.白色字樣。最近的黑道小弟似乎還挺時髦的。鞋子是Converse的黑色皮製All Star款。完全看不出來是國中時那個遜到爆的猴子。其實，就連猴子會加入黑道也是難以想像。如果那傢伙可以成爲暴力組織的一員，那我現在至少也應該當上了太空人，在外太空回收隕石碎片之類的了。

我們離開了那家店，因爲屁股實在坐得頗不舒服的。和冰高在那裡分手，崇仔用車子送我回池袋車站西口，猴子也跟我一起。

時間已經接近十一點了，但是池袋的人潮仍在漲潮階段。出糗的醉鬼、紅橙黃綠的霓虹燈、也有遠看很乾淨但一接近卻臭氣薰人的傢伙。但是，我既不覺得枉然，也不覺得空虛。一點兒也不覺得。那全都是人類欲望的光芒，欲望是無法去憎恨的，大家就這麼默默地發光就好了。美即醜惡，醜即美——即便是我，至少也看過莎士比亞的錄影帶哩。

在西口東武百貨拉下的鐵捲門前，猴子和我猛然停下腳步。

「富士男，你現在有空嗎？」

「像以前一樣叫我猴子就好啦，誠哥。我今晚有話想跟你說，去我知道的店，可以吧？」

我點點頭，猴子就領頭走去。我追在他身後。街道的雜音和秋季尾聲的夜晚空氣，讓人感到很舒服。

我和猴子是當地國中的同學。因爲他生來一副猴臉所以叫猴子，國中生取的綽號就是這樣。猴子從國二秋天開始拒絕上學，記得他是在家裡唸到畢業的。就連畢業紀念冊裡的合照，也是獨自縮在一角。身材矮小、臉孔陰沉，幾乎沒有存在感可言。而我不可思議地，幾乎對他沒有任何印象。我們有五年多沒見過面了，但是直到那晚爲止，我在這五年中一次也沒想起過他。

我叫住猴子矮小的背影。

「喂～你畢業後都在做什麼？」

猴子的肩膀抽動了一下。

「什麼都沒做，只是到處閒蕩。有一天在電玩中心打電動時，現在組織的大哥過來和我說話。」

「立刻就加入黑道了嗎？」

我嚇了一大跳。當年那個懦弱的猴子？實在令人很難想像。

「嗯。然後在事務所見到冰高哥，他跟我說只要忍個五年，以後口袋裡就隨時可以有一百萬鈔票的零用錢。」

「景氣很不錯嘛。那麼，你現在當然是口袋麥可麥可囉？」

猴子回過頭，對我怒目相向。

「阿誠，你可別小看我。我現在好歹也是羽澤組裡有頭有臉的人，已經不是當年的我了！我聽過你的傳聞，現在你在池袋很吃得開是吧？不過，我以後也絕對會闖出一番大事業的！雖然現在沒有錢，但是……」

「但是怎樣？」

「我交到朋友了。」

這傢伙是認真的嗎？真的悲慘到不加入暴力組織就交不到朋友？猴子接著又開始在立教通上邁步，背對著我說道：

「你知道貓捉老鼠這個遊戲嗎？」

「不知道。」

「在半夜三更的學校集合，從圍牆破洞中鑽進去。這是我們那群人在國中時流行的遊戲。猜拳決定誰當老鼠後，大家先等十分鐘，老鼠利用這段時間在校園裡躲起來。如果三十分以內找不到老鼠，就是老鼠贏了，找到就是老鼠輸了。一開始是很好玩的遊戲。涼快的夏夜、半夜的學校、沒有半個人的游泳池，只有水在搖晃。一切的一切都棒透了。」

不用回頭我也想像得到猴子的表情，做夢的猴子。

「但是，不知不覺當老鼠的人變成固定的了。到最後，總是只有我一隻老鼠而已。」

「是嗎……」

如果所屬的小圈圈不同，即使在相同班級也可能完全沒有交集。現在應該也是一樣的情形吧。猴子的那個圈子是班上最大的派系，裡頭有很多不起眼的普通學生。

「最後他們強迫我穿上劍道的護具，再用毛巾跟坐墊捲在我的手和腳上，他們叫我肥老鼠。我可是拚命地找地方躲起來唷！因爲大家已經不是空手在捉了。羽毛球拍、網球拍，更過分的傢伙還提著木刀跟金屬球棒追我。」

醉漢和學生團體融化在每個街角。我不知該如何回應。

「那整個夏天，我身上的瘀青一刻也沒消過。」

「沒有告訴任何人嗎？」

「嗯，與其被大家當做空氣，我寧願選擇瘀青！就是這家店。」

猴子推開玻璃門，進入明亮的店裡，一次也沒有回頭看我。

哈達威（Anfermee Hardaway）（譯註：綽號「一分錢」。曾是美國ＮＢＡ明星後衛，近年因膝傷表現平平。現隸屬於紐約尼克隊。）在電視螢幕裡飛身而起，空中游泳五秒鐘後，出手灌籃。邁阿密熱火隊大戰底特律活塞隊。塑膠材質裝潢的明亮運動酒吧。在櫃台點了墨西哥玉米脆餅和啤酒後，我們在角落的高腳桌邊坐下。猴子舔著生啤酒的泡沫說道：

「過去的事就別提了。我如果不想遇到組織的人，就會來這家店。」

「喔，那我問公主的事好了。學校、朋友和男人方面的交友情況如何？沒有留下任何電話號碼嗎？」

「手機和記事本都和公主一起消失了，沒有留下任何電話號碼。朋友的話有一個，但是在住院。男人的話……」

猴子從套頭毛衣前面的口袋取出一樣東西，丟到桌子上。是兩本薄薄的紙製相本。我翻開來，裡頭幾乎都是和男人的合照，對象多到兩隻手都數不完。

「如你所見，那些男人的名字、電話，我們也只曉得一部分而已。另外還有一本。拜託別跟我們老大說你看過這本相本。」

猴子拿出另一本相同的相本，紅色封面。裡頭是公主的裸照，身材火辣。其中甚至有和男人卿卿我我的照片，從身材可以看出是不同的男人。照片中身穿黑色皮內衣，正用針穿過男人乳頭的公主不但眉開眼笑，還擺出勝利的V手勢。

「真是讓人不知說什麼才好的公主呀！但是，爲什麼猴子會成爲她的跟班？照顧老大的私生女應該不是一般角色可以擔任的吧？」

猴子猛然從我手中奪回紅色相本。

「因爲我不是公主喜歡的型啦！聽說還有弟兄因爲染指公主而被剁手指的。」

猴子不知道爲什麼氣呼呼的。

「最後一次看到公主是什麼時候？」

「失蹤前三天，在太陽城的丹尼斯餐廳，我把老大給的零用錢拿給她。」

「多少錢？」

「每個月三十萬。她在外面的房租、電費、手機通話費等等都是老大支付，應該不會爲錢煩惱。」

「她卻還是失蹤了。你有什麼頭緒嗎？」

「這一整個星期，我一邊東奔西跑，一邊快把頭想破了，但就是想不通。男朋友隔週就換新的，也不可能是爲情所困。」

「毒品呢？」

「好玩嘗試一下的或許有，但沒有像安非他命這種會上癮的。老大在這方面管得很嚴。」

「這麼說，完全沒有任何線索囉？」

猴子鬱悶地點點頭。

「所以連組織也舉雙手投降了。阿誠，你還答應老大找人，眞的沒問題嗎？」

現在，我總算了解崇仔爲何要把這件事推給我了。這樣的話就算出了紕漏，對G少年也不會有任何影響。我還眞是個冤大頭啊。

那天晚上，我繼續聽猴子講了兩個鐘頭。他說在學校和男女關係兩方面，羽澤組可以調查的部分本週都查遍了。他們做得十分徹底，被查的每個男人應該都被搞得走路不穩、噁心反胃，說不定還有人因此家庭失和，或丟了女友。這方面也只能交給他們處理了。我則想去看看那位正在住院的女性朋友，雖然希望不大。

聽著荒唐公主的故事的同時，我一邊思考著，哪裡是黑道和警察都不會調查的地方？什麼是只有我才辦得到的？我找不到答案。

如果有的話，那也許就只剩下街頭了。我可以找到的線索，全部都在池袋髒兮兮的街道上、那群素行不良的小鬼裡。沒辦法，因爲我也是其中之一，我也是在這個街頭上混的。

「猴子，你最後一次接到公主的電話是什麼時候？」

「不是接到的，是我打過去的。失蹤那天晚上十二點，是定時聯絡的電話。她說她在池袋 7-ELEVEN 前面。因爲有聽到街頭雜音，應該是在外面沒錯。」

「她說接下來要做什麼？」

猴子表情漸漸顯得不悅，我可以想像公主說了什麼。

「囉嗦啦，笨猴子少管閒事。就掛了電話。」

接近凌晨三點的時候，我們離開了酒吧。猴子醉得一塌糊塗。

「誠哥，我們再去一家嘛——」

又開始叫我誠哥了。

「不行，如果被老大發現我們找公主的第一天就宿醉，他會怎麼想？」

「知道了啦！那我們去三溫暖嘛。去醒酒的話就沒關係了吧？陪我到早上嘛——好不好？誠哥——」

猴子在深夜的池袋街頭像小孩子一樣地撒嬌。加入羽澤組之後，猴子所找到的「朋友」究竟是怎樣的一群人呢？我們折回池袋車站的方向，進入路上看到的第一家三溫暖。在更衣處脫衣時，我看見了猴子瘦削的背。

藏青色線條的觀音像——杏仁眼、厚厚的上唇、小小的臉。

長得很像公主。我知道猴子正在留意我看到刺青後的反應，我什麼也沒說。猴子接著醉話連篇，但絕口不提刺青的事。

一個是一對她出手就會被剁手指的淫亂公主；一個是從小被同學欺侮、因爲想交朋友而加入黑道的猴子，壓根兒不會聯想在一起的兩個人。雖然這樣的組合也沒什麼不好，但絕對是不適合出現在迪士尼卡通裡的劇情。

清晨，我在沉睡的猴子身旁留了張便條，然後離開了三溫暖休息室。早晨的光線斜斜地照在地面的垃圾上，橢圓形的影子在柏油路上染成了一個個斑點。烏鴉叫聲自某個大樓外牆反射，再從我的頭上落了下來。好個涼爽的秋天早晨啊。吸入肺部的冷空氣，拭去了酒精燃燒後的渣滓。早上的池袋是繼夜晚的池袋之後，我第二喜歡的時刻。

回到家，先打電話給批發商補訂了水果，取貨就讓崇仔的 G 少年代勞吧。不論用多少人他應該都不會有怨言的。

和平常一樣在十一點拉開我家店的鐵捲門，猴子就站在前面的人行道上，老大不爽地和我打招呼。我讓猴子幫忙將店頭的水果排好，再拜託老媽顧店後就出門了。二樓傳來綜藝節目「到底是怎樣呢！？」的主題曲和老媽的抱怨聲，猴子訕笑道：

「原來你也有害怕的事呀。」

一邊在羅曼通的咖啡館吃早餐，一邊開作戰會議。可是，想得到的方法眞是屈指可數，我立刻就用了第一個方法。

打 PHS 給崇仔。先是有人代接，才轉給本人。

「我阿誠。想請你幫忙問問在打工的小鬼們，看最近池袋 7-ELEVEN 是否發生過怪事。」

「池袋周圍多大範圍？」

「這個嘛，半徑一公里左右就好。」

「要調查什麼？」

「那個公主最後和別人聯絡是在 7-ELEVEN 前面，八號前的星期三半夜。所以，想問問看那附近有沒有人看到公主。我有照片，交給誰比較好？」

報了店名，掛上PHS。十分鐘後，一個沒見過的G少年出現在店裡。黃色太陽眼鏡和紅色毛線帽，脖子附近露出一截辮子頭。不知怎的，他給人一種很奉承的感覺。我從猴子帶的相本裡選了三張不同角度的公主獨照遞給他，要他拿去沖洗店加洗。

接著，我和猴子就離開了咖啡館。目的地是走路就可以到的地方。

通過羅莎會館前，穿過小吃街。上午的這段時間，無論是大頭貼、色情按摩或是電玩中心都還沒開始營業。在明亮的光線下，街頭顯得格外寧靜。在常盤通右轉，再走四條街，在文化通的十字路口左轉，穿過賓館街後面，店家愈來愈少，變成都是大樓和公寓的住宅區。

猴子說道：

「剛才便利商店的事，如果是公主常去的那家7-ELEVEN，我知道地點。你看！就是那個角落的店。」

那家便利商店就在秋日陽光下的十字路口，貼著咖啡色磁磚的公寓一樓。比晴朗的戶外街道更爲耀眼的乾淨店面，雜誌架前站著幾位看霸王書的客人。旁邊是停車場，人行道裡的空間劃著三、四條白線。現在沒有汽車停在那裡，不過有一台白色偉士牌和三個小鬼。一個人坐在機車皮椅上，其餘的坐在地上，旁邊有果汁罐和洋芋片的袋子。我發現一個曾在崇仔那兒見過的熟面孔，就向他打招呼。

「唷～你好。」

「啊，誠哥，您早。」

把公主的照片給他看，問問一個星期前的事。「好像在這裡看過她，但不確定就是了。星期三晚上我沒有來。」——跟我預期的答案一樣。給他一張照片，跟他說如果能找到公主可是大功一件，拜託他問問這附近的小鬼。猴子默默地在便利商店前等待。

「走吧。」

「不是我愛說，那種小鬼有用嗎？」

和那些小鬼沒啥不同的猴子不滿地說道。不知道，我回答。從 7-ELEVEN 步行約三十分鐘就是目的地，一棟新建的純白公寓。在電子鎖的數字鍵面板上大費周張地鍍一層金，有什麼特別意義嗎？

公主的房間是八〇三號房。用備用鑰匙打開門一看，房間亂成一團。猴子說道：

「本來就不是很乾淨，但又被組織的人搞成這樣。他們說是搜房子的專家，實際上好像是找安非他命和搖頭丸的高手。」

玄關擺了一堆看起來很貴的高跟鞋和便鞋，我瞥了一眼沒關的貯藏室便走進室內。約十二個榻榻米大的套房，沙發床的彈簧墊被撕裂，氾濫成災的衣服斜掛在衣架上，口袋全被翻了出來。房間另一端是一個半圓型大鏡子的梳妝台，玻璃桌面上的化妝品多得快要掉下來似的，四周插著像吉他匹克一樣白白長長的東西。

「這是什麼？」

猴子一副受不了的表情看著陽台對面的池袋天際。

「假指甲啦！用膠水黏在指甲上。」

順便看了一眼浴室。天花板的蓋子被掀開來，看得到暗處，甚至連洗手台的冷霜和牙膏都被擠光了。

「查得還真徹底呀。」

「阿誠，有什麼收穫嗎？」

「完全沒有。」

我們離開了公主的房間。猴子一面鎖門一面說道：

「那個叫你尋人專家的人，我真想看看他是長什麼鳥樣。」

沒錯！賞猴子你一根香蕉。連我自已也很想見識一下。

回到西口改正通，搭上計程車。猴子對司機說道：

「御茶之水的醫科牙科大學附屬醫院。」

大樓在窗外流逝。說著黃色笑話的午間AM電台。我問猴子：

「公主的朋友是怎麼樣的人？」

「就是一起玩樂的朋友。你大概可以想像得到吧？」

「爲什麼會住院？」

「受傷。或許是太笨才住院的吧？」

如果這樣就得住院，那再多醫院也住不下病人的。

「是受了什麼傷？」

「腳筋被割斷。」

「然後呢？」

「被人丟在山裡。」

太扯了！或許眞的是因爲太笨才住院的。女孩名叫細川美祐，聽說是公主的密友。美祐坐上了不該坐的車子，被帶到深山裡。不僅腳筋被割斷，還慘遭輪姦，最後被丟棄在那裡。

〔遇到陌生人搭訕時，千萬不可以跟他走唷。〕

這小妞有必要從幼稚園開始重讀。美祐遭到的暴力傷害連事件都稱不上，因爲她本人沒有提出告訴的意願，而警方也不想介入。

東京眞是一個和平的好地方呀。

女孩在病床上以上半身靠坐著，身穿水珠圖案的睡衣，外罩一件運動棉衫。六人病房最裡頭的靠窗一隅。令人暈眩的陽光。猴子對她說：

「你好。身體怎麼樣？」

女孩將視線從女性週刊抬起。美祐是圓臉、娃娃臉、大白臉，身材介於豐滿和肥女的中間線上，頭髮因為不斷地脫色染燙，變得跟極細義大利麵條一樣，好像輕輕一握就會斷掉。

「小猴子，你來看我喔？」

她瞬時變成了開懷笑臉，還不壞的笑臉哩。猴子向美祐介紹我，我將裝在籐籃裡的小小花束遞送給她，先說了一些不痛不癢的話，再正式切入主題。關於公主平日的生活，她的說法和猴子一致，只是在公主的角色裡添加了一點純情少女心而已。

「這個星期，你想公主在做什麼？」

「跟新男朋友在旅行之類的吧？或許去了國外。小眞是堅強且絕不認輸的女孩，一定沒問題的。」

看著消失在毛毯裡的腳尖，我禁不住問她：

「對了，對妳做這種事的傢伙是熟人嗎？」

美祐的臉色變了，似乎問到了重點。

「唔……不認識。」

「但是，妳上了車吧？」

「因為是搭訕咩。有時難免的呀，至少命還在就好了。」

「這次是運氣不好囉？」

「就是啊。他們太過分了。……那個，人家啊，只要一看到好男人，就會馬上覺得自己可能會愛上他。而這時多半也已經愛上了，想停也停不下來了。」

話說完，她抬眼看著我，就像是變成灑滿糖粉的奶油泡芙似的。眞是學不乖的女人。

「還記得車子的樣子嗎？」

美祐把視線轉向窗戶，在太陽照射下瞇起眼睛。我全神貫注，盯著美祐的臉。

「人家不懂車子，所以不記得了。」

她住口不說了。說謊。至少這還瞞不過我。

「如果又有什麼想要問妳，我可以再來嗎？」

「可以呀，但是下次要一個人來喔。」

她杏眼含春地看著我，眞是個難以理解的小妞。

搭計程車回到池袋。我現在能做的事已經全部做完，時間還不到下午三點。我和猴子去吉野家吃牛丼。回想起來，從昨晚起就一直和猴子在一起。走出店後我說道：

「我想一個人想事情，今晚十一點再來找我。」

猴子碎碎唸說老大會不高興，我沒理他就逕自回家了。回到房間，視線先在ＣＤ架上搜尋。有了！拉威爾的鋼琴作品集。放進手提音響裡。

〈死公主的孔雀舞〉，有點不太吉祥的曲名。比起交響樂版，我比較喜歡原始的鋼琴版本。自從夏天的絞殺魔事件以來，我就愛上了古典音樂，每次想事情時都非聽不可。

拿起一直丟在桌上的勞力士金錶。拉威爾的鋼琴曲和瑞士製的手工錶很像，都是精密、高貴、閃亮。不是有人說「百萬手錶隨手得，千金難買真幸福」嗎？還真像流行音樂的歌詞呢。鷲鷹臉的老人、黑色皮內衣的公主、腳筋被割斷的女孩，一個接一個地想著。但是，無論再怎麼想，我還是理不出一個頭緒。

我又不是名偵探！就這麼賭氣睡著了。

我比平日更早打烊，倚著鐵門邊等待。十點五十五分，猴子來了。

「這麼晚要去哪裡？」

猴子的呼吸形成一道白色煙柱，冬天快到了。

「7-ELEVEN。」

推理單元劇裡的刑警曾經說過：現場勘查要一百次。（或者他是說一百萬次？）

我們再度踏上白天的路程。便利商店在夜晚的住宅區投射出像救命燈一樣的光芒，被光線吸引的小鬼們就像是弄錯季節的飛蛾群聚而來，去便利商店買那些有買跟沒買一樣的垃圾。我們在旁邊的停車場向小鬼問話，給他們看公主的照片，探聽消息。得到的反應如同他們的腦漿一樣稀薄。指尖讓寒風凍得像冰棒一樣時，就到便利商店買肉包和熱綠茶。第一晚，撐到半夜兩點多。

撲了個空。

第二天傍晚，崇仔來電說 7-ELEVEN 的事沒什麼進展，又說會繼續調查下去。我跟他說我也是。

「還有，阿誠，你有沒有聽過這種傳言？如果出現幽靈休旅車，女人就會消失。聽說現在已經有兩三個人不見了，也有人說至少有二、三十人失蹤了。」

我回說沒聽過。現在滿腦子都是公主的事，才沒空理那種午夜怪談。我那時一點也沒把話放在心上。唉，等我注意到的時候是否爲時太晚了呢？

後來，每到半夜我就去 7-ELEVEN 報到。沒辦法，因爲我能找的地方也只剩那裡了。我當然也想待在暖烘烘的房間裡，坐在皮沙發上，憑著天才般的推理能力把犯人揪出來呀。但我仍只是拿著熱氣騰騰的肉包子站在外頭。以後請叫我金田一誠。

猴子和我兩人錯開時間去 7-ELEVEN，現在連黎明和早晨也進行偵查。跟打工店員也混得挺熟的了。過了不久，便發現一件令人在意的事：離停車場一百米左右的公寓四樓角落房間的窗戶，只有那間的燈光一直亮著。
夜晚十一點、深夜兩點、清晨五點。
星期天、星期二、星期四，燈光總是亮著。
這附近的住宅區沒有其他戶有像這樣的窗戶。莫非裡頭住有考生？緊閉的窗簾偶爾會搖動，有時也會看到好像有什麼在發光。
「不眠之窗」不久就成了我和猴子間的小笑話。

這是一個不斷夢見自己醒來的小鬼，在夢裡受失眠症所苦的故事。
失眠不是病喔。夢裡的心理諮商醫生如此跟他說。接著指著夢裡桌上的仙人掌，告訴他最近連仙人掌都成了失眠症候群。小鬼碰了一下夢裡的仙人掌，尖銳的刺戳破了手指，在指腹形成一顆血珠。
「好痛！太好了，原來這不是夢啊！」
這時，仙人掌開口了：
「誰？是誰在我夢裡大吼大叫的？」

偵查開始第三天晚上十二點左右，我們來到 7-ELEVEN 時，幾個 G 少年和平常一樣聚集在停車場。我們開始偵查。道路對面有一個小鬼搖搖晃晃地走過來。十一月下旬深夜，他只穿了一件短袖T恤和髒兮兮的斜紋褲，連鞋都沒穿。一個 G 少年說道：

「靠！是嗑藥的。誠哥，最好別看他的眼睛喔。」

小鬼不時舉起一隻手，把咖啡罐湊到嘴邊。但似乎沒有眞的喝下去，把罐口就著鼻子下方深呼吸。吸膠嗎？那個小鬼一走到停車場，一股強力膠臭味直衝喉頭。

「大——家——好——嗎？」

音量大得不像話。他瘋啦？這傢伙以爲現在是尖叫大會嗎？誰也沒有理他，誰也沒有看他。吸膠男一邊搖搖擺擺地走著，一邊把手放到便利商店的門上。另一個小鬼正好從裡面走出來，手裡的白色塑膠袋擦過吸膠男的手，把吸膠用的咖啡罐打落到地上。罐裡的強力膠像煙一樣在咖啡色的磁磚上散開，他怒不可遏：

「你幹——什——麼——？我——斃——了——你——！」

我跑向便利商店。那個小鬼毫無懼色地直視吸膠男。吸膠男張開手臂，想要撲向小鬼的時候，小鬼插在口袋的右手擊出，看起來好像只是用拳頭輕輕敲了一下吸膠男的大腿。但當那小鬼縮回右手的同時，吸膠男的大腿就像是半張的蛇口，汩汩流出鮮血。

髒兮兮的斜紋褲出現一條紅色的線，赤裸的腳尖被泥土和鮮血弄得黏呼呼的。吸膠男抱著腿蹲下來。小鬼的拳頭上凸起三角形的金屬片，我曾在郵購看過，那是握在手裡使用的銳利雙刃匕首。

和我一照面，小鬼微微一笑。美男子一個，感覺很吃得開的俊俏臉孔。

「你也犯不著動刀子吧？應該吵兩句就沒事的了。」

「吵架太麻煩啦，刺他一下不就立刻了結了？你眞善良耶，誠哥。像這種吸膠毒蟲，不就跟垃圾一樣嗎？」

他知道我的名字！是池袋本地人嗎？年紀很輕，看起來比我還小。

「你的名字是？」

「叫什麼都無所謂吧。」

美男子不急不徐地走了。

站在我身後的猴子說話了，臉色鐵青。

「外行人眞是可怕呀。這地方到底是生了什麼病？」

深有同感！再賞猴子你一根香蕉。我也是一再碰到這些讓人完全搞不懂的新新人類。那天晚上，我覺得自己好像一下子老了很多。

根據猴子的情報，羽澤組的搜查發現了一條有力的線索。在豐島區公所後面的電玩中心，好像有店員中了彩券。現在辭去了工作帶著女人到塞班島快活。聽說那女人跟最近開始交往的公主長得很像。鷲鷹老大也隨即派小弟追過去。

崇仔那兒則繼續傳來幽靈休旅車的消息。聽說女人消失不是什麼午夜怪談，而是確有其事。某個不良少年集團開著休旅車在池袋流竄，把女人拐騙到深山丟棄。他要我也多加留意。但是，晚上停在西口公園旁邊的車子，其中有一半（或者更多？）都是爲類似目的而來。幾千輛的車子，要如何從裡頭把嫌犯揪出來呢？

我持續進行 7-ELEVEN 的夜間偵查活動，但沒有顯著的收穫。看來最晚才開始行動的人，就是我這張王牌了。

偵查開始後第八天，星期五，在天還沒黑的時候，我一個人朝 7-ELEVEN 出發。先站在停車場上，確認那扇燈光永不熄滅的窗戶，接著步行三分鐘就到了那棟公寓的大門，白色的公寓外牆被煙燻成了暗淡的灰色。我搭乘慢吞吞的電梯到四樓，沿著走廊前進，在面對後巷的房間前停下，確認門牌。嵌在不鏽鋼裡的白色塑膠板泛著黃色：

森永和孝

理子

和範

眼光停在第三行的森永和範，我記得這個名字。我立刻撥 PHS 給猴子，要他帶國中畢業紀念冊到 7-ELEVEN 來。我想起了國文教科書裡《蜘蛛之絲》（譯註：芥川龍之介發表於一九一八年的作品）的故事，老天保佑這條蛛絲可千萬別斷了。

二十分鐘後，猴子出現在 7-ELEVEN 的停車場。我邊向他描述事情經過，邊翻著畢業紀念冊。猴子說道：

「我不記得什麼叫森永的傢伙。」

「是我國三的同班同學，我們班的幹部。」

對照著通訊錄。住址、公寓名稱、房間號碼，三者都一致。賓果。

「現在怎麼辦？」

「我去一下，猴子你在這等我。」

按下感覺不太牢靠的對講機按鈕。

「喂，請問有什麼事？」

氣質高雅的女性聲音。

「我是和範的國中同學，眞島誠。」

可以聽到對方的吸氣聲。卸下門鏈，門打了開來。藍色毛衣配上灰色緊身短褲，頭髮向後梳成垂髻。看起來比我家老媽年輕，但眼睛四周的皺紋卻特別多。

「和範他今天在家嗎？」

「嗯……在是在……」

一副很傷腦筋的表情。

「好久沒來這附近了，所以想和他聊聊。」

「好吧，我去問問看。」

他母親走進室內。我在玄關等待。有人在說話的感覺。她又走了回來。

「不好意思讓您白跑一趟，今天可不可以先請您回去呢？」

「是不是身體不舒服？」

她惴惴不安，小聲地說道：

「您可以在外面等我一下嗎？我有點兒話想跟您講。」

我點點頭，走到門外的走廊。我完全搞不清楚狀況。走到走廊盡頭，可以看見十字路口的7-ELEVEN。雖然距離有一點遠，但是便利商店內部和停車場都看得一清二楚。猴子正蹲在地上翻看畢業紀念冊，小小的猴子。

「讓您久等了。」

和範的母親罩著黑色的短外套現身，手上拿著紅色的漆皮錢包。想要去哪裡呢？

進入池袋車站旁邊的咖啡館，我點了熱咖啡，和範的母親點了檸檬紅茶。盯著杯子瞧了一陣子後，她開口道：

「關於我們家的和範……現在，沒有在上學。」

「是嗎？」

和範國三時是全班第一名，以響噹噹的優等生之姿考上了私立明星高中。我以爲他鐵定在某間一流大學唸書哩。

「而且，不光是高中休學而已……這實在很難啓口，他現在把自己關在房間裡不肯出來。」

根據和範母親的說法，和範在這三年之間一直都關在自己的房間裡。三餐就放在房門口，上廁所和洗澡也都是背著家人偷偷出來解決。好像是用鑰匙從房間裡面上鎖，完全的與世隔絕。如果想要什麼，就寫在紙上放在餐具裡遞出來。「TDK．VHS錄影帶一二〇分鐘．高品質等級．六卷」，如果品牌或種類搞錯了，就會從水泥牆傳來敲打牆壁的聲音，甚至連客廳都聽得到。有時甚至持續二十分鐘之久。像是用手擊牆，或是用頭撞牆一樣沉悶的聲音。

「來家裡找過和範的朋友，這三年來也只有眞島先生您一個人。因爲今天事出突然，加上和範心情好像也不好，所以才沒辦法與您見面。但是，您千萬不要介意，下次一定要再來我們家玩。希望您能當和範的好朋友，拜託您了。」

連續重覆說了三次拜託您了，和範的母親一邊鞠躬，一邊哭泣，淚水融化在加了檸檬而變淡的紅茶表面。遠處的女服務生窺視著我們，好奇心暴露無遺。曾經是我們班的明日之星，現在卻把自己的房間當做單人牢房，過著獨居的生活。究竟哪裡還有頭殼還沒壞的傢伙？

讓人搞不懂的似乎不止是新新人類而已啊。

那天晚上，我也和猴子在7-ELEVEN偵查。講完和範的事，猴子說道：

「我覺得自己似乎可以了解那傢伙的心情。」

「爲什麼？」

「我不是從國二開始拒絕上學嗎？雖然也知道不去不行，但是早上就是怎麼也打不開玄關的門，甚至有好幾次一直站到下午老媽回家喔！」

「原來是這樣。」

「你是不會懂的啦！阿誠心裡有一個任誰都無法動搖的禁地，就算是學校、其他人，甚至是我們組織，也都別想移動分毫。我有時候會覺得阿誠是個像冰一樣冷漠的傢伙。但是，阿誠之所以會這麼冷酷，或許正是因爲你心裡有一扇打不開的門吧？」

猴子望著現在也亮著燈的窗戶，繼續說道：

「這比起把自己關在房間裡的那個傢伙還要糟糕耶！偶爾把門打開一下比較好喔。」

猴子站起來，拍拍屁股。

「我去買個關東煮。組織請客，你要吃什麼？」

隨便。我說。冷空氣從柏油路穿過屁股流進身體裡。正如猴子所說，我搞不好眞的是個冷漠的人。

但是，每個人都會有一個誰也無法開啓的房間，不是這樣子的嗎？

我想到放著〈死公主的孔雀舞〉的白色房間。

我的房間，我的單人牢房。

下週一開始，我們改變行程。我傍晚稍早先去和範家，之後回家一趟，接近凌晨時再去 7-ELEVEN 偵查。

我每天都造訪那棟公寓，有時會帶店裡的哈密瓜。那時的我並不確定和範知道些什麼。因爲沒有其他可做的事，加上忘不了他母親的淚水，也或許是因爲猴子說了那些話。把我的門打開，然後把和範的門打開。

進了玄關，客廳桌上準備了茶水。我和他母親簡單地打過招呼後，沿著走廊地板走到和範房間，在門前坐下。他母親靈機一動，拿了一個靠墊給我。我就這麼倚著門自言自語，房間裡沒有任何回應，只傳來電視機低沉的聲音。

面對白色的門，我滔滔不絕地講述國中同學後來的生活。誰和誰先上車後補票、誰加入了自衛隊、誰當了應召女郎、誰自殺了、誰現在還在當學生或打工。

我也說了池袋的事。電玩中心的大頭貼和G少年的事、國中時全班一起去過的陽光城水族館的事、暑假騎腳踏車去過的小石川植物園和六義園的事、跟人約好抱著必死決心去買色情書刊時，香菸攤那個兇巴巴的大叔的事、優等生和範竟敢一個人去買SM雜誌，最後得到眾人景仰那天的事（雖然大家都搞不懂紅色蠟燭爲什麼可以讓人爽歪歪）。

那時夏天傍晚的光線和空氣、早晨教室裡整整齊齊的桌子和椅子、體育服的臭味和體育館地板的冰涼，輕撫著肌膚，游泳池裡微溫、透明、充滿彈性的水。話匣子一打開，回憶就像泉水一樣湧出來。

我也說了當上黑道的猴子的事，還有野丫頭公主失蹤的事。然後是我自己的事，包括夏天的絞殺魔事件、看店的苦悶，還有連自己都完全搞不清楚未來想做什麼的事。我告訴和範，雖然這天眞的像白癡一樣，不過我覺得只要每天有錢花，找到眞正想做的事，這樣就很幸福了。

然後，秋天裡，又一個七天過去了。

偵查持續進行中。星期六晚上的7-ELEVEN是附近小鬼們的集會沙龍，少男少女們坐在停車場說著別人的傳聞或鬼扯蛋，我和猴子也加入他們。脫口秀隨著成員來來去去，一直進行到早晨。塞滿食物和飲料的冰箱就在隔壁整晚開放。有人開口道：

「那個嗑藥的，現在聽說在住院。想嗑也沒得嗑，好像滿慘的。」
「那不正好？聽說戒強力膠最好的方法就是躺著睡大頭覺啊！」
「你們知道他因爲口渴得要命，還把點滴給喝下去的事嗎？」
昏暗的停車場響起一陣哄然大笑。我說道：
「那個突然動刀子的傢伙，有人知道是誰嗎？」
G少年們搖頭。似乎不是這附近的人。
「那麼，有人聽過幽靈休旅車的事嗎？」
這次大家一起點頭。不好的預感。因爲大家都知道，其實就等於沒有人知道。果然不出我所料，每個人說的故事版本都不同，加油添醋的午夜怪談讓氣氛因此熱烈起來。開頭跟你們說的那個幽靈休旅車的傳說，就是我把當時聽到的版本再加以改編而成。雖然充滿娛樂價値，但對於尋找公主一點幫助也沒有。

休假過後的星期一，我同樣在和範房門口說了約一個小時的話，在正準備離開時，忽然覺得和範房間裡頭好像有動靜——像閃電一樣的開鎖聲。我透過門問道：
「我可以進去嗎？」
「嗯。」

我打開門，比想像中還輕的木門。

房間約六個榻榻米大，電腦、錄影帶、CD和漫畫塞得幾乎看不見地板和牆壁。窗簾緊閉的窗戶前面有一個三腳架，上頭放了一台從未看過的望遠鏡。望遠鏡前端像是螳螂的前臂，朝上延伸了近一米。和範靠著和室椅，看著房間角落的電視機，兩台十四吋電視機和錄影機橫向並排著。全身穿著黑色長袖圓領套衫，原本瘦削的背部現在脂肪隆起，束起的頭髮長及腰間。他背對著我說道：

「隨便坐。」

「好。不過，爲什麼你今天會開門呢？」

「因爲阿誠賭贏了。」

和範的聲音又細又尖。

「賭什麼？」

「我知道阿誠爲什麼要來我這裡，因爲我用望遠鏡在觀看。你每天都在站崗，對吧？你想知道在那家 7-ELEVEN 發生了什麼事，是吧？我跟自己打賭說如果你沒有來超過一個星期，我就什麼也不講。」

眞不愧是全班第一名。

「到今天是一個星期又一天了吧？對了，這個望遠鏡怎麼這麼怪？」

我起身看望遠鏡。上面有一個奇形怪狀的控制桿，想要摸摸看時，和範叫道：

「別亂碰！這是前蘇聯軍狙擊手專用的潛望鏡。焦距可以調得非常接近，調整起來非常麻煩。」

從綠色迷彩塗料脫落的地方可以看到裡頭的金色底漆，一台傷痕累累的望遠鏡。一邊小心不要碰到望遠鏡，一邊近眼去瞧鏡頭。鏡頭底下異常明亮，可以看到 7-ELEVEN 的雜誌架。綜合體育雙週刊

《Sports Graphic Number：世界杯日本足球代表》——連特集主題都看得一清二楚。

「這是專爲藏身暗處的狙擊手所設計，可用來瞄準一公里以外的獵物喔！」

得意的聲音越過背後傳來。

我把公主的照片推到和範盯著電視機的臉前面，問他三週前的星期三發生的事。和範一言不發地霍然起身，從學生書桌的抽屜裡取出一本包上半透明塑膠套的活頁筆記本，咻咻地翻著。我偷看了一眼，裡面擠滿了用〇．三釐米水性原子筆寫的蠅頭小字。

「有了！半夜十二點十五分左右，有一個跟公主很像的女生，在 7-ELEVEN 旁邊上了一台 Odyssey 。」

「借我看一下。」

他把觀測日誌遞給我，我看了一遍。那是銀黑色的 Odyssey ，超低底盤結構車身、深色玻璃、三爪鍍鉻鋼圈、右側凸起兩隻方型滅音器、後門左側尾燈上方有一個銀色流星的三D噴漆圖樣。日誌裡甚至還很周到地附上流星插圖，眞是敗給他了。翻看日誌其他頁，都仔細記錄下每一晚。我向和範要了一張紙，抄下重點。

「謝謝，幫了我一個大忙喔。但是，爲什麼要每天記這些東西呢？」

和範坐回他固定位置的和室椅。

「不知道。每天醒著二十小時，用監視器監看或用望遠鏡觀察街頭情況。沒有任何意義，也累得要死，但就是停不下來。」

我一時語塞。

「不過，我說不定因爲這本日誌才能找到公主。和範的工作一定能對某人有所幫助的。」
「……謝謝。」
細如蚊蚋般的聲音。
「沒什麼，你開門讓我進來，我才眞的要謝謝你。」
不光是和範，我心裡的門或許也因此打開了一點點。當我正準備離開房間時，和範猛然回頭。那天他第一次直直看著我的眼睛說道：
「下次，可以去阿誠家玩嗎？」
「我等你。絕對要來喔！」
和範臉上浮現破涕爲笑的表情。這不是很棒的笑臉嗎？

走到公寓外面，我立刻打 PHS 給崇仔，請他叫 G 少年追查池袋地區的黑色 Odyssey 。目前所掌握的特徵多得像山一樣，只要它在這個地區出現，一定難逃眾監督的網眼。接著我打給猴子：
「你可以馬上到 7-ELEVEN 來嗎？」
「可以呀，怎麼了？」
「黑色老鼠露出尾巴了。下半場最後一節終戰就要開始。」

我在停車場說了黑色 Odyssey 的事。描述完銀色流星的模樣後，猴子臉色變得很奇怪，我把從和範的日誌裡畫下來的圖給他看。

「如果是這個星星標誌，我看過。在丹尼斯餐廳送錢給公主時，她指甲上畫的就是這個。」

「沒記錯嗎？」

「嗯，因爲銀色的星星在黑指甲上特別顯眼，所以我不會記錯的。」

「好！那組織那邊就由猴子來聯絡。」

猴子默默點頭。我因爲過度興奮，所以沒有特別注意他的表情。假如我那時撥一通電話給鷲鷹老大，事情會不會有所改觀？到現在我還是不知道。

待機的時間就像看著沙漏那般難熬。看店、到唱片行晃晃，又回到了平常的生活，只不過心不在那裡。和猴子只有偶爾聯絡。

眾人開始分頭尋找那輛車的第四天傍晚，我的 PHS 突然響起。我從店裡走到人行道上。

「喂，阿誠嗎？」

我嚇了一跳，是和範的聲音。

「怎麼了？」

「那部 Odyssey 現在就停在 7-ELEVEN 旁邊。」

「收到！我立刻就去。」

在店前面的馬路一邊攔計程車，一邊撥 PHS 給猴子。「您所撥的電話現在暫時無法接聽」，是語音信箱的機械式播報聲。放棄聯絡他！滑進還在搖晃的計程車門——走路到 7-ELEVEN 需要十二、三分鐘，坐車的話應該不用三分鐘才對。

可千萬別讓流星從我的指縫間溜走啊！黃昏時分，被家庭主婦和學生們擠得水洩不通的住宅區在車窗外飛逝。而黑色 Odyssey 就像是雕刻般停駐在我的腦海裡。

透過計程車的擋風玻璃，我看到了那部 Odyssey。超低底盤的低車身結構緊貼著道路，車頭燈的上半部貼著黑色膠布，看起來就像睡著了一樣。沐浴在夕陽下的車子發出紅黑色的光輝。車裡一個人也沒有，旁邊則有兩個男人面對面交談著，氣氛很是緊張。我可以看見他倆的臉，面對我的是猴子——難道他一直在這裡監視？我請計程車在距 Odyssey 十五米前停下，緩緩走近兩人，接著聽到猴子的聲音。

「我只是問你有沒有看過這個女人，怎麼樣？」

猴子給他看公主的照片。我總覺得好像在哪裡看過這小子的背影。他的身高和我差不多，格子襯衫外罩綠色羽絨背心、白色棉長褲，雙手插在口袋裡。我一走近，猴子的視線便轉向我，離開了小鬼。

「小心！」

我大叫一聲。小鬼頓了一下，就將握著匕首的右手揮向猴子。

猴子後退一步，閃過了刀鋒，他的 Converse 鞋底發出刺耳的磨擦聲。小鬼被我的叫聲引開了注意力，向我轉過頭來。好一個美男子！就是刺傷嗑藥族的那個傢伙。猴子沒有放過這個瞬間，像麥可喬登一樣快速切入、起腳！他以 Converse 前端踹向小鬼的下盤，小鬼抱著下陰蹲下。我同時從背面飛攻向他的右手，鬆開他的拳頭，取下匕首。

那是由四個套在手指上的圓環所構成的指節金屬套，很重，可拿來當鬥毆工具。每個圓環中央還分別凸起三角狀的雙刃匕首。猴子把小鬼的頭往柏油路上壓，將他的雙手反扣到背後，銬上手銬。

「準備很周全嘛！」

「啊——」

猴子氣息紊亂地應道。

我們從小鬼的羽絨背心口袋取出車鑰匙和錢包，拉起小鬼坐進黑色 Odyssey 。座椅是白色真皮豪華版。我開車，猴子和小鬼一起坐在第二排，後面是寬敞的置物空間。

我忽然想起了和範，按下窗戶按鈕。馬達嗡嗡地在響，深色窗戶滑順地落下，我把豎起大姆指的右手高高伸出車窗戶外。

透過那台狙擊手專用的遠望鏡，和範一定也正看著我們。

我開著黑色 Odyssey 。到安靜無人的地方比較好吧。就把車子停在池袋三丁目御岳神社旁的綠蔭下。小鬼一句話也不說，猴子唸著駕照：

「岡田春彥，昭和五十五年生。你這小子才十八歲呀？」

岡田一副鬧彆扭的表情。

我翻看他的錢包。親屬用的金卡附卡、和父母三人在某網球俱樂部門廊下的合照，以及岡田抱著米格魯犬的獨照。很普通的笑臉，看似幸福的有錢人家庭。猴子把公主的照片推到美男子面前，我正視著岡田的眼睛說道：

「十一月十二日星期三凌晨十二點十五分，我們知道你用這部 Odyssey 泡到了天野眞央。你知道那個女的後來怎麼了嗎？」

表情沒有變化，只有微微地瞇起眼睛。

「在那之後，天野眞央整整三週沒有任何消息。你在哪裡讓她下車的，快告訴我們地點！」

岡田笑了。猴子一拳毆向他的頰骨，發出乾澀的聲音。

「沒用的，住手！不如徹底搜查這台車子吧。」

爲以防萬一，我用我的印花大手帕綁住岡田的腳踝。

「猴子，你從後面的置物空間開始搜。」

說完，我便開始搜查駕駛座的附近，儀表板下的前置物箱、側邊置物網、座椅下方。前座腳邊有好幾根長髮，顏色跟長度都不一致的大量毛髮。找了十分鐘左右，聽到猴子從後面傳來的吸氣聲。

「阿誠，你看這個。」

拉開後門，來到黑色 Odyssey 後方。猴子精疲力竭地坐在揭起的地毯上方，手掌心放著某件東西，把它推向我——黑色細長三角形的尖端畫著銀色流星，銀色尾巴長長地向後延伸，最尾端消失在發黑乾涸的血跡裡。猴子緩緩地把假指甲翻過來，背面貼著一片血液凝結掉的乾枯眞指甲。

死人指甲的顏色。

那天晚上，把黑色 Odyssey 停在東池袋的羽澤組後，我就和猴子分道揚鑣了。猴子說要把岡田帶去羽澤組的事務所。雖然心裡不是很舒暢，但是也沒辦法。我可以做的，也只到這裡而已。對岡田那傢伙來說，或許會是很長的夜晚。但是，我怎樣都沒辦法同情他。

隔天晚上，關好店看電視時，我的 PHS 響了起來。

「阿誠嗎？今晚可不可以陪我一下？」

「幹什麼？」

「去找公主。」

走下店旁邊的階梯，前面車道上的黑色 Odyssey 發出柔和的光芒。車窗搖下來後，猴子的臉出現在眼前。

「上車！」

猴子雙眼充血，看來昨晚沒有睡覺。我坐到副駕駛座，黑色車身一邊撥開霓虹燈，一邊緩緩前進。

岡田被綁在後座，和猴子一樣紅著眼。

「要去哪？」

「埼玉的山裡。」

「是那傢伙招的嗎？」

「別問我用了什麼方法。」

我默默無語。車後面置物空間裡放著藍色塑膠布和鐵鍬，我沒有問那是做何用途的。

黑色休旅車一直隨著川越街道的車陣奔馳。岡田似乎在後座睡著了，可以聽見細微的鼾聲。我們在往所澤的街道左轉，一路開到所澤基地後，猴子把車子停在圍牆旁邊，把岡田戳醒。

「到啦！」

岡田很不耐煩地說：

「喔……從這裡一直走，右側會有一條通往小丘陵的路。上去之後，前面會出現像森林一樣的地方。那裡就是了。」

那傢伙的聲音雖然都分岔了，語調聽起來還是很平靜。猴子發動車子，爬上通往小丘陵的路後，可以看到對面斜坡上整齊排列的新成屋燈光。

下了車子，三人進入森林裡。枯葉淹至腳踝的高度。我們離開手電筒照射下的森林小徑，朝樹林子裡約莫走了兩百米。城市的燈光穿越低垂的樹枝，看起來矇矇矓矓的。

我們一開始發現那東西時，還以爲只是丟棄在枯葉上的舊衣服。四周是散得亂七八糟的女用衣物。公主就一絲不掛地橫躺在中央，跟枯葉及泥土變成了相同的顏色，眼睛和嘴巴凹陷像是鑲嵌了夜晚一般黑暗。還有排泄物的臭味。

「你待在這裡。」

猴子說完，就走近公主身旁。在屍體旁邊蹲下，把手放在散亂的頭髮上。

緩慢而溫柔地、緩慢而溫柔地，撫摸著。

那雙手的動作，或許我到死都不會忘記吧？

猴子從公主臉旁拾起一樣東西，回到我們這裡，表情出奇寧靜。眼眶裡或許噙著淚水，又或許沒有。我不知道。

「你看。」

猴子向我攤開手掌，用手電筒照著。是公主的灰色隱形眼鏡，周圍的虹膜在黑暗中熠熠生輝，灰色光芒在眼裡久久不去。

就像是拖著長長尾巴馳騁夜空的流星一樣。

回到車上。猴子安靜地打開後車門，取出藍色塑膠布。我說道：

「你想做什麼？」

「公主怕冷。」

「算了，別弄了！接下來就交給警察吧。」

猴子怒目而視。

「我不要！交給條子，然後讓新聞媒體那些傢伙再殺公主一次嗎？這樣還不夠嗎？我絕對不會讓那種事發生，就算是你也阻止不了我的，阿誠。」

猴子是認眞的。我感覺自己沒有阻止他的力量或理由。

「你喜歡怎樣就怎樣吧。」

「抱歉了。」

猴子的背影消失在森林裡。

我讓岡田坐在後座，鎖上後車門的兒童安全鎖，再關上車門。他表現得很順從，是因爲累了嗎？或者只是假裝乖巧呢？

我在車子外頭打 PHS 給羽澤組的堂主冰高。冰高很快接了電話，他好像正在某家酒店，傳來女人的嘻鬧聲。

「找到公主了，但是晚了一步。」

電話那頭先是頓了一下，然後就聽到冰高吼道：吵死了！通通給我閉嘴！

「那麼，找到凶手了嗎？」

「嗯，現在被猴子和我扣著。你沒聽過他說嗎？」

「啊。沒聽過。」

我嚇了一跳，猴子全都是一個人在幹的嗎？

「我以爲猴子昨天在羽澤組的事務所就跟你說了。猴子和那傢伙要怎麼辦？」

「沒有怎麼辦。幫我跟猴子說一聲，就隨他喜歡去做。」

這句話氣得我全身血液直衝腦門。

「別開玩笑了！你也知道這樣說猴子一定管不住自己的吧？把所有事都交給猴子一個人幹的話，你們老大也不可能會感到滿意的。不是他的寶貝獨生女嗎？不向老大報告就自做主張處理的話，猴子以後該怎麼辦？」

「這我當然知道。現在就算我想罩他，免不了還是要被剁手指的吧？外行人的你或許無法了解，但是現在老大被條子盯上。萬一這件事再被抓包，一定到死都得關在牢裡的。就算要爲公主報仇，也絕不能讓老大鋌而走險。」

「猴子知道嗎？」

「應該多少知道一點吧？那傢伙怎麼說都吃這行飯五年了。」

「是嗎……」

遠處所澤的燈光在腳下暈開。冷硬的火在十二月的清澄空氣裡僵住。「這次你眞是幫了我們個大忙。下次讓我們好好設宴款待吧！你幹得太……」

沒等冰高說完，我就掛了電話。

我從沒有像這時候那麼討厭黑道！

過了一會兒，猴子回來了。我對他說道：

「辛苦了！我剛剛打電話給你的堂主。」

猴子臉色大變。

「什麼都別說，阿誠。不要每次都擺出一副什麼都懂的嘴臉！」

猴子嚷著。唯獨，眼神看起來很悲傷，卻毫無惱怒。和公主一樣，是野生動物的眼神。叫嚷完後又說道：

「要你陪我做這種事，對不起。」

猴子哭著說道。有需要向誰道歉的理由嗎？我默默點頭。坐進黑色 Odyssey，緩慢地沿著來時的道路而下。暖烘烘的車子裡，一直飄散著無法消除的臭味。誰也沒辦法說出那是什麼臭味。

因為，那是死亡的臭味。

回到川越街道，再朝埼玉的西方前進。我問猴子：

「要去哪裡？」

「我們組織經營的產業廢棄物處理場。」

假寐的岡田，張開眼睛從後座插話道：

「等一下，誠哥。這傢伙想殺了我。我才十八歲而已耶。應該把我送到警察署去嘛。」

猴子回答：

「然後，你在少年輔育院待個三、四年就可以出來了嗎？」

「當然嘛，我怎麼說也是有家人，有朋友的。」

岡田死命地看著我。

「亂七八糟的豬朋狗友嗎？阿誠，這傢伙的一夥人專門拐騙女孩子，輪姦後再丟到荒山裡，也不管對方是死是活，不爽時就捅對方兩下。美祐聽說也是著了他們的道。我拿他的駕照給她確認過了。」

岡田噴著口水辯解，又快又急、視線飛轉。

「只是遊戲而已，根本沒想到她會死，會死掉眞是意外。那個女人在最後的最後才嚷出組織的事，說什麼要追殺我們所有人，學校和家人一個也不放過，我們也是沒辦法才下手。我不想死在這種地方，也給我一點機會嘛！」

原本端正的臉孔現在扭曲著，嘴角冒著泡沫。眞是逼不得已才下手的嗎？

「什麼機會？」

我問道。岡田的眼睛一亮。

「讓我跟那個矮冬瓜一對一單挑！我如果輸的話，任殺任剮毫無怨言。但我如果贏了，就帶我去警察署。」

我轉頭，斜眼看猴子。猴子眼光盯著前車的尾燈，一字一句地說：

「可以。」

「眞的嗎？誠哥，你也聽到他說可以囉？」

「嗯。猴子，眞的可以？」

猴子看著前方點點頭，低聲說道：

「逃走也行。」

「什麼意思？如果打贏你，不用去警署，可以隨便逃走嗎？」

猴子點頭。石刻般的側臉有如在沉默中宣佈著「輸的時候就是你的死期」。岡田上半身被綁住，氣息粗重，只有眼神閃閃發光。這兩個人都瘋啦。

「我懂了。由我做見證人，到最後仍站著的人獲勝。贏的人可依剛才的條件，隨便他喜歡怎麼做。這樣可以嗎？」

猴子和岡田都紅著眼點頭。眞是兩個超級激烈的熱血少年。和他們攪在一起的我究竟是想做什麼？我不知道。但不管如何，事情已經開始。無法回頭。也阻止不了。更無法裝做一副不知情的樣子。因爲公主已經去了另一個世界。

更何況，我們三個人也坐上了幽靈休旅車。

猴子拿著處理場大門的鑰匙。

山裡的產業廢棄物。

凌晨兩點，四下無人。車子緩緩輾壓過碎石子前進，周圍視線被波浪狀鐵板擋住。報廢機械零件推積成山、起重機如恐龍骸骨般融化在夜空裡。兩棟有點髒亂的組合屋。建築用地旁的黑油和重金屬池塘，在被黑色 Odyssey 車頭光照耀下，發出慵懶的七彩光芒。

我們無言地下車。

中央的空地上豎著一根桿子，尖端有一盞耀眼得令人無法逼視的燈，就像深夜裡的太陽。

猴子和岡田在相距五米的地方止步，兩人的影子呈放射狀延伸。

我解開綁岡田的繩子，並解開手銬。他獰笑，似乎信心十足。

我撿起腳邊的小石頭。

「輸了什麼都沒有，贏了就重獲自由。從這顆石頭掉到地面起開始！」

我把小石頭高高投向空中。消失在夜空的石頭過了一會兒，不知從那裡發出沉悶的「咚」一聲。

猴子像是和朋友打招呼一樣，用平時走路的速度接近岡田。岡田蹲在地上，右手握著石頭。

「沒說可以用武器的吧？」

我說話的同時，猴子叫道：

「沒關係，隨他高興。」

猴子像螃蟹一樣，將手肘舉到頭部兩側。岡田比猴子高一個頭，帥氣的臉孔仍笑逐顏開，像是打從心裡享受這場決鬥。

到了手可以互碰的距離。岡田用握著石頭的拳頭攻擊猴子腋下。猴子吐了一口氣，停下腳步。岡田繼續揮拳。左右腹側、肩膀、防禦的雙臂。猴子只有緊護住頭部，眼睛透過雙手間的空隙直盯著岡田瞧，手臂和腹部應該已是一片瘀青。我想起之前學校的貓捉老鼠遊戲。但是，現在的猴子已經和那時的猴子不一樣了。

即使一再挨打、一再被揍，猴子都沒有退縮。

找到攻擊的空檔，猴子衝向岡田懷裡。而岡田對著猴子背部一陣亂打，猴子只有死命護著後腦杓。猴子身體貼著岡田，抓住他的皮帶，蹲低身子。

然後，就這麼向上一跳，猴子用頭撞向岡田的下巴，岡田失去平衡。第一擊。

猴子再次蹲低，用頭撞向岡田護著下巴的左手手掌。第二擊。

岡田用握著石頭的右手護住下巴，猴子照撞不誤，扁平的石頭在手裡碎裂散落。第三擊。

猴子一點也不心急，就像是在地面打樁的榔頭，一次又一次地撞擊。

骨頭相撞的沉悶聲音響徹深夜的產業廢棄物處理場。

重新幫鼻血一路流到地面的岡田銬上手銬後，猴子喘噓噓地說道：

「不好意思。接下來……的事，不想……讓阿誠……看到。你……可不可以……先回去？」

猴子雙手放在膝上，半蹲在地的姿勢仰望著我然後說：

「回到……國道……走五公里……左右，可以……看到JR……車站。你……今天……什麼都沒看……到，也沒有……見過我……和這傢伙。今晚的事……忘……忘了吧！」

我沉默地點頭，踩著碎石子離去。

影子在我的前方延伸。我想，這個陰影今後都跟我分不開了吧！

在天亮前的鄉間小路走了兩個小時。

腦袋裡是在機油和重金屬湖底奔馳的黑色 Odyssey 。駕駛座上是美男子岡田，旁邊坐著亮灰色瞳孔的公主，很速配的兩人。如果岡田不是那麼混蛋，或許會是很登對的情侶吧？很可惜，他確實比猴子配公主更登對。

公主向我揮手，岡田冷笑著。銀色流星穿過黑色 Odyssey 的後車門，在鄉間小路的夜空飛翔。

抵達JR車站，在長椅上坐了片刻，等待天亮和第一班火車。我不想跟你們說車站的名字。

我跟制服裙裡穿著紅色運動褲的女高中生一起搖回了清晨的池袋， My hometown 。

數日後，那個冬天的第一波正式寒流正式來襲。池袋的大樓和大樓間的空氣也和冰沙一樣凍得硬邦邦，好像可以用刀子雕出天鵝似的。但是，女生們還是卯足了勁，赤裸著雙腿穿上迷你裙。了不起。眞是太感激了。

在那之後，誰也沒有發現公主的屍體。名義上仍是失蹤，連喪禮都無法舉行，聽說鷲鷹老大還因此哭了。

岡田那夥三人組因爲強暴、傷害婦女而被警方檢舉。他們是私立貴族男子高中的三年級學生，聽說是羽澤組逼美祐向警察提出告訴。主嫌岡田現在駕駛黑色 Odyssey 逃逸中，這當然只是官方說法。因爲是未成年傷害罪嫌犯，警察想來也不會認眞追查。而傳媒的熱度只持續了一週左右。

後來有幾次和猴子在池袋的小巷相遇，我也和他打招呼。猴子和我稱兄道弟，還把被剁掉的小指頭當笑話來講。撿到記得要交到警察署喔！那傢伙背後的觀音像好像已經上了色，我沒問他觀音像的瞳孔是不是灰色的。

崇仔依然是池袋 G少年的國王。每次見到我，就抱怨經營組織有多辛苦。我一提到公主的事，他就打斷我的話。不需要知道的事就不去聽，這似乎是崇仔的座右銘。

對了，和範現在已經可以走出自己的房間了。這眞是一大進步。

我辦完事回家時，那傢伙就站在我家店前面。釦子扣到脖子的黑色長外套、黑色長褲、黑色針織帽、露出手指的黑色皮手套。這傢伙是怪人二十面相嗎？我老媽跟他說外面很冷，要他到我房間裡等，但是和範沒有進去。他就這樣在隆冬的池袋西一番街頭足足站了三小時，大概也只有幫電話交友或色情按摩拿廣告看板的人會站這麼久了吧。

和範一看到我的臉，便露出了一個大大的微笑。打了招呼之後，他很自豪地回去了。回到他那再也不是單人牢房的房間，用狙擊手專用的遠望鏡觀測這個詭譎怪誕的世界。

加油！這個城市的和平就靠你囉。我對著和範的背影說道。

那傢伙背對著我高高舉起右手，拳頭握得緊緊的。

大姆指筆直地高高豎起，指向如藍色玻璃般堅硬的池袋冬季天空。

綠洲的親密愛人

早上一醒來，整個街頭都變了。

額頭青筋暴起，冷冰冰的眼底只有瞳孔熠熠射出懾人的殺氣。每條街都充滿了撞完鐘後那種金屬緊張感。連窄巷的角落都飄散著焦灼的氣氛。在街頭的G少年和黑道分子個個全身線條硬邦邦的。飛亂交錯的視線，幽暗大門的耳語。

當然，普通上班族和警察應該沒發現吧？但街頭就像某人一樣，偶爾也是會錯亂的。每年都會發生好幾次哩。

那天早上的池袋街頭就像嗑了融在水裡黏稠得可以拉成絲的安毒，足以讓絕食一週的男人一邊手舞足蹈，一邊跑完馬拉松全程的超強興奮劑。能夠讓任何人變身爲三小時的全能超人的夢幻靜脈注射。

冰水般的二月北風裡，街頭在那天早上飛舞了起來。下次著地時，應該就是逮到獵物的時候吧？不過，我一點也沒放在心上。要說那時候的每一天呀，眞是靜得連店頭蘋果皮乾枯的聲音都可以聽得一清二楚。反正，倒楣的可憐蟲不是我就好了。

但沒想到，那個倒楣獵物竟然會躲到我家來。

那天早上，我跟平常一樣在十一點多開店。我家的店位於池袋車站前的西一番街，附近都是小酒館、色情營業場所、電玩中心。我家小小的水果行就像是一匹土狼，緊緊貼著池袋街頭的下腹部。我們會批貨給一些夜店，其中也有些店就把切好的哈密瓜裝盤後，標上綠寶石般的價格。

敲竹槓。黑道出身的老闆，再大方地把灌了五成水的帳單丟給客人。也不能說他們不對。敲人竹槓、被敲竹槓，這就是所謂的街頭人生嘛！

我開了店，跟老媽報備一聲後出門。她好像咕噥了幾句，但我無所謂。坐進停在店門口的Datsun廂型小貨車，在池袋車站西口圓環兜了一圈，就轉進西口公園——West Gate Park——旁蜿蜒的小彎巷。精心打扮的傢伙在石板路上大搖大擺地走著，路上依舊到處都是推銷員。即使隔著玻璃窗，還是可以知道他們在推銷什麼。

「你不覺得會說英文是一件很棒的事嗎？」

「你的皮膚眞好耶！不過可惜，原本可以更好的說……」

各式各樣的資訊情報朝著耳朵灌迷湯。或許，我們應該開始學著去聽一些逆耳忠言。

我坐在車子裡等小俊。水野俊司是我的好友，圖畫得一級棒！一說到夏天絞殺魔的肖像畫，只要是池袋的少男少女，我想沒有人不服氣。

我在呆傻地品嘗著冬天的西口公園時，後車門突然打開，一個黑影滑進後座。一把槍一樣的東西抵住我的脖子，耳後傳來尖溜溜的聲音：

「你已經死了。」

是小俊。猴崽子！只露出眼睛和嘴巴的套頭帽，上頭戴了一副黑色膠框眼鏡。小手裡握著一把像大砲一樣的銀色空氣槍「沙漠之鷹」。

「阿誠，嚇到了嗎？」

「下次再這樣就要你好看！你一個人嗎？朋友呢？」

小俊用四點五口徑的槍口指指窗口。我轉頭一看，小卡車旁邊站了一個眉開眼笑的年輕男生。捲髮、白淨的皮膚、紅撲撲的臉頰，就像電視時代劇裡演小主公的童星出身的演員。駱駝牌的連帽粗呢大衣配牛仔褲，橘色圍巾圍成看都沒看過的時髦樣式。小俊把窗戶搖下來說道：

「我來介紹，這是砂岡賢治，一起打工的朋友，也是我的電腦師傅。然後，這是眞島誠。」

我點點頭。賢治用陽光般燦爛的笑臉說道：

「你的傳言我早就耳熟能詳了。」

「什麼傳言？」

「你是小俊認識的人裡頭最聰明的。」

小俊插口道：

「對，在我認識的高中畢業生裡頭。」

我大笑。北風刮過櫸樹樹枝，發出笛子似的聲響。

「上車吧。」

我發動小卡車。開始了從池袋出發的電腦購物之旅。

非假日的下午在不忍通上，一路暢行無阻。我從後照鏡裡看著賢治說道：

「我對秋葉原跟電腦都不熟。到附近的時候，你再跟我說怎麼走。」

賢治笑著點點頭。人感覺很好，但是笑容裡好像少了點什麼。坐在我旁邊的小俊聳聳肩。

「你之前在電話裡頭說連外送服務都沒有，到底是怎樣的店？沒問題嗎？」

連我家這種水果行都有在外送哩！

「安啦。你去了就知曬。」

小俊嗤嗤笑著。也罷，我集中精神開車吧。在賢治指引下，我從湯島左轉到藏前橋通，在末廣町紅綠燈前把車子轉進小巷，停在轉角羅多倫咖啡館的對面。電線桿的牌子上寫著外神田三丁目。我們下了車。

秋葉原的小巷最適合無所事事的小鬼頭。池袋地下街也擠滿購物人潮。大家不知為何都揹著大大的背包。巷子兩側都是小小電腦專賣店，店面大概跟我家的一樣窄。柏油路上散亂地堆著瓦楞紙箱，載著新紙箱的手推車一台接著一台撥開人群進入。不知從哪兒的擴音器傳來卡通主題曲，丟棄的傳單和配音員甜膩的歌聲在北風裡飛揚。看著看著，價格重新標上新價錢，唰一下就降了三萬日幣。通往戀童癖遊戲軟體專賣店的狹窄樓梯不斷吸進大批小鬼。

「眞誇張。」

我喃喃說著。賢治開心地說道：

「歡迎光臨世界第一的電腦叢林。只有外行人才會去中央通的大賣場。又不是買電視機或冰箱。來，走這邊。」

我像是剛進城的土包子，一邊四處亂瞧，一邊追在賢治身後。走了至少五十米後，在巷子裡的小十字路口轉角看到一塊藍色塑膠布，上頭像小山丘一樣堆了一大堆裸裝的電腦。簡直就像週日公園的跳蚤市場似的，萬頭鑽動。

「目的地到了。專收二手電腦的回收店。可是啊，不但確認過開機正常，還附六個月保證，所以跟新品也沒啥兩樣。」

小俊跟賢治坐在路邊，和店裡的長髮小哥不知在說些什麼。我就靠在相隔一段距離的電線桿看著他們。

東京很大，看來還有很多我不知道的聖地。

小俊交涉了二十分鐘左右。因爲很無聊，我也走過去瞧瞧那些舊貨。大型的佔空間，所以就挑小的看。我看中一個大約兩個便當大小的深灰色盒子，蓋子前面有一個六色虹彩的蘋果標誌。正在想著如何打開，賢治幫我把蓋子打了開來。

「這位客人，您眼光還眞好啊。不過，誠哥你有使用電腦嗎？」

一竅不通，完全是生手一個。我回答。

「那不如就買這台吧？這台麥金塔是採用 Power PC 以前速度最快的 Laptop，不但擴充性佳，一般用途的話也很夠用了。」

「這樣子啊～」

「嗯。我跟你說喔，現在大家都把焦點放在最新機種的效能評比測試，但如果只是使用文書處理、計算，或設計賀年卡的話，隨便一台電腦就綽綽有餘了。這種工作還用到現在的高性能機種來做這種小事，簡直就像在田間小道裡開保時捷一樣。只有白癡才會爲了這點小事砸下五、六十萬日幣。」

賢治說的話，我大概有一半聽不懂。但是，有一件事我是懂得的：這台水果牌的電腦蓋緣上貼了一張像是超市大特價的貼紙，上面用手寫鉛筆字寫著兩萬八千圓日幣——果然很便宜。

我要買那台電腦時，賢治過來幫我殺價。所以，我現在用的麥金塔只花了兩萬五千五百圓。對我這用耕耘機般的龜速打出來的幼稚文章，的確是恰如其分的價格。

附帶一提，小俊花了五萬八千圓買了十七吋顯示器、直立式ＩＢＭ轉接器加鍵盤。他從那間打工公司要到淘汰的掃瞄器和手寫板，所以買這些就足以應付一般的設計工作，或撰寫軟體（嘿！本人也學了不少吧？雖然大部分都是卡西夫的功勞啦。）。

全球速度最快也好、最輕量也好，這些數字到底有何意義？不就是工具罷了。只不過，在實際使用以前，我一直覺得電腦就像是個魔法箱一樣。

把裸裝電腦送到小俊在千川的房間後，我在傍晚回到了池袋。隆冬的天空暗得很快，東武百貨上頭冷颼颼的藍色頓時就轉變成了橘色。水果行後頭的液晶電視悠哉地轉播長野冬季奧運。人行道上傳來女聲：

「誠誠。」

一抬頭，千秋就站在那裡。藏青色的羽絨長外套、白色毛海的超短連身洋裝、亮晶晶的黑皮靴，全身上下找不到半點螢光粉紅或綠色，出乎意料打扮得很瀟灑的按摩女郎。

「嘿～歡迎光臨。」

我走到店前頭。透過齊眉的粗濃褐髮，千秋若有所求地抬眼看我。用僵硬的笑臉快速低語道：

「拜託，救救我！人命關天。明天下午什麼時候都可以，到我們店裡來。叫『綠洲』的店，你知道吧？一定要指名叫我唷！」

我愣住。她像是要掩飾什麼似地大聲點了兩盒草莓。我把裝了草莓的白色塑膠袋遞給她，千秋把錢塞在我手裡。

「明天來店裡的費用。」

她看著他處說完話後便邁步離去。我的手裡留下三張沒有摺痕的新鈔。

「金額剛好，謝謝惠顧。」

費了好大的勁兒才對千秋的背影說完這句話。謎樣的同學！

隔天，兩點多出門。穿過西一番街的拱門，從惠比壽通走到池袋二丁目。在柏青哥店的角落拐彎，進到滿排都是色情行業、小酒館和腳踏車的小路。每家店前面都有人拉客，身穿印有店名的短外套。陰天，氣溫兩度。

「這位小哥，我們的小姐很棒喔！」

「不好意思，我已經有約了。」

那人戴著手套拉客，看來天氣眞是太冷了。

我直走到底，三岔路正面可以看到一棟鋪灰色磁磚的全新六層樓公寓。窗與窗之間的牆壁有六個大得不像話的橫看板，紅藍綠三色霓虹燈從早開到晚。就算是在整塊地皮都被色情行業佔滿的池袋地區，這棟也是響噹噹的色情按摩大樓。

在電梯旁邊的看板確認千秋的店名，「綠洲」在五樓。他們店的標語是「肉體與心靈的休憩點——綠洲」。沙丘上凸起兩根椰子樹的拙劣黑色剪影標誌，斜上方還飛著一顆粉紅色的心，中間用紅字寫著「本店美眉皆可ＡＦ」。

兩個主婦推著嬰兒車從後面的巷子走過。

ＡＦ是肛交的英文縮寫。一邊嘆氣，一邊按下電梯的向上鍵。

陰暗的大廳裡，只有箭頭綻放著暗淡的光芒。電梯就像是吃壞肚子的駱駝一樣慢吞吞。

我一點也沒有休憩的心情。

電梯門開啓，前面是一條約三米長的直廊，盡頭擺了一大盆巴西鐵樹。灰色的地毯、昏暗的燈光。直走，右手邊可以看到一扇黑色鋼板門，上頭掛著繪有沙石和椰子樹標誌的門牌。門框斜上方有一台監視攝影機，深灰色的玻璃瞳孔向下盯著我。

「歡迎光臨。請問您有預約嗎？」

像是把舌尖轉了一圈，柔潤圓滑的甜美男聲。擴音器不知藏在哪兒。

「我是第一次來。」

「原來如此……」

停了一下。我把目光移開攝影機，等待著。

「請進。」

門鎖鬆開，像自動手槍槍管回彈時的尖銳金屬聲。是電子鎖嗎？我打開連接樂園的門。

綠洲的空氣有熱氣的味道。

小小的窗戶裡頭，只看得到說明店內消費方式和服務內容的男人指尖。他說最有人氣的消費方案是七十分鐘、兩萬五千圓日幣的ＡＦ套餐。我想起昨天買的電腦，資本主義眞是不可思議。我跟他說我就要那個套餐。

「那小姐呢？」

男人在我眼前展開一個大型資料夾，每頁有四張女生穿著內衣的拍立得照片。我找尋千秋的身影，啪啦啪啦地翻動資料夾。有了。千秋身穿淡紫色蕾絲內衣，側臉面對鏡頭盈盈笑著。拍立得下面寫著：「靜夏♡」。

「這個小姐眞不錯。」

「靜夏小姐是嗎？」

男人確認旁邊的板子後，說道：

「需要再等三十分鐘，您願意等嗎？」

可以！我說。把千秋給我的新鈔擺到櫃台上。

「加收您兩千圓指名費。」

三張紙收走，又還來三張短一點的紙。資本主義果然不可思議！

在櫃台隔壁的房間裡，坐在黑色塑膠沙發上等了四十五分鐘。寬螢幕電視上播的是美國猥褻電影，沒完沒了的肛交，其中也有以雙性戀男人爲中心的三P情節，讓我聯想到埼京線的載貨列車；氣恰、氣恰，碰個沒完。等候室裡除了我以外，還有兩個比我早來的客人。誰也沒看誰，誰也沒交談。如果要我跟你們描述那兩位大叔是什麼樣的人，我覺得這樣對他們不是很公道。換做是我被問及在那段時間幹了什麼，我也很傷腦筋。

那四十五分鐘，是我人生裡頭排名前幾名漫長的四十五分鐘。

正想著是不是乾脆回去算了，櫃台對面的門打了開來。

「讓您久等了。」

穿著白色浴衣的千秋探頭說道。她向前彎身。意想不到深遂乳溝。千秋連看都沒看我一眼。

「請在這裡脫鞋。」

千秋幫我把好不容易脫下 Timberland 登山鞋放進鞋櫃。鞋櫃裡滿是黑色和咖啡色的皮鞋，幾乎沒有空位了。

「請跟我來。」

千秋帶頭走在兩側門多得像蜂窩一樣的長廊，我恍若置身後宮。雖然橡皮圈綁起來的馬尾在搖晃，但是千秋的小屁屁幾乎沒有搖動。從不知哪扇門傳出淫聲浪語和斷斷續續的對話。千秋把手搭在倒數第二扇門的把手上，回頭。這是千秋那天第一次看我，我倆視線相交。幽暗的走廊上，我感覺好像看到很多色彩與光線。但是我所知道的只有，千秋被逼得走頭無路。才一陣子沒看到她，臉頰和脖子的線條已變得像刀削一樣尖銳。

「歡迎您的光臨。那麼，請進吧。」

房間大約是兩具棺木並排那麼狹小，其中一個棺木的空間舖著到膝蓋高度的厚墊。我坐下來，壓低音量說道：

「到底什麼事？」

「先別急，誠誠。不脫衣服嗎？」

「爲什麼？」

「和其他客人不一樣的話，會被懷疑嘛。」

千秋含笑轉過身。我一股腦兒脫下格子襯衫、毛衣跟T恤，然後脫了牛仔褲。

「喂，內褲也要脫嗎？」

「嗯，然後穿上這件浴衣。」

她把浴衣從背後遞給我。光著身子套上浴衣。不知看起來怎樣？感覺好像藝人哩！

「那麼，這位客人，我們走吧。」

千秋把門打開，當先走了出去。門就這麼開著，走廊遠處傳來千秋的聲音：

「請往這邊走唷——」

我們走進四間並排淋浴室的其中一間。千秋調了一下熱水溫度，隔壁傳來女人的高笑聲。

「那你去沖一下。還是要我幫你洗呢？」

我搖搖頭，脫下浴衣站到蓮蓬頭下。千秋轉頭看向旁邊，我默默地讓微溫的水打在身體上。千秋小聲地說道：

「對不起唷，把你叫來這種地方。喂，事情說完後要不要來玩一下？誠誠的話，我會給你特別服務喔。」

我又搖搖頭。蓮蓬頭旁邊擺著消毒用的漱口水。如果要給我特別服務的話，最好是在沒有李施德霖漱口水的地方。我是不是要求太高了呢？

回到小房間以後，千秋的話就沒停過，在我耳朵旁邊以磁性的嗓子低語。硬邦邦的墊子。乾爽的床單下是厚塑膠布的觸感。

「去年十二月初的時候吧？隔天沒班的週日晚上，最後一位客人來了。一個長得像百貨公司廣告氣球一樣肥的大胖子。我跟平常一樣，口交、手交，然後AF。可是，到一半的時候忽然變得莫明地舒服，最後三十分鐘簡直是高潮不斷。哎呀，我心想可能被下了什麼怪藥吧？但真的是舒服到隨便怎麼樣都好了。那個男人還跟我說什麼『我們倆很合哦』，不過那也是理所當然的嘛，因爲肛門裡頭被塗了安毒嘛。」

千秋笑了，像是凋謝花朵的笑容。那個男的聽說叫重量 E，是個藥頭。到店裡光顧了幾次後，千秋開始跟重量E買安非他命。販毒者慣用的模式技倆。

「我突然變瘦，什麼也不吃，結果被我的男朋友——一個叫卡西夫的伊朗人——抓包了。然後，就發生了昨天的事件。」

「昨天的事件是指什麼？」

「你沒聽說嗎？誠誠不是對池袋很熟悉，是專門在幫人解決問題的『麻煩終結者』嗎？」

「我不是什麼專家。告訴我是什麼事件？」

我的確發現池袋街頭不大對勁，充滿了肅殺之氣，只是沒想到要去調查原因。

「昨天中午，我向重量 E買完安公子，卡西夫就跟著重量 E進了咖啡館。然後，說多衰就有多衰。重量E好像正在跟黑道進行毒品交易。」

「然後呢？」

「卡西夫放火把安非他命燒掉就逃走了。」

伊朗男朋友把整瓶 Zippo 打火機燃油連罐子一起倒進黑色尼龍單肩手提包，然後劃了根紙火柴丟進去。池袋巷子裡一家慘澹經營的咖啡館，沒有客人光顧的下午。聽說卡西夫逃走後，黑道付了一筆遮口費給店家，要他們不要報警。

「現在，黑道跟重量 E的同夥在追殺卡西夫。而且臉也被他們看到了。求求你想個辦法來救卡西夫。」

千秋向我懇求。可是，我也有辦得到跟辦不到的事啊。

「跟警方說明，請他們保護的話呢？」

「不行啦！他是非法居留，這樣做的話會被強制遣返的。」

「但至少能保住性命吧？」

「雖然如此，但以後就見不到了嘛。」

千秋很沮喪。我低頭看著她放在缺乏彈性的大腿上的手，和我一樣的十九歲。聽著從其他房間裡傳來的男人喘息聲，四周顯得更加寂靜。

千秋斷斷續續地說：

「我第一次見到卡西夫，是在常盤通的道路工地。每天上班都得經過那兒，他都會跟我打招呼，每隔三天還會送我禮物。」

她指了指枕頭。掛著小泰迪熊的手機、面紙盒、化妝水散亂地擺著。

「不是啦，是牆壁那裡。」

抬起視線，牆上釘了一張藍色洋蔥頭的伊斯蘭寺廟明信片，像是將天空熬乾做出來的，吸引了我的目光。卡西夫的禮物好像都是些塑膠花、伊朗風景明信片、柚子糖等的便宜貨。

「他雖然是伊朗人，卻穿著寬大的襯衫和及膝短褲，甚至還穿織有紫色金線的襪子，很有趣的人。然後，我們開始約會。我跟他說我在做這一行後，他雖然看起來很震驚，不過他說會努力試著了解。」

「眞是個不錯的傢伙。」

「嗯。我交往過的男人中，卡西夫是第一個沒想著要從我這裡撈錢的人呢。」

千秋用針刺一樣的眼光看向我，比監視攝影機還冰冷的視線。是不是該爲全體男性的罪孽向她道個歉比較好？

「那現在卡西夫要怎麼辦？」

「誠誠，你願意幫我了嗎？」

「還不確定。不過，我會查查看。」

「謝謝。誠誠果然是一個好人。」

千秋才說完，就一把抱住我，先啵一下我的臉頰，又舔一下我的耳洞。我身體右半部的雞皮疙瘩全都站了起來。

聽千秋說卡西夫躲在某個男親戚的公寓裡。那不是很安全嗎？我說。千秋搖搖頭，因爲黑道提供了一筆賞金，所以聽說連伊朗的人口販子也出馬了。伊朗人之間消息傳得很快，應該立刻就會被盯上。

「那麼，躲到千秋那裡不就得了？」

千秋一副難以置信的表情。

「不行啦！重量 E 曉得我跟伊朗人在交往。誠誠你眞的行嗎？可能是我多疑，可是今天來這裡的時候，我覺得好像有人盯著我看耶。所以，我才要你假裝客人來這兒的嘛。」

「是喔？不過我覺得這用電話講就好了。」

「你眞的是狀況外耶，誠誠，時間到了。」

千秋把掛在衣架的黑色鱷魚皮手提包拿過來，從裡頭取出一件東西。那是一個印有銀行標誌的長方形信封，厚度大約像磚頭一樣。她遞給我，我打開一看，裡頭共有三捆鈔票，帶子上蓋著不知道是誰的印章。

「這是什麼？」

「不但要準備房間，也可能得張羅車子，不是嗎？卡西夫的薪水大部分都要寄回伊朗，所以身上沒有什麼錢的。剩下的就當做給誠誠的謝禮。」

太多了，那是我出生以來看過最大的一筆數目。在我發愣的時候，千秋說道：

「別擔心。只要我的屁股還在，這點小錢兩個月就賺回來了啦。」

拍拍腰骨旁邊，天眞地笑了。我想著千秋的生產設備和銷售管道，資本主義果然不可思議。

不對，不可思議的或許是那些來買千秋「小菊花」的臭男人哩！

離開「綠洲」是在時間結束前的五分鐘。千秋打開等候室的門，送我出來的時候，她笑咪咪地要我下次再來。然後又把等待的客人迎進去。眞是小紅牌。

回到池袋二丁目的街道，乾爽的北風吹撫臉頰，舒服極了。一路晃到丸井百貨，腦袋裡想著這次的事件，但一點主意也沒有。連帽風衣的口袋裡放著磚頭一樣厚的鈔票。靠在入口旁的黑柱上，撥了PHS。首先，打給G少年的國王安藤崇。有人接聽後，立刻轉給崇仔。

「昨天的事件，你知道什麼嗎？」

「有很多傳言。」

和平常一樣冷酷的聲音。從PHS可以聽見那頭的汽車喇叭聲。

「這起地下事件發生在文化通的『玻璃之城』咖啡館，是一對老夫婦經營的小店。肥豬藥頭正在和黑道交易時，伊朗人闖了進來。有人說他是競爭業者集團，也有人說他是爲了替被肥豬搞成廢人的女友報仇。被燒掉的安非他命有人說是五百公克，也有人說有一公斤。不過頂多也就三百克吧。店老闆因爲不小心吸了安仔煙，一邊大嚷大叫，一邊在文化通上裸奔。」

「那個肥豬藥頭呢？」

「好像是去年年底才從涉谷過來的藥頭。手段高明，聽說業務成長的挺順利。」

「原來如此。」

「阿誠，你又接了一單啦？」

感覺眞是敏銳。我跟他說還不確定，道了謝後掛斷PHS。接著撥給猴子。猴子是羽澤組的小弟，名字叫齊藤富士男。自從秋天的黑色Odyssey事件之後，我們變成偶爾會一起喝兩杯的好朋友。話說回來，猴子跟千秋都是我的國中同學。

「喂？我是齊藤。」

「我是阿誠。我說猴子呀，我想問一下昨天的事件。」

「你這人還眞是靜不下來耶。」

「羽澤組也有插一腳嗎？」

「沒有，我們是坐山觀虎鬥。總堂交待過不可以碰安非他命，不過這是表面上啦。這次事件，聽說天道會是上游盤商。東京安非他命的最大交易中心分別是在涉谷、新宿和上野。而他們的主要勢力在涉谷，因爲想要擴張地盤，所以才把認識的藥頭送到池袋來。」

「藥頭集團跟天道會的關係是？」

「當然是獨立作業。除非是大宗交易，組織基本上不會插手這類危險買賣。如果組員身兼小藥頭，萬一被條子逮到，那很快就會牽連到上頭大哥。安非他命可是會被判得很嚴呢。」

這樣的話，只要解決了重量E的藥頭集團，或許事情就可以搞定了。

「猴子，你記得橋本千秋嗎？國中時候的。」

「啊～長得很可愛的那個嘛？而且五千圓。」

對！國中的時候，有傳聞說千秋以五千圓的代價在援交。但我不知道那是眞是假。換個話題。

「你最近有聽到關於那個千秋的傳聞嗎？」

「好像聽說她進了色情業，詳細情況我就不知道了。她和這次事件有關嗎？」

「我正在調查。」

「是嗎？阿誠，你要小心天道會喔！這次他們面子掃地可是氣得很。因爲天道會在池袋還算新人，所以不能有什麼大動作。不過，聽說懸賞五百萬。聽起來很誘人。」

那天晚上十一點多，我開著小卡車出門。目的地是南池袋，日出小學後面的一棟公寓。爬上公寓旁的鐵樓梯時，在住宅區響起牛鈴般的聲音。我敲敲二〇四號房的門，然後把明信片對著大門窺視孔。那張藍色洋蔥頭的伊斯蘭寺廟。

門立即打開，一個年輕男子走出來。他穿了一件藍色緞面棒球外套，雙肩上繡著彎彎曲曲的龍。下身是大腿部分很寬鬆，但腳踝部分卻很窄的石洗牛仔褲。那個男子和貼在老媽房間裡的年輕貓王很像，小麥膚色的美男子，乖戾的表情，唯一不同的只有鼻子下多了一撮小鬍子。行李只有一個黑色尼龍行李袋。那傢伙對我開口一笑，伸出意外纖細的右手。

「你好，我是卡西夫。請多指教。」

流利的日語，直挺挺的腰桿，完全不像是正被人追殺的傢伙。

「客套話就免了，跟我來。」

回到車子裡後，我把深色毛線帽和反光太陽眼鏡遞給他。

「我不太適合戴這些耶。」

卡西夫一邊看著照後鏡，一邊仔細地把捲髮塞進毛線帽裡，戴上像是鹹蛋超人一樣的眼鏡，一副樂不可支的樣子。

「OK，上路吧！」

他向我嘻嘻一笑。反光太陽眼鏡上映出兩個詫異的臉孔。眞是個奇怪的伊朗人。

卡西夫在車子裡說道：

「我無法理解日本人。爲什麼放任非法販毒的人不管？在我的國家，那些傢伙全部都是死刑。」

「是嗎？」

不置可否地應著，確認後面沒有車輛跟蹤——每輛車子看起來都形跡可疑。

「如果爲了賺錢而持有毒品當然是死刑，在休假的星期五斬首。」

「你日語說得眞好。」

「也還好。果然還是外面的空氣比較好。可不可以多繞兩圈？」

我搖搖頭，現在不是兜風的時候。

到了我家店門口。我提著行李袋打開側門。門後立刻接著一個陡峭的樓梯。上了二樓後，是一個狹窄的住家。老媽的房間約六個榻榻米大，我的有四個半，廚房四個半，儲藏室三個。

我帶卡西夫進了玄關，對探出頭的老媽說他有點事要住在我們家。卡西夫笑咪咪地自我介紹。

「我是卡西夫・哈里阿德・沙雷・賓・阿布杜拉・阿吉士・阿魯・摩巴拉克。叨擾您了，請多指教。」

他微笑著深深一鞠躬，老媽似乎第一眼就對卡西夫起了好感。「阿誠難得有這麼正經的『同儕』啊！」她說完，又回去自己的房間了。我還是頭一遭從老媽的口裡聽到「同儕」這種字眼。

我讓卡西夫住在沒有窗戶、三個榻榻米大的儲藏室。只隨便鋪了床被褥。

「不好意思，空間很小。你暫時在這裡忍一下。」

第二天早上五點半，我被窸窸窣窣的聲音吵醒。聲音是從儲藏室傳來的。跳起來拉開拉門一看，卡西夫坐在一張滿是小花紋的藍色毛毯上，朝著牆壁不斷地磕頭。嘰哩瓜啦嘰哩瓜啦！好像是在禱告。

我什麼也沒說就拉上拉門，鑽回被子裡，好一陣子睡不著覺。我第一次在自己身邊看到有宗教信仰的人類。

Assalam Alaikum，願主賜與你平安。

那天早上我沒去市場，改成卡西夫的阿拉伯語講座。那傢伙的出身還挺複雜的。

「伊朗是波斯人的國家，伊拉克跟波斯灣各國是阿拉伯人的國家，在日本知道這個的人很少。兩邊都是伊斯蘭教，但是宗派不同，語言不同。」

每天清晨起床，對著不知在哪裡的沙漠城市禱告，這種生活我實在無法理解。而且，還每天禱告五次咧！

「我是在百分之九十都是波斯人的伊朗出生的阿拉伯人。在伊朗他們說我是阿拉伯人，到了其他國家就被說是波斯人。」

我連兩者有何不同都說不上來。

「為什麼會到日本來呢？」

「日本是一個很好的國家，可以賺很多錢。在伊朗，大家都在想怎麼樣才能到日本來。而且，這裡幾乎沒有差別待遇。」

日本當然不可能沒有差別待遇。就算是租房子也不是那麼容易可以租到的。

「那是因為誠哥你沒有去過沙烏地阿拉伯。我在那裡的咖啡館打過工。」

他的聲音變大，高鼻子的鼻孔大張。

「在日本的話，每個人口渴都會自己到店裡買飲料。但是沙國那群人只會待在店外的賓士車裡按喇叭。我們出去幫他們點好飲料，還要再端出去給他們。室外的氣溫超過四十度。那群人在車子裡舒服地吹著冷氣。我們滿頭大汗，他們卻一臉無所謂。把果汁遞過去後，那群沒禮貌的人從開得小小的窗戶把錢丟到地上。嘴裡叫著『窮鬼』、『外國佬』，再開著賓士揚長而去。我撿錢時有好幾次差點被燙傷。」

富人與窮人。每個國家不都是這樣的嗎？

「把信奉相同宗教、從兄弟之邦來的人當奴隸一樣看待。不論是從伊朗、土耳其，還是從巴基斯坦來掙錢的人，大家都很生氣。」

他揮舞著手臂，像是要把儲藏室的空氣攪拌在一起。卡西夫人雖然不錯，但挺容易激動。話說回來，如果不是這樣的個性，也不可能會放火燒掉別人重要的生財工具吧。

上午看店的時候，PHS響了起來。是千秋剛睡醒的聲音。我告訴她已經把卡西夫平安接到我家了。

「那接下來要怎麼辦？」

不知道！我說。從來沒有事先排定好計劃，然後按部就班來的經驗。總是走一步算一步的。千秋有點擔心地掛了電話。畢竟連我自己都有點擔心，所以也是沒辦法的事。回到房間，眼光在CD架上搜尋。用腦的時候，我一定少不了古典音樂當背景。

林姆斯基高沙可夫（Rimsky-Korsakov）的〈雪赫拉莎德〉是以《天方夜譚》爲主題的組曲。我下去一樓，把白金光碟片放進店前頭的手提音響裡，呆呆地想著事情。

內容豐富、熱鬧的一首曲子，很適合池袋西一番街的市井氣氛。看了CD內頁的解說，原來《天方夜譚》是講述山里亞努和雪赫拉莎德之間的故事。一個是認爲世間女子都不貞，所以在初夜後就把她們通通處死的國王；另一個是利用每晚說故事賣關子來保命的宰相女兒。一個悲慘的故事。

故事最後，國王因爲雪赫拉莎德的聰穎而對所有女性改觀，改變了過去的想法。這和千秋也是一樣的吧？她因爲卡西夫毫無覬覦之心的誠實態度，而改變了對全體男性的觀感（一部分而已啦）。

我不禁抬頭望向天花板，想著我家儲藏室裡留著小鬍子的雪赫拉莎德。

眞希望能做點什麼，好讓那兩人可以大方地在池袋牽手逛街啊。天道會和重量E那種藥頭在外頭大搖大擺，千秋和卡西夫卻要到處躲躲藏藏。如果那是街頭法則，那本人絕對要推翻這條爛規矩。在我心裡頭，有股莫明的情緒開始沸騰起來。

完全不知道該從哪裡下手。但是……

我們也只能相信自己心裡頭的熱情了，不是嗎？

我用菜刀刨下受損哈密瓜的柔軟外皮。把不能吃的部分切掉、削好皮、分成八等分。用免洗筷插成一串後，擺在店頭，一串兩佰圓日幣。像是哈密瓜甜酒一樣甜蜜蜜的，銷路頗佳。比直接丟掉好太多了。我下意識地繼續作業。配合刀尖剖開果肉的輕快節奏，我心裡也有一個構想逐漸成形。

說不定可行。

沒問題嗎？我可以聽到千秋懷疑的聲音。不知道。我回答。

但是，卡西夫做得到的事，本人沒理由做不到啊。

傍晚，我打小俊的手機。

「阿誠？麥金塔好用嗎？」

「還沒什麼時間去摸。對了，小俊有沒有認識很熟竊聽或偷拍的朋友？」

「爲什麼突然問這個？」

「因爲出了一點問題，所以得陷害某個傢伙。」

「好像挺有趣的。我的朋友裡沒有，但是賢治的朋友裡好像有超級火腿族。要不要幫你問問看？」

「好啊。」

「那什麼時候想跟他談？」

「可能的話，今晚。」

無言。我可以想像電話那頭小俊詫異的表情。我說道：

「就算只是聽我講話，我也會付錢的。這次我可是口袋飽飽的喔。」

小俊說待會再回電給我，就掛了電話。還不壞的開始。

晚上八點想要出門時，老媽還一臉不悅。等我一說是爲了卡西夫的事，她立刻改口要我好好加油。

「順便到卡西夫說的那家店裡買個羊肉或雞肉回來。」

給了我一份伊斯蘭式特殊切割處理食用肉的肉店地圖。好像在池袋有兩家。我把臉探到儲藏室時，卡西夫一臉開心。

「誠哥，那個麥金塔，是誠哥的吧？不介意的話可不可以借我玩一下？不會動裡頭的資料的。我好無聊好無聊喔！」

可以啊，才剛買的，還沒用過。你隨便玩吧！我說。

從後面的停車場把小卡車開出來。我想先把東西買好，所以就穿過陸橋朝南池袋前進。在明治通上的飲食店裡，發現了中東料理專門店。店旁有個小小的玻璃櫃，裡頭滿是血紅的肉塊。看板上的阿拉伯文就像是在跳有氧舞蹈的蚯蚓。我在四、五米前面把車子停下來，偷偷打探附近環境。店前面一個人也沒有，我決定先觀望幾分鐘，掌握一下情況。

冷靜下來後，就可以從附近數百個正在活動和停止不動的人裡頭，分辨出他們的不同。四線道的對面護欄上，有一個小麥膚色的男人，不時對店裡投以銳利的視線。道路這頭，距離十五米左右的電話亭陰暗處，有兩個外國人。可疑。現在也沒有冒險的理由。反正吃的東西隨便都可以打發。我決定放棄買肉，駕車滑進夜晚的街道。

來到小俊在千川的公寓套房。我走進窄小的玄關，探頭一看，大家都到了。小俊、賢治，再加上第一次見面、前髮蓋到眼睛的蘑菇頭小鬼。如果用披頭四的四個人來舉例，他就像是喬治哈里遜。賢治說道：

「誠哥，這小子是香腸族的波多野秀樹，綽號叫無線電。」

多多指教。我說。無線電只點了點下巴。條紋工作褲的皮帶上掛著像是手機袋的東西，陳舊的米黃色皮製品。我找了一個空位坐下，問道：

「那是什麼？PHS？」

無線電一言不發地打開蓋子，把裡頭的東西取出來。一開始像是手機大小，但厚了好幾倍，上面連著一個附有橡膠蓋子的長天線和把手，數字鍵和液晶螢幕則和 PHS 的一樣。

「這是叫做 Handie-Talkie 的手提式無線對講機，從零點一到兩千兆赫都可以接收。警察的無線電因爲數位化了，所以這台沒辦法接收。但是，可以聽到消防隊、救護車、防災中心、計程車、類比式無線電話和竊聽電波。對於防止竊聽的變頻，也有解讀機能，還可以記憶一千兩百個頻道喔。」

無線電興奮地一口氣講完，我聽起來就跟卡西夫的祈禱一樣，嘰哩瓜啦嘰哩瓜啦。我點點頭，跟大家說了千秋和卡西夫的事情，還有如何把天道會和重量E趕出這個街頭的計劃。

隨著我的話題，大家開始把身體向前靠過來。無可救藥的少年仔。

我講完後，小俊一邊喝著罐裝咖啡，一邊說道：

「但是，對方和黑道有關耶，不危險嗎？」

我回答道：

「很危險。」

「但是……」

賢治笑嘻嘻地接口。難不成這就是他平常的表情？

「販毒頂多判個三四年，但是殺人的話就得加個十年喔。爲了賺錢去當藥頭的人，我想不會幹這種殺人勾當吧？」

悶不吭聲的無線電開口了。

「我覺得滿有趣的。做得高明的話，對方可能連被誰出賣都搞不清楚。我以前曾經在非法徵信社打工，竊聽跟偷拍的裝設工程都可以一手包辦。而且，現在國會正在討論『組織犯罪防治法』，那條法律認可對犯罪組織的竊聽行爲。所以，再過不了幾個月，所有電波都會躲起來，讓你想找也找不到。要幹的話，就只有現在了。」

最後，我採取多數決——以民主主義爲依歸。四隻手臂舉起。全會一致通過。

果然是無可救藥的少年。

第二天，四人坐我的小卡車去秋葉原。無線電列出的購物單如下：

・手提式無線對講機　三台
・針孔攝影機　三台
・二手V8攝影機　二台
・攝影機專用發射機　一台
・竊聽器專用發射機　三台
・腳踏車　二台
・中古廂型車　一台

其他的就用無線電自己的器材湊合湊合。採購一天就搞定。到緊貼在秋葉原車站大樓旁的電器市場，店面只比火災後的組合屋好一點，但最新電器的價格卻貴得嚇死人。直徑二釐米的針孔CCD攝影機要價兩萬多，就是矽谷也要大吃一驚。

最貴的就屬車子的十二萬圓日幣。車身上漆有「齊木工務店」字樣的白色三菱得利卡廂型車。它的避震器早已疲乏，坐起來非常不舒服。賢治和小俊則沉醉在買了越野腳踏車的滿足感裡。購物果然是一件愉快的事啊。資本主義的無上歡愉。

少年偵探團的購物之旅到此結束。但是，千秋的鈔票連一捆都還沒花完。

接下來的一個星期，我們不斷地練習跟蹤、竊聽和偷拍。隨便挑一個池袋街頭的路人，大家輪流跟蹤。這時，無線對講機就非常方便。使用音頻靜音功能的話，四個人還可以同時交談。我們不停換手，有時甚至持續盯梢大半天。雖然沒有眞的要做什麼，只是捕捉到對方就感覺很興奮，充滿奇妙的緊張感。每個人的身體裡都潛藏有獵人的血液哩。

賢治和小俊的腳踏車把手上加裝了置物袋，裡頭裝有針孔攝影機和Ｖ８攝影機。我的腰上則繫了一個小腰包，裡頭放了針孔攝影機、電波發射機跟電池，全部大約是萬用手冊大小。附近得利卡裡的無線電負責把無線電波所傳輸的影像錄起來。我的連帽風衣領口裝了一個豆子大小的無線麥克風，聲音可以從無線對講機聽到，也用ＭＤ錄下來。

我覺得自己就好像全身纏著電線的假釣餌，一隻連翅膀末端都閃閃發亮、看似美味可口的假蠅。所以，我的代號就是「蒼蠅」。小俊很會畫圖所以叫「畫家」，賢治長得像小主公所以叫「王子」，無線電還是「無線電」。

半夜三更，爲了讓卡西夫呼吸室外空氣，我們常出去兜風。二月底，東京最冷的季節。路上行人只有小貓兩三隻，連五、六個十字路口前的綠色信號燈都看得清清楚楚，規律地閃著光。

有一次，卡西夫說：

「我的名字卡西夫在阿拉伯文裡是發現的意思。阿誠的名字呢？」

「我查過字典。誠代表眞實、眞心，或者是向神宣誓的意思。」

他忽然用像演舞台劇一樣大的音量說道：

「Allahu Akbar！眞是一個好名字。」

「你剛剛說的是什麼意思？」

「神是偉大的！」

我失笑。我從來就沒向神宣誓過。我對著卡西夫的側臉問道：

「你看過綠洲嗎？」

「一次而已。」

「是怎樣的地方？」

「在伊朗，大家很少去旅行。我去過的綠洲，是我上大學時在阿拉伯聯合大公國，一個叫哈達的地方。離高樓大廈眾多的杜拜大約一個小時的車程。在高起的岩石山之間，有一個全年都有水的泉源。非常藍，非常透明。」

「那麼，綠洲不過是個只有水的地方囉。」

「對。那是很棒的。水，就是生命。」

卡西夫用低沉的嗓音唱起不知名的民族音樂。容易朗朗上口的弦律。東京的街燈在冰冷的玻璃窗戶外飛逝。

我想著藍色的泉水和紅色的血液。

還有白色的粉末和乾涸的生命。

我聽說中了安毒的人，皮膚會變得很粗糙，小便就像是喝了歐樂納蜜C一樣染成深黃色。

綠洲裡源源不絕的藍色泉水，以及沿著下水道流去的黃色污水。

假期結束後的星期一，我按下千秋告訴我的電話號碼，打電話給重量E。冬季晴天的下午一點，停在西口圓環的廂型車裡頭，小俊、賢治和無線電戴著耳機屏息以待。MD收錄音機的指示燈顯示錄音中的紅燈。電話響了三次後，一個低沉粗重而響亮的聲音應道：

「喂？」

如果光聽聲音，重量E也算是個美男子。

「朋友跟我說，打這支電話可以買到外面買不到的東西。」

「你的朋友是誰？」

「『綠洲』的靜夏。」

那傢伙頓了一下。

「你叫什麼？外號或只講名字都行。」

「蒼蠅。」

「三分鐘後再打來。」

電話掛斷了。三分鐘後我再重撥，這次重量E立刻接起來。

「好吧。你想要多少？我們這裡點八要一五。」

點八是迷幻藥〇・八公克，一五是一萬五千圓日幣。我也跟千秋學了一手。

「第一次交易，點八就好。」

「你現在在哪裡？」

池袋車站西口，我回答。

「那你到北口右手邊的電話亭前等我，十分鐘就到。」

電話又掛斷了。無線電向急著下車的小俊說道：

「絕對不可以亂來唷。就算這次失敗了，還有下次。只要不被對方發現，想試多少次都沒問題。」

小俊點點頭，我也一起下了車。小俊騎著越野腳踏車去北口，廂型車也開走了。

就剩下我和藍天。

我背靠在塞滿交友中心宣傳單的電話亭等待。道路的對面，越野腳踏車倚在護欄上，旁邊坐著小俊。無線電駕駛的得利卡不知藏在哪兒。真不愧是專家。

剛剛好十分鐘，從 Bic Camera 三 C電器的方向走來一個男人。是重量 E。就算不會分數除法的傢伙，應該也不會認錯重量E吧？他身高雖然比我還矮一點，但體重大概是我的兩倍以上。黑色直條紋的三件式西裝、香奈兒標誌的太陽眼鏡、嚇死人的黑人捲捲頭。簡直就像放克樂團（P-Funk）來巡迴演出。

看到我大吃一驚的表情，那傢伙咧嘴一笑。

「蒼蠅先生嗎？」

「我就是。」

「那麼，可以給我了嗎？」

太陽眼鏡下他露出牙齒。我把用橡皮筋捲成一圈的鈔票遞過去。

「三分鐘後打電話來。」

他用粗得跟棒球手套一樣的手指在臉旁邊比了打電話的手勢，隨後咕嚕轉一圈後離去。今天的表演到此結束，輕鬆過關。

三分鐘後再撥電話過去，PHS像是被重量E的聲音震得嘎嘎晃動。

「剛才多謝了。聽好，穿過WEROAD，從東口出去。左手邊有一個腳踏車放置區，穿過去之後一直走到水天宮。在旁邊的木頭長椅右側坐下，然後摸摸椅子下方。」

說得一副很老練的樣子。

「放在那裡嗎？」

「對。步行約三、四分鐘。附近應該不會有人。不過動作記得自然一點呀。」

「知道了。」

我取出對講機，通知大家回收地點。三聲ＯＫ重疊一起。

陳舊長椅的黃色油漆被雨淋得斑駁。我探手一摸椅子下面，有種紙張的觸感。撕下膠布，拿起來一看，是一個正方形的黑色信封，正面用白色印章蓋了一個豬屁股。還眞幽默。

我在東口麥當勞前面坐上計程車，搭到隔壁的目白車站後，再坐ＪＲ返回池袋。回到家後，小俊、賢治和無線電全都集合了。

首映會開始。黑白粗粒子影像下，電話亭前一臉白癡的我先出現。接著是重量Ｅ登場，交談兩三句，付款。小俊的攝影機追著從畫面中消失的重量Ｅ，一邊晃動，一邊移動。重量Ｅ緩緩地朝池袋大橋走去，在附近晃了一圈，再回到北口。走上車站前柏青哥店二樓的咖啡館後，就沒再出來了。錄影帶全部約十五分鐘。

接著看賢治拍的影像。高高瘦瘦、身穿愛迪達運動套裝的年輕男子走近水天宮旁邊長椅。他把頭扭向一邊，手朝椅子下面伸出，然後隨即起身離開。走進水天宮斜對面的便利商店，一邊假裝站著看雜誌，一邊監看長椅。我走到那裡，回收安非他命，離開。之後那傢伙也走出便利商店，回到西口。在Bic Camera三C電器賣場前面的大型停車場，走進旁邊一棟快要拆除的破爛公寓。影片到此爲止，這回大約二十分鐘。

然後是我的。圓滾滾的重量E走過來，畫面只照到那傢伙的北半球。我之前沒有注意到，他雙手戴滿了粗獷的銀戒指。那傢伙一派輕鬆，臉上始終掛著笑容。現在冷靜下來看影片時，他倒顯得是個挺討人喜歡的傢伙。因爲身材肥嘟嘟的，所以看不太出眞實年紀，搞不好還滿年輕的哩。

第一次跟拍大會，成功。

我戴上薄手套，打開正方形的黑色信封。信封大小約可以藏在手掌心。小俊、賢治、無線電和卡西夫一起探過頭來。裡頭有五包小小的玻璃紙袋，白粉就像是放了很久的味精，顆粒全黏在一起。用郵件專用的電子磅秤量，一包〇・二公克。怪哉，竟剛好一公克。我請大家先靜一靜，然後撥電話給重量E。電話裡可以聽見杯子相碰的聲音、人的交談聲。

「我是剛才的蒼蠅。」

「多謝惠顧。」

「裡頭不是點八，而是整整一公克。沒關係嗎？」

「多謝您的來電。多一包是我們特別贈送的，就像去銀行開戶不是也會送香皂之類的嗎？喜歡的話，還請您往後多惠顧。」

「原來如此，多謝。」

我掛斷 PHS。那傢伙能在池袋做出口碑也不是沒有理由，好個商業頭腦。

四天後，我們舉行第二次跟拍大會。和重量 E 的會面地點還是上次的電話亭。但是，拿安非他命的地方則改成西口賓館街的小巷。改正通的第一條小路裡，有個擺著十台自動販賣機的地方。賓館街的巷道在大白天也是幽暗不明，只有自動販賣機附近有光線。我按照指示在左邊數來第二台自動販賣機買可樂，用手摸了摸出口右邊。又有個黑色的信封。

看了賢治拍的錄影帶，送貨的是個戴太陽眼鏡的光頭男。身材矮小，但體格結實。那個傢伙也在確認我把安毒放到口袋以後，才回到那間破爛公寓。

漸漸可以看出一個雛形了。

接下來的一個星期，我們繼續第三次和第四次的跟拍大會。每次都順利得令人無法相信。他們的毒品交易方式如下：

從客人那裡接訂單、收取貨款是重量E的工作。北口柏青哥店二樓的咖啡館是他的臨時辦公室，每次接到訂單後就下樓到附近晃一圈，再到約定的電話亭。他收到貨款後，隨即打電話給愛迪達或光頭男，由他們把安毒送到交貨地點。交貨地點有三個，水天宮的長椅、賓館街的自動販賣機、二十四小時無人停車場的收費計時器背後。

這兩人不和客戶直接面對面。他們躲在暗處監看客戶回收貨物，應該是爲了防止發生糾紛吧？停車場旁邊的破爛公寓是他們的基地兼毒品藏匿處。經過我們的確認，那個房間一到晚上就空無一人。

他們對於跟蹤也並不是很留意。我問無線電理由。一陣沉默之後，無線電說道：

「那是因爲警察不太會對藥頭用跟蹤或偷拍這類手法吧？而且我們看起來也不像警察跟黑道。他們對自己的交易方式應該也很有信心。你看重量E也沒有隨身帶安公子，就算被警察攔下來盤問也不會有事。送貨的兩人也只有把安公子帶到交貨地點的那幾分鐘比較危險而已。這是分工整合很巧妙的銷售體系呢。」

無論任何工作，想要成功的話，就要付出相對的努力。重量E把自己的工作做得很好。也許就是拜他的努力所賜，池袋下水道的水才會愈變愈黃的吧。

我們的作戰進入了下一個階段。

重量E的家距千秋上班的地方約數百米，位在一棟面向西口改正通的細長大樓。無線電跟我確認完重量E有認真地在咖啡館工作後，就進了大樓電梯。我們身穿NTT電信公司的條紋連身工作服，手提鋁製工具箱。事前已經勘查過了，無線電說那棟大樓每兩層就有一個電話線的拉線口。

我們走出電梯，重量E的房間在六樓。雙併套房，兩戶相隔三、四米，那傢伙的六〇一號房靠內裡。無線電迅捷地走在無人的走廊上，在門旁蹲下後，按下電表箱外蓋的按鈕。鐵製小門發出一聲尖銳的金屬聲響，打了開來。裡面是佈滿塵埃的自來水、電氣和瓦斯的流量表。沿著水泥牆壁，有四條深灰色的塑膠皮電線。無線電用剝線鉗把裡頭數來第二條電線的塑膠皮剝掉，露出在黑暗裡發出紅光的銅線。

他把一個像是鱷魚嘴夾的東西夾住銅線的上下兩端。夾子中間有一個大姆指大小的黑色盒子。無線電用灰色的絕緣膠布把盒子連夾子緊緊跟銅線纏在一起，就成了一條中間有個小凸起的電話線。關上小門，站起來。到此爲止只花了三、四分鐘。我說道：

「已經好了嗎？這麼兩三下就OK了？」

無線電聳聳肩。

「又不是間諜大作戰。當然是易如反掌的囉。不然的話，大家都不用混飯吃了。電波的好處就在於只要方法正確，誰都可以辦得到。」

無線電拿起工具箱，伸了個懶腰。

「光靠現在裝的這個，就可以半永久地傳送有線電話訊號。不過，咱們順便再裝一個好東西吧。」

那傢伙從連身工作服的口袋裡取出一個提款卡大小的黑色塑膠盒。翻到背面，把透明塑膠膜剝掉。在重量E的門前蹲下，把手伸到信箱裡頭，好像是把黑色卡片貼到門的內側裡。

無線電又站了起來。

「這樣一來，收訊好的話，連房間的對話也聽得到。這個雖然不是半永久的，不過我想也可以撐個兩三週。因爲只有在有人說話時才會傳送訊號。好了，走吧。」

第二台發射機的安裝，連十秒鐘都不到。眞令人爲之驚訝。

無線電簡直就是神燈精靈再世！媽哩媽哩轟。

那天晚上，我們去了那棟銅皮屋頂、鏽粉滿天飄揚的破爛公寓三樓，在毒窟房間裡也裝了電波發射機。眞的就是放了就走人的感覺。事前準備到此結束，只等那些傢伙上鉤而已了。

突然不跟重量E買安非他命的話，怕他會起疑心，所以我偶爾還是會跟他拿貨。這次既不跟蹤，也不偷拍，全身沒有電線的乾淨蒼蠅。我和重量E也漸漸混熟了，開始有些短暫的交談。

老實說，重量E人也不壞。如果是在不同情況下認識，說不定我們會成爲好朋友哩。

但那是指在其他國家、其他首都、其他地區的狀況下。若在日本東京的池袋，那是絕對不會發生的。

和安裝竊聽器相較，監聽這件事眞是苦上許多倍。無線電拿著對講機在電波發射機附近走動，他說雖然使用說明書上寫著有效距離爲半徑一百米，但收訊差的時候，就連二十米之內也收不到訊號。無線電把接收機和MD放到小型瓦楞紙箱，再用東京都專用垃圾袋裹起來，放在附近的盆栽或樓梯間一隅。大小就像女生的午餐盒。每隔一天的回收工作則是由小俊和賢治負責。

MD回收之後，再由無線電用高倍速監聽。重量E每天向涉谷的天道會報告當天的營業額。好笑的是他們的聯繫全部使用有線電話。他們似乎覺得跟訊號滿天飛的手機相比，電話比較安全。但根據無線電的說法，其實手機的數位訊號比較難竊聽。電話內容大概如下：

「今天一九點二，三六。」

一天十九點二公克的毒品，營業額三十六萬。這一天的生意比較清淡。

「好，辛苦了。」

電話立刻掛斷。重量E幾乎都沒有露出狐狸尾巴。

趁著無線電繼續在監聽的空檔，我拜託賢治剪接之前拍攝到的影像，要他把重量E的交易流程剪成十五分鐘左右的片子。賢治用紅撲撲的臉頰笑著點點頭。

三天後，我們用小俊房間的二十一吋電視一起看剪好的帶子。在黑白的粗糙影像中，我和重量 E出現，好像是第一次交易的畫面。重量 E還是一樣，但是我變得像是透明人，只有衣服浮在空中。原本臉和手的地方都變成了池袋車站北口雜亂無章的背景。

「簡直就像是特效電影。」

小俊佩服地說。

「好戲還在後頭，等一下。」

賢治把食指放在嘴唇上。靜悄悄的房間裡，重量E低沉的聲音傳了開來。

（蒼蠅先生嗎？）

（人家就是咩。）

我的聲音怎麼變成了《福星小子》女主角「拉姆」那種高亢刺耳的博多腔了？

「這……是怎麼了？」

我問賢治。他一臉燦爛的笑。

「我用《福星小子》漫畫作樣本，幫阿誠的部分重新配音囉。影像的部分則是一格一格地把臉消掉，然後植入街頭作背景。」

我一頭霧水地繼續問：

「那不是很麻煩嗎？」

「的確很麻煩。」

笑容滿面。無線電代替一個勁兒傻笑的賢治回答：

「影像的部分是有點過頭了，不過聲音的部分那樣比較好。如果是用等化器或是變音器調整，還是可以回復成原來的聲紋。現在這樣就很完美了。」

眞是無可救藥的少年們。多虧了賢治，剪接工程告一段落。

我的工作又沒了，只剩下接接電話而已。無線電的報告總是只有一句話。

「今天呢？」

「NO。」

又回到平常的看店生活。但是，才看沒兩下，老媽就走了過來。卡西夫看起來滿無聊的，你陪陪他吧。我把店交給她。遊手好閒的老媽沒跑去看歌舞伎或聽人說書，反而來對我說這個，眞是太陽打西邊出來了。

這時，我就會到二樓，跟著卡西夫上電腦講座。他好像讀過中東的技職體系大學，麥金塔操作起來得心應手。不但幫我安裝好小俊給我的文書和影像軟體，還教我如何重整硬碟跟打字，以及一些可以用來冒充電腦高手的快速鍵。

我曾問他，既然那麼會使用電腦，爲什麼要在日本做工地苦力呢。

「那是因爲這樣賺得比較多呀。而且在伊朗，電腦相關的工作機會也比較少。我認識的律師和醫生也在工地上班喔。日本的工地工人裡，有很多來自世界各地的知識分子。」

這也是資本主義不可思議的地方。即使如此，卡西夫還是笑咪咪的。我想到每天早上的固定晨禱跟星期五的斬首，聽說去觀看公開行刑的人還會自己準備便當。

二十一世紀即將來到，也不需要去學美國人使用電腦這一類的事了。不論是纏頭巾，或梳武士髮髻打鍵盤，不是都很棒嗎？

不到一個星期，大魚就上鉤了。

隔週一的深夜，我接到無線電的電話。他說監聽到重量E和天道會下次交易的情報。我開著小卡車到無線電在江古田的公寓。他房間有半邊被灰色鋼架佔據。擴音機、無線電和計量器用螺絲固定在架子上，疊得高高的，看起來就像是某某研究室一樣。地板上彎彎曲曲的電線顯得格外色彩繽紛。

我立即叫無線電播放MD讓我聽。聲音很有臨場感，連吸氣聲都聽得一清二楚。重量E熟悉的男中音。

「差不多要拜託下次的了。」

「啊，知道了。要多少？」

「四百的話，要多少錢？」

「三百。」

「太貴了。又不是一、兩百，算便宜一點。兩百五十怎麼樣？」

「兩百八十。」

「兩百六十。」

「好啦，兩百七十就成交。」

「依你的。」

四百公克兩百七十萬。順利轉手的話，有近五百萬的利潤。眞是好賺的買賣。用另一個角度來看，重量E和千秋同樣都中了安公子的毒。我和無線電繼續戴著耳機監聽兩個男人的對話。終於要逮到那傢伙的狐狸尾巴了。不過奇怪的是我一點也沒有興奮的感覺，腦袋出乎意料地冷靜。

我摘下耳機，深夜的靜謐忽然變得十分刺耳。

那天晚上，我離開無線電的房間便到賢治家，要他當場把帶子弄好。賢治的房間跟無線電不同，擺了很多顯示器跟電腦，另外還有一堆裝軟體的紙箱和漫畫。我在賢治工作的時候，在他床上小睡片刻。才一躺下，就看到天花板上《福星小子》的海報。

穿著虎皮比基尼的拉姆。

一大早，我在返回池袋的途中，走進電話亭，按下一一〇。確認對方接了電話，便把MD的揚聲筒對著話筒，按下播放鍵。拉姆的聲音從MD揚聲筒傳出：

「有個不得了的新聞喲。一個叫重量E的藥頭將和天道會進行毒品交易喲。地點是池袋大都會飯店一樓咖啡廳，本週星期五下午三點。相關影像會寄給你，等我喲。達令～加油喲。」

開完店後的下午，我步行到東口的電話亭，再打到警署一次。

雖然警察應該已經錄音了，但還是小心爲上。

我順便把賢治的錄影帶和裝了五公克迷幻藥的黑色信封放進丸井百貨的紙袋，再放到池袋郵局十字路口的寄物櫃裡。原本紅色的鋼板門，被太陽曬成了暗淡的粉紅色。十四排寄物櫃裡，右邊數來第二排的中間，鑰匙號碼〇〇六。我把那支鑰匙放進寫著限時專送的信封，隨便貼了一千圓左右的郵票，再投進附近的郵筒。

收件人是走路三分鐘就到的池袋警察署生活安全部毒品防治課。

郵局前的十字路口對面，有一棟超大型的卡拉OK大樓。外牆上的巨型霓虹看板自豪地寫著「全日本之冠，總曲數超過三萬五千首」。第二天，我們從包廂的窗戶看著兩個便衣打開寄物櫃。他們往紙袋裡瞧了一眼，露出難以置信的表情。

我想起蓋了豬屁股印記的信封。警察的工作還眞是辛苦。

星期四早上，我送千秋和卡西夫到東京車站。我跟千秋建議說，因爲卡西夫一直悶在狹窄的房間裡，所以讓他去好好伸展翅膀吧。神戶京都十日遊，千秋好像按照導遊書擬定了個緊湊的旅遊計畫，可憐的卡西夫。那傢伙在新幹線月台緊緊抱著我，用鬍子摩蹭我的臉頰。

「阿誠，謝謝你連日來的照顧。Assalam Alaikum。」

也祝你平安，我回答。

「Wa Alaikum Assalam。回來的時候，我想池袋應該也回復平靜了。」

隔著緊閉的窗戶，雪赫拉莎德和山里亞努國王排排坐好，一邊揮手，一邊滑出月台。

星期五，暖洋洋的五月天。微溫的風吹撫著頭髮，春天就這麼回來了，眞是不可思議。仔細一想，這可是我二十歲以前的最後一個春天。雖說，這也沒什麼特別的。

長野冬季奧運不知不覺就結束了，現在換成殘障奧運登場。我穿著一件藍斜紋布襯衫，戴上卡西夫那晚戴的反光太陽眼鏡，坐在西口公園的長椅上。櫸樹枝頭四處冒出嫩綠的新芽。過了兩點，小俊、賢治和無線電一個接一個抵達。全員到齊之後，我點點頭。

我們從長椅上站起來，一路晃到西口公園後頭的小徑。在透過樹葉空隙照進來的微熱太陽下，翹課的學生跟翹班的上班族悠閒地散步。我瞥了一眼去年夏天和崇仔一起逮到絞殺魔的賓館街，來到東京藝術劇場後頭。卸貨專用出入口停了一台在陽光下閃閃發白的拖車，車子裡不斷搬出低音大提琴、豎琴和定音鼓的箱子，應該是某個管弦樂隊爲了週末的公演在搬家吧？

我們背對著翠綠花圃，在人行道的柏油路上坐下。

隔著雙線車道，對面就是大都會飯店的咖啡廳。

這是真正的坐山觀虎鬥。

大都會飯店咖啡廳面對道路的是一個高三米、寬十米的巨大固定玻璃窗。我們手拿罐裝果汁和礦泉水，坐在被太陽烤得熱烘烘的路邊，玻璃窗裡頭就像是舞台上般一目瞭然。這可是貴賓席呢！

在咖啡廳柱子旁邊的沙發上，發現了重量E和愛迪達的身影。平常只穿愛迪達的那個，今天也換上了夾克和寬鬆長褲。另外還有一個和尚頭遠遠地坐在入口。我看看手錶，差五分三點。我說：

「喂，悶不吭聲地對著飯店乾瞪眼很怪耶。誰來說句話呀？」

三人面面相覷。無線電撥了撥蘑菇頭的前額說道：

「那我來說好了。」

小俊問：

「要說什麼祕密？」

「我是怎麼跟電波成爲好朋友的。」

我和賢治做了個鼓掌的手勢，好像挺有趣的。

無線電的聲音又高又帶著嘶啞，像是 SPITZ 樂團的主唱。

「我們家既不有錢也不貧窮，父母也沒有離婚，是個平凡的家庭。然後呀，五年前的國二春天，他們買了理化課的實驗套件給我。是個用一隻螺絲起子和焊槍就可以組裝好的FM發射機唷。我星期天下午就迫不及待地把它裝好。然後，吃完晚餐後便下定決心當晚一定要進行試播。我在半夜裡起床，先去把發射機的開關設在ON的位置，然後再偷偷跑到外頭。」

大玻璃窗裡頭有了動靜。身穿深色西裝，拿著鋁製公事包的年輕男子走進咖啡廳，環顧四周。他看見重量E後，輕輕頷首，走向他的沙發。重量E和男子不知邊談什麼還邊笑著。西裝男怎麼看都不像是天道會的成員。安靜的對話。動作又再度停止了。

過了一會兒，無線電又繼續剛才的故事。他的聲音像是從遠方傳來。

「雖然也有傢伙批評U2落伍，但我很喜歡他們那時的新專輯，於是先把〈Stay〉這首歌錄到迴轉式錄音帶，再接到電波發射機，然後就出門了。接著，在附近騎腳踏車兜圈兒，車上載了一台小小的FM收音機。那是個暖洋洋的春夜。雜音隨著轉角一會兒增加，一會兒減少。我最喜歡的曲子從我的廣播電台傳到收音機裡。轉進某一條街時，盛開的白色櫻花和U2主唱波諾像晚霞一樣舒暢的歌聲驀地重疊。『如此遙遠，卻又如此接近』，那首歌的歌詞是這麼寫的。我在筆直的街道上奔馳，一直到再也收不到訊號爲止，兜著圈子離家愈來愈遠。就算是在夏夜海裡游泳的海豚，都沒有這麼快樂吧？就好像距離那麼遠，卻仍緊緊相繫的感覺。也因爲我沒什麼朋友，在那之後就愈來愈沉迷於電波。三個月後的夏天，我的綽號就變成無線電了。」

我覺得無線電眞是個幸福的傢伙，因爲他可以遇到眞正喜歡的事。大部分的人，都沒有碰到那種瞬間的機遇。

所以安毒才會變成一種生意。

想要再給無線電拍拍手的時候，玻璃窗裡的無聲舞台開始緊張起來。

分散在寬敞咖啡廳裡頭，看起來像是上班族的男人們一齊開始動作，把重量E的沙發包圍起來。其中一個四十出頭的矮小男人從上衣內袋掏出一份文件，拿給重量E看。嘴巴動個不停。

重量E一動也不動地坐在沙發上，臉上表情毫無變化。人一旦眞的被嚇到，就會裝做一副什麼事都沒有的樣子。和尚頭穿過自動門想一個人偷溜，結果被守在外頭的刑警攔住。

四個藥頭各被兩位警官架著兩腋，走出飯店的咖啡廳。入口被兩台白色廂型車跟兩台小轎車包圍。重量E上了車。車陣從我們眼前通過，在西口改正通右轉後消失。十字路口到池袋警察署只有短短五十米，不知道重量E會怎麼想？雖然也沒什麼時間就是了。

短短幾分鐘的默劇結束，咖啡廳裡暫時停止呼吸的人們再度開始活動。他們的表情比被逮捕的當事人顯得更吃驚，嘴巴裡應該正敍述著方才看到的世紀瞬間影像吧？

目擊！池袋警察二十四小時！！攝影機全記錄！！！

我們起身，拍拍屁股，晃呀晃呀離開現場。

「結束了呢～」

無線電的聲音顯得有點落寞。在春天黃昏太陽的照射下，西口鬧區變成一片蜂蜜色。

如此遙遠，卻又如此接近。我忽然也很想聽聽那首歌。

池袋街頭又陷入了兩三天的神經質中，不過一個星期後就恢復了平靜。打PHS給猴子，才聽說天道會的原料批發部門通通被警方抓起來了。猴子幸災樂禍地嘻笑後說道：

「對了，阿誠，你這次是不是也有插一腳呀？」

完全沒有。我回答。沒有插一腳，不過有在旁邊看好戲就是了。掛斷PHS 。這次的事件沒有流一滴血眞是萬幸。只有大量的黃色污水流到下水道去。但就算是那種污水，有一天也會再變回藍色，然後從某處泉湧而出吧？

水、生命和季節是循環不息的。

打PHS給旅行回來的千秋，約好在上班路上的丸井百貨前見面。晴空萬里的三月下午一點，吃完午餐的上班族挽起了白襯衫袖子，微微冒汗的氣溫。我身穿一件短袖T恤，靠在入口旁的黑色四方柱，千秋拿著手提包過了馬路。她身穿深藍色緞子的超短連身洋裝，只有袖子的部分是可以透視的雪紡綢。長而纖細手臂。SEXY。

「等很久了嗎？誠誠。」

我搖搖頭。

「什麼事？」

「雖然用了不少，但是我想說把這還給妳。」

我從垮褲的側邊口袋拿出銀行信封。

「沒關係啦，不用還了。」

「不行。一開始不就說了嗎？我不是專家。」

我默默注視著千秋的眼睛，千秋也看著我。人類的眼睛雖然如此地小，但不知爲何卻是如此深奧，眞是不可思議。隔了一會兒，千秋點點頭。

「好吧。那我們來交換好了。」

千秋打開手提包，從裡頭拿出掛著泰迪熊吊飾的手機。雖然搞不清楚狀況，我還是用只剩一半的信封和她交換手機。千秋聲音沙啞，迴避我的眼神說道：

「那個手機啊，裡頭有十七個藥頭的電話號碼。不過因爲重量E被抓，所以現在應該是十六個。我雖然總算戒了毒，但就是捨不得把電話號碼丟掉。我曾經整晚握著那隻手機發抖，心理想著反正安毒買就有了，到早上再打一通電話去好了。但是，已經結束了。誠誠你幫我丟掉吧。這次的事，眞的很謝謝你，再見。」

一說完，千秋直視我的眼睛。緋紅的臉頰，含淚的雙眼。我緘默地點點頭。千秋嫣然一笑，背轉過身，走向西口五差路的寬廣道路。斑馬線看起來就像是連接綠洲的閃亮白色道路。

我接著又走進丸井百貨，搭著手扶梯一層層往上，來到六樓的男性服飾區。非假日的下午，店內空空蕩蕩，店員比買東西的客人還多。我進了男廁，走到貼著化妝鏡的洗手台，用力轉開水龍頭，把水糟放滿。滿溢的橢圓形水。我靜靜地把千秋的手機浸泡在搖晃的水面中。願所有的罪惡與污點都隨流水而逝。

就這樣等了三分鐘，直到沒有再浮起任何小氣泡的時候，我拿起手機，按下快速撥號鍵。液晶螢幕一動也不動。毫無反應。

從丸井百貨回家的路上，我走到西口地下街，把千秋的手機丟到不可燃垃圾桶裡。沒想到竟發出「咚」一聲很大的聲響，但誰也沒有轉頭看我。

如果故事在此結束的話，就很完美了。

但是，造成千秋和卡西夫分離的凶手，不是安毒，也不是黑道，而是更可怕的對手——不景氣和中止的公共建設。卡西夫上班的小型土木承包商被競爭業者舉發。「那家公司雇用非法勞工，用超低價格來承包工事。」然後早上正在晨禱的卡西夫被境管局的人逮捕。春天結束時，卡西夫被強制遣返伊朗。運氣眞背。

大約兩個星期後，我家店裡收到從阿巴斯港寄來的DHL國際小包。打開一看，是一把用絲巾包著，發出銀白色光芒的彎刀，刀柄嵌著天藍色的土耳其石。讀了卡西夫的信才知道，原來這種叫 **Jambiya** 的月形彎刀是成年男子的標誌。他寫道：阿誠是了不起的男人，未來在某處再會吧。

不過就算這樣，千秋還是沒有放棄。她在我家店前面連吃了兩串之前跟你們說的哈密瓜串，然後跟我說「既然你把錢還我了，不如我就用它去伊朗玩一趟好了。」每次看到千秋，她的脖子上總是繫著一條黑色絲巾。我問她那是什麼，她用豐滿的雙頰笑答：

「這是 chador 面紗。到那裡的話，女人一定要把臉遮起來呢。所以我一直帶著這個，有點像是爲旅行預演咩。」

千秋在西一番街亂糟糟的小巷子裡迎風邁步。

今天也要在池袋的綠洲海撈一筆。

千秋肩上隨風飄揚的絲巾鼓滿了春風，無比輕盈。乘著在空中飛揚的絲巾，似乎連我都可以飛到那個未知的綠洲去。

太陽通内戰

如果，有人把紅色跟藍色的夾克擺到你面前要你選一件的話，你會怎麼辦？

又如果，你的選擇關係到你的小命呢？

四周全是以刀子跟電擊槍武裝起來的憤怒小鬼，每個人都虎視眈眈地看你要選哪件夾克。正確答案可能是紅色，也可能是藍色。小鬼們究竟屬於哪個顏色的集團，你絕對無法得知。根據你所選擇的顏色，可能會落入地獄，也可能會被小鬼們擁抱和祝福。這是生死攸關的猜謎遊戲。

這太荒謬了。大人們都這麼說。就算是小鬼們自己，當然也是知道的。但是，憎恨和暴力的火焰一旦點燃，就不是誰的說教和教育準則可以撲滅的了。

所以，這個春天，不論是上學途中的小學生，或是巷子香菸攤的老奶奶，池袋沒有一個人穿紅色或藍色的衣服。甚至連百貨公司的嬰兒睡衣都只剩紅色跟藍色的賣不出去，有的速食店還因此改變制服的顏色。沒有人會笨到爲了追求時髦而冒生命危險。某對狀況外的鄉下情侶，不過一起穿了像鬥牛士一樣火紅的防風夾克，結果被瘋狂的G少年拖到巷子裡海扁一頓，全身骨折。紅色上衣不但被刀割成長條還被點火，眞是可憐的戰爭犧牲者。

在池袋，大家叫這次抗爭是Civil War，隔著太陽60通的水面下的戰爭。由乳臭未乾的小鬼們發起，爲了小鬼們的內戰。這就是太陽通內戰。

你問我那時在做什麼？

這問題還眞尖銳啊。

當身著防護衣的小鬼東倒西歪，警車旋轉警示燈的光在大樓間散射，街頭一到晚上就噗噗噗地沸騰冒泡的那個時候……

我，初戀了。

我第一次體會到心靈和肉體從太古流傳至今的奧秘。

世界眞是花朵處處開。

眞的逍遙過了頭啊。

一個跟夏天一樣酷熱的五月底傍晚，對我而言意義非凡的那一天，我到附近去散步。目的地是最近才發現的池袋祕境，西口的芳林堂和東口的LIBRO。

那個時候，我可以讀一點「沒有圖片的文字書」了！想知道的事跟山一樣多，可是沒有一個人可以告訴我。所以我開始自己看書。在以前就算是逛書店，我也只會到漫畫區跟雜誌區而已。連續閱讀數頁的鉛字這檔事，剛開始對我就像在游泳池底潛水一樣痛苦。不過換氣的間隔時間漸漸加長了。就算是我這種家裡連本像樣的書都沒有的傢伙，也可以一口氣讀個數十頁，有時甚至可以上百頁。眞是人體的奇蹟。

第一次遇到加奈的那個傍晚，記得我也是拎著書店的塑膠袋。歷史、法律，還有一本叫天使○○還是天使××的一本黃色小說。雖然我早就忘了那時的書名，但加奈的事卻一點也沒有忘記。

在那之後，我回想了不下數百次。每一次回想，回憶就愈來愈鮮明。鮮明勾勒出的線條、微帶濕潤的色彩，和瞬間冰凍起來的加奈身影。

就像是水裡的寶石一樣。

結束書店探險，回到我家水果行。微暗的西一番街，我家店不知爲何看起來特別顯眼。走近一看，明明還沒天黑，但店前面的燈光映照出來卻跟洪水一樣。我家又不是那種有彩色照片菜單的水果專賣茶館，只不過是路邊攤一樣的水果店而已。謎樣的鎂光燈大軍。西瓜在強烈光線的照耀下泛著黑色的光芒。

「你幹什麼？」

我向站在店前面人行道的男人問道。光線從男人肩頭上射出。男人的肩上架著一台攝影機（大得不像話的 Sony 專業攝影機）。因爲反光而看不清男人的臉孔，不過頭髮是長長的黑人捲捲頭。Lee 靴型牛仔褲、鞋尖是墊了鐵板的黑色工作靴、灰色混紡長袖圓領運動衫捲到手肘，可以瞧見他結實的手臂。

那傢伙倏地把攝影機轉向我。來個光線攻擊。

「就這樣，看著鏡頭。」

我大吃一驚。竟是女人的聲音。

「我問你在幹什麼啦！」

老媽抱著雙手，從店後頭一臉愕然地看著我們。路上行人背轉過頭，從我們身旁快速通過。我盯著鏡頭十秒鐘。

那個女的按下停止鍵，停止拍攝。同時，右眼從觀景窗移開，直視著我。強烈的鹵素燈熄滅，剩下一張女人的臉。

瘦削、膚色極白、修剪整齊的半月眉和細長的眼睛。中性的臉孔上，只有嘴唇鮮紅欲滴。長得跟模特兒涼很像。身高接近一百八，幾乎跟我一樣高了。好大隻的女人。年齡大約在二十歲後半吧？

「忽然對著你拍，眞不好意思。不過，我有工作想拜託你。」

她以強勢的口吻說完，就從牛仔褲屁股口袋裡掏出一張變得彎彎的名片給我，我不知為何接了過來。還有點溫熱的名片上，寫著「攝影記者．松井加奈」，下頭是一排手機號碼。

「工作是指什麼？」

「我想把池袋少年們的抗爭事件整理成一部記錄片。有人告訴我，你對這地區的小朋友瞭若指掌，是最佳的導遊人選。」

「誰說的？」

「池袋警察署少年課的吉岡先生。」

眞是敗給這位大叔了。我還記得去年夏天的絞殺魔事件。話說回來，如果是吉岡介紹來的，我也不能不理她。畢竟搞不好哪天又得麻煩吉岡幫忙嘛。

我說想先跟她談談，加奈問我是否可以讓她邊拍邊談。

「好啦。不過，換個地方吧？」

當然是希望別在我家店前面嘛。

「這樣的話，太陽60通呢？」

這女人是哪裡少根筋嗎？現在誰還敢在那麼危險的地方喋喋不休？

「你不知道現在池袋的狀況嗎？」

「如果能拍到你站在太陽60通前講述這裡的抗爭故事，那絕對是一個精彩鏡頭。」

加奈似乎覺得很可惜。可是，爲了精彩鏡頭被打成豬頭，本人可是敬謝不敏。

「還是別隨便闖進戰鬥區比較好。像攝影這種引人注目的行爲，一定要先跟雙方首領講一聲才行。」

加奈點點頭，又說：

「我知道了，那地點就交給你決定。不過，剛才的台詞等一下可不可以再講一次呢？我想錄起來。」

這女人眞絕。加奈彎下身，用骨感的手抓住攝影機把手，再挺起身子。牛仔褲柔順地伸展。她接著走向停在店前面的機車，用繩子把攝影機固定在置物箱裡頭。機車是銀色山葉SR500，後輪兩邊附有大型鋁製置物箱。加奈回過頭來，把銀色安全帽遞給我，我莫名的就接了過來。好像只要是這個女人拿來的東西，無論什麼我都會乖乖接過來似的。

「要去哪裡好呢？」

加奈若無其事地問我。看著她的瞳孔，似笑非笑。我楞楞地答道：

「West Gate Park，那裡是中立地帶。」

機車迎著池袋車站西口吹來的風奔馳，大氣裡充滿著五月夕陽的味道。從銀星散佈出來的深藍，一直到摻雜了黑的橘，無限漸層的傍晚天空在商業大樓林立的街頭上方延伸。每次一在角落轉彎，被白天熱氣曬得發燙的柏油就被拉起來，灰暗的大樓一棟接一棟倒下。眞是爽快。

自從高中那次爲了好玩去參加飆車族的集會之後，我就再沒坐過機車後座了。加奈催油門時總是一轉到底（從這些地方可以看出一個人的性格），她從卡車中間呼嘯而過，就像是追越老鯨魚的年輕海豚。

我的手環著加奈的腰。是她自己叫我要抓緊的。出乎意料的柔軟小蠻腰。雖說我和明日香交往也還沒滿三個月，如果現在被她看到，那她定會嘮叨個沒完沒了。明日香甜甜的笑臉隨著風被我拋諸腦後，我用安全帽頂了頂加奈的後腦杓，輕敲兩下。加奈立刻回頭對我叫道：

「什——麼——？」

「很——舒——服——耶！」

我用大腿緊緊夾住機車座墊，兩隻手臂倏地在風中伸展開來。牛仔襯衫的袖子鼓滿了風。我是一隻海鷗。

現在跳車的話，說不定還可以飛個三十米遠吧？

加奈把機車停在西口公園旁的人行道，她從另一個和剛才不同的置物箱裡拿出V8攝影機，是最新的數位機種。我們走向圓形廣場外圍的長椅。地上的石板到處都是紅色跟藍色的塗鴉，像是巨人從空中吐下的彩色痰一樣。G少年的藍色GB標誌和R天使的紅色翅膀。藍色文字上被潑了紅色油漆，下面寫著「DEATH FOR G ALL」。紅色的上面則寫著「R.I.P.」的藍色文字。幾個身穿東京都制服的老人，正一副沒勁地清除塗鴉。遠處樹蔭下則躲著巡邏警員。加奈把鏡頭對著我的側臉問：

『R.I.P.』是什麼意思？」

「把你們全部幹掉。」

「那麼，這個塗鴉就是給對方集團的訊息囉？」

「對！宣戰佈告。」

「池袋是從什麼時候變成這個樣子的呢？」

我不禁瞪了一眼鏡頭。這個問題連我也很想知道。也想知道爲什麼會變成這個樣子。我走到長椅，一屁股坐下。這應該會是一個很長的故事吧？

因爲，這是我們城市走向毀滅的故事。

事情是從今年一月開始的。以前的池袋，無論是滑板族、越野車、歌手、舞者，或者是其他大批小鬼們，全部都歸G少年統轄，而大頭目就是G少年的國王安藤崇。像閃電一樣迅捷，像蛇一樣聰明，像冷凍庫冰過的玻璃一樣冷酷，是這個地區女孩子的偶像。GK崇仔和我從高中就是死黨，去年雖然發生了許多事件，不過街頭上還是很和平的。

後來，有一個小鬼和新年一起來到，出現在池袋。就在那個傳說的十二月三十一日晚上，他突然在被小鬼搞得天翻地覆的西口公園跳起舞。破舊的黑色牛仔褲，赤裸的上半身。光著腳丫，長長的金髮隨風飛舞，那傢伙身體冒著熱氣，足足跳了一個鐘頭。一陣撕裂半夜寒氣的金色旋風。興奮，像是高壓電流在觀眾裡流竄。不過才一個晚上，那傢伙就變成了西口公園舞者的首領。

旋風名叫尾崎京一。剛開始的三個月，他的集團「紅天使」靜靜地擴張勢力。聽崇仔自己說，京一一開始也和G少年維持友好的關係。不過從這個春天開始，天使就開始跟G少年起正面衝突了。

一個地方不需要兩個國王。內戰每週愈演愈烈。「國王子民相互殘殺」「池袋『紅與藍』戰爭的悲劇」，週刊雜誌的標題還是一樣低級。可是，更低級的是這地區小巷子裡實際發生的事情，一場逐步擴大的報復大會戰。他們說，一個人被幹的話，就要幹回五人。五個人被幹的話，就要幹回五十人。鬥毆、幹架、砍人、放火，然後就是永無止境的重覆。

於是這裡的住戶在出門前，開始會照鏡子檢查身上是否穿到「藍與紅」的衣服。發狂的小鬼就算只是看到敵對集團的顏色，也會像鬥牛一樣不顧前後地衝撞。可怕的服裝檢查。

可以爲了喜歡的顏色而死的，也只有腦筋壞掉的小鬼了。

「你是崇仔的朋友，所以是G少年的成員囉？」

加奈用V8對著我說。

「不是。我不是紅色，也不是藍色。只不過是水果店的店員而已。我和他們的內戰一點關係也沒有。但是，連T恤也不能選自己喜歡的顏色，還眞讓人生氣的。去年此時的池袋還沒有這樣。」

「警察有能力改善這個狀況嗎？」

「我想沒辦法吧。他們不了解Civil War。單從上頭用強權壓制的話，壓力會往兩旁逃逸掉的。」

「強權嗎……你覺得要怎麼解決現在的狀況呢？」

加奈接二連三地丟問題過來，連思考的時間都不給。雖然從訪問的角度來看，是個不錯的手法。

「喂，妳忽然在這裡出現，然後問了一大堆有的沒的。妳究竟想要什麼答案？寫下來給我嘛。我照著唸就是了。」

我對著鏡頭嘻皮笑臉，慢慢地把脖子左右旋轉。

「妳覺得我哪邊的笑容比較燦爛？」

加奈嘆了一口氣，停止拍攝。哎呀呀，總算可以好好說話了。

「如果這樣就受不了的話，那最好打消採訪這裡的念頭唷。」

加奈彎起厚厚的唇，對我露出一口白牙。笑吟吟的女人。但是，那不是媚惑的笑，反倒是在向我宣示「要本姑娘撤退是絕不可能的」。她說道：「我愈來愈有興趣了。無論如何都想請你擔任叢林之旅的導遊。」

有意思。

「爲了什麼？妳想要在這裡做什麼？」

「哪裡發生奇怪的事，我就要把它傳達給大眾，這就是我的工作。這樣一來，大家開始注意到那件事，或許事態就會有所改善，也或許不會。但這就不是我所能掌握的了。但是我會繼續做下去。因爲，如果不先傳達出去，那絕對不會有任何改變的。」

「沒有因爲傳達出去反而使情況變糟的嗎？」

「當然也有這種情況。但是啊，誠同學，我們是無法對眼前發生的事情視若無睹、閉口不言的生物喔！不論好事或壞事，都會有『啊！那個眞有趣』的好奇心，一切由此而生。」

Curiosity Killed The Cat。好像有一個樂團就叫這個名字。不過，滿口天眞言論的加奈，在我眼中看起來是如此耀眼。或許是因爲我已經好久沒看過這麼積極的大人了吧？

「好吧。不過，妳要答應我一件事。妳不可以抱著好玩的心態想來改變這裡。還有，要把小鬼們當做一個人來看，而不是嗜血的怪物。」

「那你是答應囉？」

我點點頭。生在這裡，長在這裡，原本是同學和朋友的人，現在卻性命相搏。我已經無法再這麼旁觀下去了。加奈大喜，又開始拍攝。

我凝視著小小的德國蔡司鏡頭思考著。這個女人是在利用我吧？但是，以採訪名義的話，就可以在兩陣營間自由來去，我也是爲了和平工作在利用這個女人，這不是正好嗎？

我把眼光移向圓形廣場，過去的盛況不再，現在只剩稀稀落落的人影。就連中立地帶都沒有人敢接近了。看不到美眉們和泡妞高手們的影子，空虛的西口公園春夜。

五月的櫸樹對人類毫不關心，在夜晚也是一片青蔥。

晚上的公園裡，手機鈴聲響起。鮑伯迪倫的〈Blowing In The Wind〉，此刻彷彿時光錯置。加奈讓攝影機保持繼續運轉，從腰包裡拿出手機，小聲地講著，表情凝重。她接著停止錄影。

「走吧。」

遠處傳來巡邏警車的警笛聲。我有種不好的預感。

「發生什麼事？」

「有人被刺了。一起跟我來。」

加奈朝機車小跑步。我也立刻追在後頭。

加奈的SR在池袋警察署的角落轉彎，從 Bikkuri 陸橋底下穿過，進入了南池袋。從太陽通以南的這一帶開始是天使的地盤，我幾乎很少涉足這裡。機車從東口五岔路右轉進入綠色大道，在信用合作社的角落拐彎，直直朝太陽通駛去。微暗的街角到處是天使的成員，無所事事地呆立。他們用不帶情感的視線追著我們。其中有個人把大拇指和食指圈起來，比了個 G 少年的手勢，然後再把大姆指朝地面指了指——G 少年去吃屎吧！還眞是簡單明瞭的招呼。

遠在百米之外，就知道出事現場的位址。救護車跟巡邏警車的旋轉燈把附近的店家染成一片紅。現場在 Jeans Mate 對面三角的正中央。加奈把機車停在路邊，扛起攝影機。我們撥開人群，走近救護車。紅色圓錐筒圍出一個五米見方的管制區，有四位警察在負責攔阻看熱鬧的人。

管制區中央有一個下水道檢修孔大小的血泊和粉筆痕跡。擔架床正抬進救護車後門。是一個約莫十五歲的少年。因爲臉孔下半部罩著透明氧氣罩，所以看不見他的表情。沒有意識。左耳上有三個金色的耳環。

一個來不及逃走的小鬼腰部被綁上繩子，在警察陪同下留在現場。看來遇害的果然是 G 少年。站著的小鬼身穿 Tommy Hilfiger 的紅色連帽長袖圓領衫和垂在髖骨的牛仔垮褲。那是紅天使的制服。圓領衫的側腹到胸口有好幾道黑色的髒污。被血濺到的嗎？

加奈打著強烈的燈光，像是在舔拭四周狀況一樣拍攝著。不久，又來了兩個報社記者。閃光燈、旋轉燈、鹵素燈，大量光線侵蝕著太陽通的小巷子。

但是，就算經過再多的光線洗禮，開始凝固了的血泊卻仍動也不動。

現場附近圍了一大群小鬼，像凌晨三點的夜店一樣熱鬧。加奈的攝影機被V勝利手勢團團包圍，甚至還有小鬼把兩手大姆指相勾交疊，在胸前比了個紅天使的翅膀手勢。

「別比那些無聊的手勢！」

人群後方出現了熟悉的一聲怒吼。在隔了一段距離的便衣警車裡，走出一個矮小的中年男子。是少年課的吉岡。才一會兒沒見面，他前額的髮線又後退了些。就像是這個地方的和平一樣，無計可施。

吉岡從我身邊經過時，用下巴向我點點頭。

「待會有話問你。」

他從緊閉的唇縫丟出一句話。我點頭後，他就走進管制區，開始和警察交談。

雖然我也沒什麼話可以跟他說。

二十五分鐘後，現場只剩下一名年輕警員。救護車、巡邏警車和看熱鬧的人都散了。只有倒楣酒館酒保用水管和硬毛刷沖洗著血跡。加奈把最後一個鏡頭停格在滑進排水溝的紅色泡沫，然後吉岡走過來了。加奈把攝影機放在腳邊，朝他一鞠躬。

「剛才眞是多謝您了。」

跟對我的態度完全不一樣。我瞠目結舌地看著她，吉岡向我說道：

「怎麼，你已經在當導遊啦？你啊，從以前就對美女沒什麼抵抗力。」

這個女人也稱得上美女？開什麼玩笑。

「彼此彼此，你在外玩歸玩，小心別觸犯性交易防制條例喔！」

吉岡張口說不出半句話。反擊成功。過一會兒，他笑了出來。

「你就是這樣。松井小姐，阿誠雖然嘴巴壞，但腦筋可不壞唷。他會想接受妳的委託，說不定也是有其他的想法。」

吉岡一邊說，一邊斜眼睨我。

「你聽好啦，阿誠。警察也不會一直放任小鬼的戰爭不管。如果一再發生這種事，我們也只好去盤問街上每個小鬼，請他們和我們一起回警署去啦。上頭也有人主張使用強硬手段。你是崇仔的好朋友。爲了結束這場戰爭，你勸勸他。還有那個叫京一的小鬼也是。松井小姐的工作，你也要好好幹。你母親那頭就由我打電話去說。知道了嗎？」

吉岡自顧自地說完，和加奈打過招呼就走了。地方公務員小小的背影漸漸遠離霓虹燈的山谷。我抬頭一看，六十層樓高的太陽城峨然矗立在沒有星星的池袋夜空。一座向地面壓來的光明之塔。加奈說：

「吉岡先生眞是個好人哪。」

這種事情我早就知道了。

但如果要我親口承認，倒不如死了算了。

時間接近晚上九點，加奈騎SR送我回到西一番街的水果行。眞是漫長的一天，尤其是在傍晚以後。不過，通常這種日子偏偏不會就這麼輕易結束。發生的時候，不知道爲什麼大家都愛擠在一起發生。

我下了機車，把安全帽遞給加奈。忽然，有聲音從後腦杓刺入。

「誠誠。」

一陣寒風。是明日香！她似乎心情不太好。

「哎呀，是誠同學的女朋友？妳好。那麼，明天見。」

加奈戴著護目鏡對站在店前面的明日香點點頭，就發動SR離去了。孤立無援啊！

明日香穿著胸部上半部看得一清二楚的阿囉哈無袖洋裝，雙手抱胸而立。生氣的姿勢。就像電玩人物一樣。一眼就可以看透的單純。白色挑染的短髮。美容沙龍曬得黑壓壓的臉，只有嘴唇的珍珠白唇蜜像是冰山浮起。大大的眼睛現在送給我一個白眼。

內田明日香是十八歲的高三生。第一次見到她是在三月某個清晨四點的星期天，地點是我偶爾光顧的池袋夜店。我看著擠得像是沙丁魚罐頭的舞池，她忽然過來搭訕。因爲我們都喝醉了，所以不記得當時說了什麼。接著，不知道爲什麼經常在其他店裡遇到她，之後就跟所有男女交往的模式一樣。不知不覺就開始交往、不知不覺就開始上床、不知不覺變得很怕她。因爲啊，女生不是都很麻煩的嗎？

「剛才的人是——誰？好像男人婆唷。」

「誰也不是，來談工作的。她想要拍池袋的影片，拜託我當導遊。」

明日香的眼睛就像是巡邏警察，感覺像在被檢查隨身物品一樣。

「嗯——然後你答應了？」

「嗯。」

「那就算了。今天好不容易買到 Globe 的演唱會門票，本來想說拿給你的。哼，我還是跟別人去看好了。眞是超～不爽的。開什麼玩笑嘛！」

還故意用我很討厭的「超」句型。在我還來不及挽留的時候，她就一頭走掉了。哎呀呀！明日香的背影眞像夏威夷出身的日系寫眞女星，美豔動人呢！

不過這樣也好，至少可以不用去看小室哲哉彈電子琴。比起小室的琴藝，我還寧願待在家裡聽巴哈的鋼琴集，普萊亞（Murray Perahia）最近新出的那個叫〈英國組曲〉之類的（這眞的很好聽）。

一走進我家店裡，老媽開口了。她說「對女人優柔寡斷」這點，我跟死去的老爸一模一樣。可悲的劣根性遺傳。

雖然那天晚上累得半死，客人卻還接二連三地上門。十一點多，我正將鐵捲門放下來的時候，前面的人行道傳來聲音。

「喂，你是眞島誠嗎？」

我單手撐著拉下一半的鐵捲門，向外頭一看，有一個還挺年輕的男子站在哪兒。他穿著十分貼身的流行深色西裝，應該是 Paul Smith 之類的。體格不錯，眉開眼笑的，好像喝了一點酒。

「我是。你是？」

「你可能忘了吧？我是禮一郎呀。橫山禮一郎。」

他一說完，兩隻手用力地搔搔頭，就像是搞笑藝人吉米大西的招牌動作。看到他的動作，我立時想了起來。他就是以前住在附近經常陪我玩的那個朋友。如果說是兒時玩伴，年齡又有點差距，但不知道爲什麼我們特別合得來。我讀小學時是劣等生，不過他可是第一志願東大文學院第一學系的高材生。

「眞令人懷念耶。這條路雖然變得這麼漂亮，不過你家那間店卻一點兒也沒變。」

「還是這麼髒，還眞是抱歉吶。不過，禮哥你怎麼忽然來了？」

「我調到這裡了。被地方上的大頭帶到這裡那裡的，剛才好不容易卸了差事。」

「哇～當招待還滿辛苦的呢。」

「不是，我是被招待的。不過也一樣累就是了。」

「這麼屌？」

「還好啦。」

他愁眉不展，好像不太想提自己的職業。

「那你到底是在做什麼？」

「你可別說出去，我從四月起就是池袋警察署署長了。」

這次換我張口結舌說不出半句話。完全無法回擊。

「所以，有點事想要問阿誠。」

「我什麼都沒有做喔。」

我立刻蹦出被警察問話時反射性會說的話。習慣是很可怕的。新署長聽到我的回答後哈哈大笑。

「我知道。吉岡已經跟我說了，阿誠一直都是乖乖的。就當跟我聊聊天，可以吧？」

「那是站在兒時玩伴的立場，還是警察署長？」

新署長咯吱咯吱地搔著頭。雖然看起來一副新好青年的模樣，但是人不可以被外表所蒙蔽，畢竟對方腦筋很好。禮哥是本人無法以腦力相抗衡的少數人之一。這個世界還是很大的呀。

「嗯，一半一半吧。這樣行嗎？」

「如果可以對未成年喝酒睜一隻眼閉一隻眼的話，那就好吧。」

我無法拒絕新署長的問話要求。況且，不論答應或者不答應，反正那天晚上我也不可能輕易入睡了。

「我是不太希望這樣，不過如果只是一小杯的話，那就算了吧。」

很好溝通的池袋警察署長。

我花了大約五分鐘關好店，跟老媽交代一聲後，就跑到西一番街上。禮哥腰桿挺得直直的，站在微暗的巷子裡。不知道爲什麼，他就像是沐浴在鎂光燈之下。這世界上還眞有天生一手好牌的傢伙哩！那種一出生就是「葫蘆」，只差是要變成「四條」或「同花順」的傢伙。

我們並肩默默行走。穿過東口 WEROAD 時，歌手等一夥人在裝了零錢的吉他箱子後面唱著歌，老套的自由、夢想、失戀。就像是長青綜藝節目「笑點」裡毫無新意的每週問題單元。狹小的地道裡響起歌聲。

從綠色大道穿過一個十字路口，就到了戰鬥地帶。我們進入太陽60通後，走在道路左側。那邊是G少年的地盤。各處的站崗人員都向我打招呼。雖然我不是G少年的成員，不過他們可能看在崇仔的份上，才對我表示一點敬意的樣子。

「這就是Civil War的前線嗎？」

禮哥一字一句地說。

「對呀。歡迎光臨戰場。」

「我小的時候，池袋也相當可怕唷。到60通看電影的時候，也曾經被恐嚇過呢。還記得那部電影是《猛鬼屋》。」

他說著，眼光飄向遠方。

「眞是可愛的回憶啊。現在的話，恐嚇簡直就跟搖籃曲一樣。這地方在你們看不到的暗處，每天都在發生戰鬥。一場永無終止的殲滅戰。」

秀了一個最近在書本裡看到的單字。禮哥斜眼瞥了我一眼。

「這邊。」

他說完，左轉進了一條小巷。入口大門寫著「光町」，老舊的咖啡館和小酒館密密麻麻地擠在小巷子兩側。看著從無數看板和霓虹燈流瀉而出的濕潤光芒，我不知爲何地想起加奈攝影機映射出來的那種純白乾爽的光線。

還有，那柔軟的腰肢觸感。

禮哥把我帶到一家位於拉麵店樓上的細長酒館。踩上木板樓梯便發出嘎吱嘎吱的聲音。一眼就可以看出是外行人油漆的薄荷綠色吧台延伸到店後方，中間坐著一個三十歲後半的男人和二十歲左右的女人，像是有不可告人祕密的情侶。我們在後頭靠窗的位子坐下。透過關閉的百葉窗，外頭霓虹燈相隔一定間距放射藍色霞光。

「這裡只賣啤酒跟波本威士忌，沒關係吧？」

我點點頭。正面牆壁有一個塞滿類似LP的架子。

「跟平常一樣的兩杯，還有滾石合唱團的〈Exile On Main Street〉。」

禮哥跟身穿T恤的酒保點了酒，T恤胸口有一片大大的大麻葉。

「不大像禮哥會來的店耶。」

我這麼一說，他就笑了。

「是呀，在這裡別叫我署長喔。」

酒來了。浸泡在琥珀裡的冰球。

「你要聊什麼？還是 Civil War？」

「唔，是呀。這是池袋目前最燙手的問題。池袋警署裡有許多專門處理鬥毆的優秀副署長，署長於是變成體制上的裝飾品，只專門負責政治社交。但就我個人的立場，還是想要多參與現場的工作。」

他苦笑著喝一口酒。

「如果我想平安退休，也可以去待人事或總務單位。但是，與其以官僚身分指揮組織，我覺得還是直接保護市民安全的工作比較像警察。雖然這種想法是有點天真啦。」

「所以你現在是做什麼的？」

「對外協調、聆聽報告。有時間的時候，寫寫論文。」

「什麼樣的？」

「少年問題。」

我頓時愣住。怎麼禮哥變成評論家了？

「從論文可以發現什麼嗎？」

「但總比什麼都不做來得強吧？我採用數學裡一種叫路徑分析的方法。」

「完全沒聽過。」

「哪，路徑分析是針對許多無因果關係的因素，先分析其相關性，再算出各獨立變數的直接和間接影響。把它們用一定的規則重新排列後，便可推算出各變數之間的因果關係。」

一頭霧水。端湯上塔，塔滑湯灑，湯燙塔。這不是繞口令嗎？

「具體來說是怎樣？」

「方法只是用電腦解析迴歸方程式，然後導出偏回歸係數而已。接著，從少年偏差行爲的數百個成因裡頭，找出造成再偏差化和偏差行爲嚴重化的理由，解析其因果關係。不過，這也只是我個人的一點興趣而已。」

許多無因果關係的因素和少年偏差的關係嗎？我想到地方上那些素行不良的小鬼們，也想到了自己。

「如果把我放到那個方程式的話，會怎麼樣？」

新署長瞪大眼睛看著我。

「像我一樣的單親家庭、低收入戶、在校成績不良、有多次輔導記錄，把這些無因果關係的因素放到那個方程式裡頭，再次產生偏差行爲、變成慣犯的可能性是多少百分比呢？」

我聽見一聲長長的嘆息。禮哥用指尖骨溜溜地轉著玻璃杯的冰球，發出清脆的聲響。

「大約百分之八十左右吧……阿誠，別這麼激動。只是人類數目一多，有時這樣用數字來分類，比較容易掌握而已。」

這種事我也知道。但就是沒辦法接受。

「光憑一堆數字就想插手 Civil War 的話，小心會踢到鐵板喔。」

他滿面歡笑，定定地看著我。

「眞是好意見！在池袋警署裡就沒一個人敢這麼跟我說話。我說阿誠啊，不如我們來合作吧？我聽吉岡說了，你也想爲這個地方盡一點力，是吧？我也覺得用嚴刑峻罰來取締，是無法解決問題的。可是，隨著層級上升，最後到我這裡的情報都被過濾得乾乾淨淨的，完全無法得知現場的熱度。我很需要冷靜的眼睛跟靈敏的耳朵來告訴我街頭上實際發生的事情。」

擴音器的破舊網屏傳來滾石樂團主唱米克傑格在唱〈Tumbling Dice〉的沙啞嗓音。「要不要和我合作以防誤踩地雷呢？」聽禮哥這樣一說，我也不禁笑了出來。表演得眞好。世界上還眞的有這樣懂得哄騙人心的傢伙啊。在我眼前就有一個！一邊嘻笑、一邊算計的傢伙。不過一點兒也不惹人厭就是了。但是，池袋警察署署長這張牌，說不定有天也會變成我的王牌。

「知道啦，夥伴。你希望我怎麼做呢？」

「那麼，就先從 Civil War 的簡報開始吧！」

我喝下彷彿像在喉頭抽上一鞭的波本威士忌加冰塊，然後開始再訴說一遍那晚的漫長故事。

第二天早上，我睡眠還不足就去了市場，回家後接著睡了個回籠覺。十一點多一開店後，就看到脖子上掛著護目鏡的加奈走了過來。她只換了圓領運動衫，牛仔褲大概跟昨天同一件，這種女人眞是少見。那傢伙一看到我，就睡眼惺忪地說道：

「早。今天怎麼辦？」

我要她等一下，於是加奈就拿起一包草莓，在店前頭的護欄坐下，連洗都沒洗就吃了起來。一口接著一口。草莓早餐！眞是令人難以置信的女人。

我和中午過後才剛起床的老媽換班，就和加奈到附近的咖啡館。我得先問問她平常的工作流程，不然無法開始。因爲，我也沒交過當攝影記者的朋友。

「長篇記錄片雖然賺不到什麼錢，但對我來說就像是創作作品一樣。其實多跑跑昨天晚上那種現場，然後把影片賣給無線或有線電視台，就是我生活費的主要來源。我是自由工作者，所以馬上就能換錢的事件現場是非常重要的。」

原來如此。我告訴她說就按她的方式進行。一邊寫實記錄下太陽通內戰，一發生事件時，即奔赴現場採訪。

「另外就是阿誠的薪水，該怎麼算才好呢？」

「錢就免了，能做出好作品就好啦。」

相對的，我也會依自己的想法行動——當然我沒說出來。加奈略顯吃驚，頓了一下才笑出來。不壞的笑臉。

「『那樣不行的啦！畢竟是工作嘛』——你，可別指望我會這樣說唷。老實說，最近手頭很緊。但是，如果這個記錄片賣錢，我一定會分你一份的。誠同學……」

加奈筆直地看著我，目光閃爍。

「什麼啦？」

「你還滿酷的嘛。」

謝謝，我回答。我不知道爲什麼就樂了起來，說不定我就是從那時候開始被加奈所吸引的。眞像個大傻瓜！交通事故、食物中毒、花粉症。戀愛這玩意兒啊，就跟倒楣是一樣的。總是突然來襲，也絕對無法逃避。

即使如此，春天依舊是戀愛的季節。

我們最後決定先去採訪紅天使的首領京一，順便跟他打聲招呼，說我們想拍攝太陽通內戰。崇仔那兒隨時都可以見到，所以就留到後頭。

我立刻就遇到一個大問題——我在天使裡頭沒有門路可打聽。當然，也不可能打 PHS 向崇仔問京一的電話號碼，那太白目了。實在沒辦法，雖然危險，但也只能在未預約的情況下直接前往天使總舵。那個惡名昭彰的東池袋天使公園。

突擊！隔壁的不良幫派。

東池袋中央公園是緊鄰著太陽城的長方形公園。入口處筆直種著四排樹，樹與樹的中間是通道，正中央是廣場，最裡頭凸出一個寬二十米的噴水池。這裡曾是商業區的休息廣場，但因爲「內戰」之故，附近已經變成紅天使的集會場兼司令中心。不過，在它變成天使公園後，我就沒再進來過了。

加奈把機車騎到公園入口。晴空萬里的非假日下午，恬靜嫩綠的樹木在春風裡搖曳。只不過樹蔭下站了四個紅色哨兵，每排樹下各一個。他們戴著保時捷或雷朋的太陽眼鏡，配上紅色的T恤或 Polo 衫。就像掃雷艦的船員，嚴密地極目四盼。這裡是第一檢查站。

我們小心而緩慢地移動，以免刺激到那些紅色哨兵。加奈把攝影機架到肩上，和我換了一個眼神，準備ＯＫ。我向距離最近，脖子上掛著一條像停車場鎖鍊那樣粗的金鏈子的小鬼說道：

「我想向紅天使申請採訪。你可以幫我們傳話給上頭嗎？」

說完，我把加奈的名片遞給他。四個人裡頭，一個像是只有小學高年級的小鬼頭拿著名片奔向噴水池。我們在其餘三個人的包圍下，假裝平靜如水。

「喂，閒著無事，你們可不可以讓我拍一下？」

眞是個白目女！加奈說話完全不挑時間地點。結果，原本目光如電的三個人也忍不住笑了，還只是小孩子的笑臉。

「待會上頭許可下來的話，給我拍一下喔。擺個你們最酷、像是殺手的姿勢。」

她說完，在胸前比了個天使的手勢。小鬼們樂得暈陶陶。但是，這些小朋友一旦發飆會變成怎樣，只要是這裡的人，大家都很清楚。

小鬼頭回來了，還帶了三個女生。牛仔垮褲、大一號的迷彩陸軍夾克。女戰神。京一好像有幾個這樣的敢死親衛隊，這些傢伙的傳聞在Ｇ少年之間也很有名。就算是再強的男人，落單的話也是三十六計走爲上策。當然的嘛。如果臉上被噴辣椒噴霧劑、用改造電擊槍電到快冒煙、再用特殊警棍和加釘子的長統軍靴給打個半死，就算是拳王泰森也會翻白眼的。

其中一個下巴尖尖的美人，先用眼神把我全身舔完一輪，才開口道：

「我知道你。叫阿誠是吧？專門幫人解決問題的。你不是跟G少年一夥的嗎？」

「不是。我是普通市民，不偏袒任何一方。」

我沒告訴她，那是因爲正義不在你們之間任何一方。話說回來，或許正義也不在其他的另一大群人裡頭。

「妳們是親衛隊裡的哪一隊？」

「小甜甜。」

美人說道。

「果然，你就是小蘭嗎？」

女戰神像是刀鋒一樣地淺淺微笑。

哨兵把我們交給了親衛隊。我們在她們的簇擁下，走向裡頭的噴水池。噴水池前的長椅有十多個打扮隨性的小鬼正舒坦地休息，各種深淺不一的紅色。中央坐著一個背脊伸得直直的小鬼，抬頭看著我們的臉。

「我是天使長磯貝。你有什麼事？」

旁邊剃得精光，只留下頭頂中間一點毛的平頭。臉曬得黑黑的，全身穿著白色的D&G，左手的百達翡麗錶薄得跟郵票一樣。

我跟他們說了加奈的工作，以及太陽通內戰記錄片的事。我們不偏袒任何一方，採訪活動可能會演變成長期的工作。默默聆聽的磯貝說道：

「如果接受採訪，對我們有什麼好處？」

沒有，我說。或許會出點小名，但基本上沒有。任何人都沒有非得接受採訪不可的義務。

「不過，還是必須有人來把這裡發生的事情告訴大家。」

加奈扛著沉重的攝影機說道。汗珠從她的太陽穴泊泊流下。

「我想直接聽聽雙方首領的說法。這不是你可以自行決定的事吧？待會兒給我電話。」

我說完，加奈把嘴貼近我的耳朵，我感到一股酥酥麻麻的氣息。問他們現在能不能讓我拍呀？她說。我要她別太貪心。這時，有人手機響了。磯貝從屁股口袋裡取出手機，小聲交談。是嗎？是嗎？我知道了。

「哈囉，你們好像要開始忙了哦。」

磯貝的嘴角揚起。

「是什麼事件？」

加奈的聲音顯得很緊張。

「嗯，趕快去吧。春日通有人幹架。G少年的白癡去攻擊披薩店的機車，說是外送人員的防寒夾克太紅了。眞是有夠無聊的理由。」

磯貝說完，加奈的手機也同時響起。加奈道謝後，也不接手機就開始奔跑。肩上扛著近十公斤的攝影機。

看來不是天使裡才有厲害的女人。

春日通事件不是什麼大事。不過是個看起來怯弱不堪的披薩店小哥臉上淌血，癱坐在人行道旁罷了。來往行人毫不在乎地走過。巡邏警車停在旁邊，G少年早就不知逃到哪去了。我們是第一架到達現場的攝影機，拍完打工人員的送醫鏡頭，即結束拍攝工作。連救護車也沒有叫，就直接用警車把他送去醫院。加奈說這次可能賺不到幾個錢。

我們回到剛才停機車的地方，加奈手機響了。講著講著，她的表情開朗了起來。

「怎樣?」

「他說首領的採訪OK了。今晚十二點，就在剛才的公園。」

和傳說中的第一天使取得了午夜之約。運氣眞好。於是我和加奈分手，回家去了。一邊看店，一邊總算開始認眞地思考：我可以爲阻止這場內戰做些什麼。

和往常一樣，半個好點子也想不出來。

那天晚上，天空讓天黑前自西邊跑來的雲朵給遮住，快要變天的樣子。十一點五十五分，加奈的

SR停在東池袋中央公園的正面入口。葉子被春天的暴風搖晃得露出了背面的白色，樹底下站著四個和白天不同的哨兵。這次磯貝和小甜甜特地出來迎接我們。我向小蘭笑了笑，但是她恍若無視，好像很緊張的樣子。能給四周人帶來如此緊張感的尾崎京一，究竟是一個怎麼樣的小鬼？我的興趣就像暴風雨的雲一樣不斷地湧出。

一行人穿過公園石板路，走向噴水池前面的涼台。拐大彎的石板長椅中央有數米寬的空位，它的正中央孤伶伶地坐著一個小鬼。我們在長椅正面一站定，他也站起身來。附近四十名陪侍的視線就像是紅色雷射光一樣集中在他身上，不用說那傢伙就是首領。京一就像是一面鏡子，輕輕將眾人的視線壓力彈射回去。像是一面反射掉光線，而不會留下任何傷痕的鏡子。

黑色牛仔褲，赤腳套著涼鞋。他赤裸上半身，只穿了一件咖啡色的仿麂皮背心。像鬃毛一樣的金髮。粗粗的脖子上戴了一條皮製項圈，項圈尖端的銀翼垂飾晃啊晃的。肌肉發達的半圓形肩膀兩邊各有一個紅色翅膀的刺青。

該怎麼形容他的臉才好？就像是把名牌的高貴、易損和夜半森林的寧靜，胡亂混雜在一起的臉。絕對不是木村拓哉那種美男子。但是，卻有一種可以把人吸進去的魅力。你問我想起誰？唔，死去的門合唱團主唱吉姆莫里森。還有跟他完全不同型的G少年國王安藤崇。

「你們終於來啦！你是阿誠，另一個是加奈，沒錯吧？多多指教。」

他用爽朗的聲音說道，然後把手伸向我。我握住他意外纖細的手，他也用力回握。結實的上臂出現刀削般的肌肉陰影。

我才要請你多指教，我說。

「你們想要拍什麼？什麼都可以配合噢。不過，如果說要拍戰鬥場景的話，那就愛莫能助了。」

「那麼，可不可以先從訪問你開始？」

京一用親切到讓人沮喪的笑容點點頭。在周圍天使的屏息期待下，加奈在京一坐著的長椅正對面架起三角架，安裝好攝影機後，打開強烈的鹵素燈。即使面對強烈光線，京一也沒有退縮，他微笑看著鏡頭。拍攝開始。

「你是池袋紅天使的首領，對吧？」

「這個嘛，你說呢？我只是像這樣代表大家跟妳說話而已。」

「天使裡頭大約有多少位成員呢？」

「三百到五百。正確的數字誰也不知道。不過，我想眞的動員起來，應該可以召集到三倍左右。」

「你們爲什麼會和G少年起衝突呢？」

「因爲他們是爛G少年啊……」

半夜的公園裡，響起了拍手和噓聲。

「而且，他們是前朝，我們是新朝。妳應該好好唸唸歷史喔。」

新國王揶揄道。

「哪，爲什麼連小孩子都跑到你們這裡了？」

這個問題連我都會回答。京一的臉色倏地變得不帶一絲情感。

「小鬼們沒有可以尊敬的對象。身旁沒有可以當做學習目標的大人，而大人也不讓他們擁有夢想。我們準備了偶像和友情。被他人需要的充實感、被朋友歡迎的喜悅，以及規律和訓練。集眾人之力一同去尋找現在社會上得不到的東西。」

加奈在石板上坐下，看著觀景窗繼續提問。音量變大。

「所以，就讓小朋友出任戰鬥人員？」

「那妳乾脆就說我們讓他們去當殺手算了。可是，最先出手的可是G少年喔。擁有自衛的戰力是憲法容許的範圍吧？我們又不像美國小鬼那樣有輕機關槍和手榴彈。我們也是出於無奈。在池袋，甘地是無法生存的。」

我從攝影機旁邊插口道：

「這麼說，這個內戰是不可能停止的囉？」

「街頭的戰爭從來就沒停止過，只不過現在幫那個戰爭起了名罷了。」

拍手和歡聲再起。太陽通內戰嗎？京一不是用言語刺激就會暴露弱點的傢伙。若是像報紙社論那種程度的說服功力，搞不好連他的鏡子表面都碰不到。

「那麼，我可以問你的私人問題嗎？」

他點點頭。

「你家人呢？」

像是做夢一樣的笑容。

「死了。」

「全部？」

「對。住在美國的時候，我父母因爲交通事故死了。半年後，原本心理就有病的弟弟自殺了。回日本後一起住的奶奶也死了，是肺炎。醫生說對老人而言是很好的病，沒受什麼苦。」

「那你是一個人住囉？」

「嗯，多虧了人壽保險，錢倒是留下一大筆。我四周所有人都一個一個地死去。不過，四周的人一死，我自己也一點一點地死去。愛的人死了，愛我的人死了，只剩下等待自己的死亡。就在這時，我遇到了現在這裡的朋友。他們願意爲了我而死，我也願意爲了他們而死，沒什麼好猶豫的。反正，人總是要死的。而且，如果死了，就再也不用看到誰死去了。」

除了樹葉被春天的暴風吹得沙沙作響外，現場一點聲音也沒有。京一說話時一直保持淺笑。四周天使們的視線，熾熱得像是連鐵都能蒸發。絕對的超人魅力。如果想要對這個傢伙出手，就算是警察也得小心翼翼，不然肯定很危險的。

「好像有點太安靜了，來跳舞吧。」

臉上出現羞澀的笑容。拍手和歡聲格外熱烈。

「我曾經在芝加哥的芭蕾學校待過。父母就是在來我畢業公演的途中發生事故的。」

說完，京一開始伸展肩膀和脖子。肌肉在薄薄皮膚下蜿蜒。一個天使用手推車載來像是辦公桌那麼大的手提音響，恭恭敬敬地按下開關。音樂開始了，開頭的口琴聲就像是腿骨折、躲在暗處發抖哭泣的狗。

曲子是印艾克斯合唱團的〈Suicide Blond〉。我對舞蹈一竅不通，可是立刻就可以看出京一的舞蹈和一般的 Hip-Pop 不同，像是了古典芭蕾和街舞兩種基因的融合。京一的獨創。

京一在噴水池前頭低了一級的平台上，充分運用寬二十米的舞台跳著舞。背景是青蔥的樹木和高高低低的水石。我抬頭，太陽城的雪白、豐田 Amlux 的銀藍、Urban Net 大樓的粉紅灰組成一面高聳峭壁，將天使公園包圍其中。

周圍的小鬼屏息，眼神追著京一的舞步，甚至連公園入口的哨兵也圍了過來。音樂從門合唱團的〈Light My Fire〉變成電吉他大師吉米漢醉克斯的〈Little Wing〉。脫下背心後上半身赤裸的京一不斷出現令人意外的舞步。我還是第一次見到這種身體，薄薄的一層肌肉自肋骨賁起，他身體的脂肪就好像一片玻璃紙一樣。跳完三曲後，京一對著鏡頭說道：

「知道嗎？我只爲死去的人跳舞。今天晚上氣氛眞好。給我放那首曲子。」

周圍的天使們流露出長長的嘆息聲。雖然不知道是什麼，但是下一首應該是不輕易示人的舞蹈。春夜濕潤的空氣在情緒高漲的小鬼們之間滲透，好像誰和誰輕輕一碰，就會迸出火花一樣。

隨著像是在小巷躡足般的撥奏，那首曲子開始了。覺得在哪聽過的曲子。第一小提琴交給第二小提琴，不斷重覆著主題，像是波紋一樣在夜晚的公園擴大。

京一飛身躍上噴水池，在被水浸濕的花崗岩舞台上小跑步畫圓。一個小節旋律一個圓，畫完之後飛身到池的另一面再畫另一個圓。兩個相隔著寬二十米、長五米水池的圓。在不到三分鐘的樂章裡，京一在舞台上創造出一幅想像的布景。

瞬間的休止符之後，開始激烈的全奏。第二小提琴、中提琴、大提琴。京一在單邊的圓裡面，一邊用腳踢水，一邊激烈地舞動。跳一陣子就躍到另一個圓裡面，展現出幾乎沒有動作、但是需用肌肉表現出非感情張力的靜態舞蹈。動與靜、靜與動的循環。而隨著音樂愈來愈熱鬧，兩個圓之間的來去也愈加激烈，像是在兩個電極之間來去的一粒電子。

然後是結尾。在兩個圓的正中央，京一高高地、高高地躍起，用指尖描繪暴風的雲朵底端，然後落下。沒有濺起一滴水，腳尖柔軟地著地後，他直接在噴水池內倒下。從下往上看的我們，感覺京一就好像是被黑暗的花崗石舞台吸進去了一樣。

寂靜。然後，狂暴的風聲再度回到晚上的公園。

等現場所有人把身體裡所有的空氣全部吐出來，又再吸一口氣之後，歡聲終於才爆開來。我望向操控攝影機的加奈側臉，她抵住觀景窗的眼睛下緣因興奮而漲紅。

京一站了起來，任由牛仔褲滴著水，在噴水池邊緣坐下。氣息紊亂，濕潤的眼睛炯炯有神。我不禁說道：

「好厲害啊！」

「啊，謝謝。」

「巴爾托克（Bela Bartok）的〈第四號弦樂四重奏〉。」

那天晚上，京一首次露出吃驚的表情。

「對。第四樂章的稍快板和最終樂章的甚快板。這地方的小鬼知道這首曲子的，你是第一個。」

「我只是剛好聽過CD而已。」

「我也聽過你很多傳聞，絞殺魔跟黑色休旅車那些。不過，我一直以為你是專屬於G少年的。」

說完，京一從脖子上取下項圈。水滴從搖晃的銀翼上滴落。

「你拿著這個吧。無論是我們的任何集會，有了這個通行證就可以暢行無阻。萬一捲入什麼紛爭，只要把這個拿給我們的成員看就可以……」

喘了一口氣，京一用丹田運氣喊道：

「紅天使永遠歡迎你們！」

現場響起拍手和歡聲，就像是安可不斷的演唱會之夜。

「阿誠，我有一個問題想問你。你認為剛才的舞蹈是什麼意思？」

京一笑著用手揮去滴到眼睛的汗水。我胡亂答道：

「激烈的圓是生，靜止的圓是死。在兩個圓之間激烈地往來，這就是剛才舞蹈的意思嗎？」

京一聳聳肩。

「原來也有這種解釋啊。不過，剛才的舞蹈裡頭沒有生的希望。那兩個圓是想描述死和想死的心。是講一個一心想著死的舞蹈家，最後墜入不生不死的黑暗裡。」

他露出像是在做夢一樣的笑。這支舞是他八分鐘的自傳嗎？我想說句安慰的話卻不知從何說起。我默不作聲地點點頭，接過了項圈。

死亡天使的禮物像是要冒出蒸氣一樣熱烘烘的。

那天晚上，加奈將現場的天使成員都拍了一輪。他們除了身體某處一定有紅色以外，從十歲到二十歲左右的四十個人沒有一個人服裝是相同的。就像是熱帶動物園。如果尊重個性是必要的教育方針，那麼大官們眞應該來探訪一下紅天使。

凌晨兩點，加奈和我離開公園。SR沒幾分鐘就來到了池袋車站東口。最後一班電車早就走了，車站前的圓環沒什麼人影。下了機車，正想把安全帽遞給加奈時，她說：

「要不要一起去喝一杯？反正回去也一定睡不著的嘛。」

我點點頭。看完京一的舞蹈，如果想立刻入睡的話，那需要能把大象弄暈那麼多的安眠藥。

「誠同學，你知道哪裡有好店嗎？」

「回太陽通去吧。」

我跨上SR。五百CC單缸引擎發出像是猛獸心臟一樣的心跳聲音。機車馳騁而出，像是要把微溫水般的五月夜撕裂。

我帶加奈到了昨天光町那家店。沒有客人。在昨天的凳子上坐下，向昨天那位酒保點酒。

「跟上次一樣的兩杯，還有吉米漢醉克斯的〈Electric Ladyland〉。」

不秀一下才從禮哥那兒學來的手法怎麼行呢？冰球相碰，乾杯！比我們先一步酣醉的吉米的歌聲立刻就傳了出來。〈Angel〉。加奈說那眞是個好曲子。我比平常喝得都快。趁著還有意識的薄醉之際，跟她講述過去的事件。池袋的表面和背後，還有藏在背後的背後。加奈微笑聽著。

我講的時候可能帶了點自我吹噓的口吻吧？其實我很少這樣的。

離開店裡的時候是清晨四點。因爲店要關了，所以我們只得勉強起身。走下木板樓梯，加奈手裡拿著一瓶店裡賣的外帶波本威士忌。站在黑漆漆的巷子裡，我問加奈：

「怎麼辦？不能騎車了吧？」

「用走的。到我那兒喝到早上吧。」

說完，就自顧自地走了。我只有祈禱加奈是住在東京都內。幸好走了五分鐘之後，加奈就進了一棟面對川越街道的大樓，凸出道路的看板上寫著「短期出租套房」。抬頭望著白色磁磚大樓，從電梯傳來聲音。

「快點！或者你要跑到九樓？」

這是我第一次參觀短期出租套房。開了房門，左手是衛浴室的門，後頭是八個榻榻米大的長方形房間。書架、書桌和床都是相同的白色建材。桌子上擺著剪接錄影帶用的器材和業務用顯示器、筆記本、筆、計時碼錶。加奈的房間裡一個像是女生的小飾物都沒有。

加奈從出租套房的冰箱拿出冰塊，幫我調了杯波本威士忌加冰塊。我們那時的談話內容，都是些胡言亂語的鬼扯蛋。一面笑到肚子痛，一面喝到不知是第幾杯時，加奈的手和我的手相碰了。就像是一百萬伏特的電擊槍。全身因爲衝擊而發熱，心臟的鼓動傳到了指尖，等到回過神來的時候，我們已經完成了第一次的接吻。都不是由誰先起頭的。

接吻是發生在兩個人的正中間。

接吻之後，我慌亂地想要脫下圓領運動衫，加奈說：

「不行這麼急躁唷。從現在開始，如果可以接吻十分鐘的話，再進到下一個階段吧。」

她說完，站起來關了電燈，從桌上取過計時碼錶。

「好了，開始吧。」

加奈按下碼錶。

我用嘴唇碰了加奈的唇，用舌尖緩緩描繪它厚實柔軟的輪廓。加奈的舌頭變硬，伸向我。我使勁深深吸吮。甘甜的唾液。加奈也說想要喝我的。唇的裡頭、牙齦背面、門牙緩緩的弧形。舌尖探到最深處，在對方的口中探險。連自己都早已忘掉的凹陷、舊傷、皺褶、間隙。舌頭像小魚兒一樣游移旋轉。我像是要繪製地圖一樣，確認著加奈口裡柔軟的部分和粗糙的部分，露出的牙齒和牙齒相互磨擦。我出生以來第一次發現原來接吻能夠做什麼。加奈說我全身在顫抖。

「已經十五分鐘了唷。誠同學，你的吻很棒。」

所以，我們進入到下一個階段。緩緩地，一邊繼續接吻。

原來世界上眞的有那種光想起來胸口就會痛的接吻。就像是在誰的歌裡面也有寫「總有一天一定可以解開愛之謎」。我個人認爲，那天晚上是我初次解開愛之謎的日子。心靈和肉體連接的謎。初戀這種事啊，才不是在幼稚園大班會發生的呢！

我們互相脫去衣服，就像接吻時在嘴裡做的那樣，探索全身的肌肉和黏膜。我問她不用沖個涼嗎？她說不可以洗澡。汗水、灰塵跟一個人的氣味是很重要的。也沒有人會把生魚片用水洗過才吃的吧？

接下來的三十分鐘，我在加奈身上進行了漫長的旅行。肌肉結實的身體上，到處都有吹起的脂肪群集。丘陵和高原、森林和泉水、高塔和窗戶。自高空用眼睛享受，以指尖確認彈性，用鼻子和舌頭品嘗香味。加奈的體液像是撒了鹽的牛奶，一點兒也不噁心，簡直讓人想一口喝下一整瓶。

「好了，進來吧。」

忍耐不知多少次的我，終於潛進了加奈的裡頭。

就好像深不見底的高熱溫泉。

不是我在吹牛，平常的我可以更久一點的。但是，那時我的耐力已經到了極限。只挺了兩三下腰，身體裡的熱火就集中到了尖端。我說道：

「加奈，不行了。我好像要射了。又沒有避孕。」

加奈張開緊閉的雙眼，皺眉抬起頭看我。非常性感的眼神。光是盯著那雙眼，我的保險絲就好像快斷了。

「不行，我也要去了。」

加奈說完，用圈著我的手用力壓住我的屁股，從下面挺動自己的腰。

「就說不行啦！這樣的話……」

「沒關係，全部給我！因爲我的身體是絕對生不出小孩的。沒問題的。」

我在還沒搞清楚什麼叫沒問題的時候，接著就射出去了。幾乎在同一瞬間，加奈也去了。從好遠之外就可以聽到的長長尖叫聲。

通過我們兩人之間的橋樑，我的熱源源不斷地流進加奈的裡面。再這樣下去，說不定會變成一具空殼。在我感到害怕的時候，脈動終於停了下來。

但是，我們的身體過了好久都還無法停止顫抖。

「我啊，是福島出身的。從東京大學畢業後，回鄉進入地方電視台。然後，從事夢想的新聞工作。我和他就是在工作的地方認識的。」

加奈口含冰塊，開始說起以前的事。

「他？」

「我的前夫。他的祖先是福島城主之類的貴族後裔。腦筋好，工作也行，情人節會收到一大堆巧克力的那一型。」

「喔——」

被自己悶懨懨的聲音給嚇了一跳。我爲什麼要妒忌呢？

「眞不知道他是看上我哪一點？我不像千金大小姐的個性對他好像反而很新鮮。但我對他的兒時玩伴有點感冒，穿著晚禮服和大家一起去聽義大利歌劇也有點受不了。」

我在心裡想像身穿露肩禮服、扛著攝影機的加奈。高高隆起的斜方肌。

「你正在想奇怪的事對不對？不准笑！」

加奈說完，用冰塊壓住我的乳頭。兩人扭打成一團。暫時中斷了她過去的故事。

「後來啊，我雖然不願意，不過還是舉行了一場很豪華的婚禮。剛開始的兩年眞的很快樂唷！喂，誠同學，你知道不孕症的定義嗎？」

我搖搖頭。

「根據國際不孕症學會的定義，一對渴望有小孩的夫婦，如果兩年還不能有小孩的話，就是不孕症。我們結婚兩年後，對方父母開始擔心了。當然我一點也不在意。他跟我說，就當是讓他母親安心也好，兩人一起去婦產科看看吧？」

「是嗎？」

「檢查的結果，他沒事，是我。我有排卵障礙，原因不知道是在卵巢，還是在下達分泌賀爾蒙指令的腦。接下來的兩年簡直是地獄。」

加奈淡淡地接著道：

「每天早上一醒來，最先想到的就是體溫計。做成圖表、拿到醫生那裡一看，很明顯地沒有排卵。不知做了多少次的血液檢查和陰道內診。那就像是被強暴一樣，我很討厭。還有在肌肉注射一種叫HCG的排卵針，痛到眼淚都飆出來了，那一整天走路都得用力拖著腿。但是啊，注射當天跟隔日還是一定得做愛。他知道我很痛，所以也趕著結束，就像是例行公事一樣。以前每次都像品嘗美食般的性愛，最後竟變成了站著吃垃圾食物一樣。」

我默默無語地把手放在加奈頭髮上。加奈沒有哭，只是看著夜。

「我在聽，繼續。」

「好。可是，那還只是第一層地獄而已。不孕症治療又進到下一個階段。這次是HMG的藥。爲了決定這種藥的使用量，必須把二十四小時的尿液全部蒐集起來，再送到醫院去檢查。外景、小便、剪接、小便、開會、小便。成天到晚跑廁所，想起來會連人都厭惡的。每天帶著滿滿一筒尿的生活，什麼羅曼蒂克都化爲灰燼了。你大概很難想像吧？」

加奈說完後，低低地笑了。

「決定好藥量後，接著開始每隔一天的肌肉注射。噁心、疼痛外加腹瀉。就算這樣仍舊努力地做愛。不過，這樣硬撐沒幾個月後，就因爲過度浮腫，連牛仔褲都穿不下了。雖然沒有懷孕，但肚子腫得跟個球一樣。去看醫生之後，他說兩邊卵巢都腫了起來，腹腔積水。醫生說是卵巢刺激過度。住院兩個星期後，她母親來探病時跟我說『再一起努力一下吧。反正還有人工受精』，我當時就決定告別生兒育女及婚姻生活。雖然我也很喜歡他，不過這也是無可奈何的。因爲就算努力到失去自我，還是不成的啊！」

她像是啜泣一樣的長長嘆息。我加重力道握住我倆交疊的手。

「那個時候，每次在街上看到嬰兒車，就會覺得好像在責備我是個不完全的女人一樣。一回神，全世界到處都是小貝比。和大學時期的男朋友訴苦時，他竟然說『要不我來教妳怎麼生小孩吧？』。有夠低級吧？我一氣之下就打了他。之後我離了婚，拿了一點贍養費，開始在東京當自由攝影記者。現在每天到處跑新聞，所以沒有固定的家。不過，還是比那個時候好多了。我的故事到此說完了，很無聊嗎？」

泣。

我沒有回答。靜靜舔吮著從眼角流進耳朵的淚滴。有加奈的味道。我抱住她之後，她開始放聲哭

我們就這麼相擁了一會兒，接著又做了一次愛。早晨的陽光穿透緊閉的窗簾，發出淡藍色的光芒。這次做愛就像是水面搖晃的小船一樣輕柔。撫摸、搓揉、解慰。我也是那個晚上才知道，原來世界上竟然有那種性愛，更想不到自己也可以做到。

第二次的性愛結束後，我們手牽手睡著了。像傻瓜一樣吧？可是啊，只要一想起那天晚上，我到現在還是會一個人又哭又笑，衝出房間在街上漫無目的地遊蕩呢！

感到和某個人心靈相通的初夜。愛情，就是在那種時刻萌芽的。世界眞是處處花朵處處開。

因爲，連我自己都是其中一朵花兒。

第二天早上，被刺耳的電話鈴聲吵醒。從脫下來放在床旁邊的牛仔褲口袋裡拿出 PHS，全身光溜溜地應道：

「喂？」

「阿誠嗎？」

我嚇了一跳，是京一的聲音。加奈也坐起來看著我。嬌小玲瓏的乳房下緣形成一道弧形。

「如果想知道G少年的手段，馬上去東口池袋公園一趟。」

電話切斷了。京一的聲音就像是隔著冰塊看過去的雄雄烈火。

「發生什麼事了？」

加奈開始在被單下穿內衣，她似乎發現了我的臉色不對勁。

「我不知道。不過，京一的樣子怪怪的。快！」

我急急忙忙穿好衣服，跑出房間。我們奔馳在兩三個小時前才醉醺醺走過的街頭。還得先去牽車才行。雖然睡不到一個小時，但我的腳步卻是異常輕盈。五月底的晴朗早晨，街頭還在沉睡。

加奈邊跑邊朝我伸出手。

我很開心。握住加奈的手，在池袋的巷子裡奔跑。

東池袋公園在太陽60通的北邊，所以是G少年的地盤。和光町的直線距離只有三百米，騎機車一分鐘整。接到京一電話的十分鐘後，我們抵達公園。在大樓包圍下，一座安靜的兒童樂園。單槓、溜滑梯和沙坑零星散佈在密密叢叢的樹木間。抬頭就可以看到燦爛耀眼的鮮綠巨蛋。

但是，現在人潮開始聚集在其中一角。看熱鬧的人和數名警察。老遠就可以聽到的警笛聲。加奈扛著攝影機走過去。

事發現場位在流動廁所旁邊。

黑色土地上潑了一大片的深藍色油漆，形成一片半徑五米左右的蔚藍海洋。油漆也飛濺到花叢和長椅上，那附近所有的東西都變成深藍，像是超現實主義戲劇的舞台。而在藍的中心，那個東西被深紅的布包裹著橫放。強烈的紅藍對比，形成刺眼的眩光。

那是什麼？我不用走過去看，也立時明白了。那是死亡天使！百分之一百沒錯。包裹著死去小鬼的是一塊紅布。從縫隙間可以看到他的頭部，被打得面目全非，腫得跟西瓜一樣。說不定是昨天集會裡的某個傢伙。

加奈冷靜地用攝影機記錄這一切。紅色的屍體、藍色的油漆海、鮮綠的公園、穿睡衣的圍觀群眾、表情僵硬的警察。還有，腫脹的紅色屍體頭部。

救護車來了，增援的巡邏警車也來了。而等到用藍色塑膠布把現場四周圍遮起來爲止，又花了許多時間。

「池袋色彩戰爭的頭號死者」

電視新聞不斷重覆播放加奈拍攝的影像，太陽通內戰從那天傍晚開始就發展成全國性的話題了。在此之前，這只不過是小小的地方新聞而已。

在那之後，小衝突反而變少了，因爲雙方集團都沒人敢在街上單獨行走。只不過，一旦發生衝突，就是徹底擊毀。大多是十對三，或者二十對五這種一面倒的虐待。被毆打、被刺傷、綁上繩索用車子拖行等等。沒有再出現死者實在令人不敢相信。而如果只是受傷的話，雙方誰也不會向警方報案。一場水面下的戰爭。

應該是空無一人的暗巷，車子卻在半夜突然起火。又或者各集團的專用店家櫥窗被砸。警察也拚老命地在阻止，但是要讓這些高度組織化、熟悉池袋地形的小鬼們安靜下來，並不是一件容易的事。

休假計劃泡湯的吉岡打電話向我抱怨，要我每隔一天向禮哥報告街頭的情況。

我向禮哥報告燃燒的街頭的狀況。有如飛機燃料似的憎恨在街頭蔓延，爆發開來的火勢沒有停止的跡象。

我看著街頭無可奈何地焚燒。而這時內戰也才剛開始進入最高峰。

根據週刊雜誌的報導，死去的小鬼叫渡邊一正，十九歲。他是紅天使的準幹部。我看著頭戴黑色毛線帽、嘴唇上穿著唇環的照片，想起集會時坐在磯貝旁邊，有點像泡妞男的那個傢伙。

池袋警察署成立了「東池袋公園少年殺人事件」專案小組，由局長橫山禮一郎警視正擔任組長（後來問了才知道，原來禮哥依然是個裝飾品。實際上率領專案小組的是警視廳搜查一課。這樣的話，眞的會讓人想寫點什麼論文的哩）。警察正在嚴密偵訊紅天使敵對的不良少年集團G少年。不過，雖然這次事件鬧得轟轟烈烈，卻找不到目擊者，而且遺留在現場的物品也很少，所以調查好像並不順利。

事件隔週，我撥 **PHS** 給崇仔。這次不像以前那樣立刻轉給他，等了好一會兒，中間還轉接了兩次。

「崇仔嗎？好像連說個話都不太容易呀。」

「嗯，中間有透過電話轉接。」

「情況那麼糟嗎？」

「我這個星期都沒在自己的房間睡覺，輪流睡在成員的房間，白天就在車子內繼續移動。」

我想起G少年的GMC，附有迷你吧台和電視。或許早就換成別的車子了吧？

「每天都有要把我做掉的恐嚇。警察說只要能聯絡得到，沒有固定的住處也沒關係。」

我問他公園那件事。崇仔和殺人這兩個字，在我心裡是絕對沒有關連的。

「我們也在調查內部成員，但完全搞不清楚是誰幹的。也有可能是過激派的G少年幹的，只是不肯透露口風而已，我真的不知道。」

「如果犯人是G少年的話，你會怎麼辦？」

「好難回答的問題啊。不過，應該會交給警察吧？但我不認為內戰會因此結束。如果是這樣的話，就得請個好律師了吧！」

崇仔還是一派酷樣。我跟他提了加奈的採訪，他說這次還是算了。這也是當然的，如果我是崇仔的話也會拒絕。不過，他說會吩咐下頭，讓我和加奈可以對G少年進行特別採訪。我跟他道謝，然後說了多餘的話。

「崇仔，你可別死啊。」

那傢伙冷笑：

「我看起來像是要死的人嗎？」

看不出來。但是，我想起了京一。暴風夜裡那支死和想死的舞。那雙冰冷的手接下來要撫上誰的臉頰，又有誰會知道？

由於小鬼們不斷讓我們拜見到人性寶貴的一面，加奈和我忙得不可開交。容易傳染的憎恨以及容易使人忘我的暴力。從商業的角度來看，這對加奈而言並不是壞事。那個公園的帶子，聽說以破記錄的高價賣出。

池袋街頭火舌竄升的時候，我和加奈間的愛火也燒得正熱。我開始賴在加奈的出租套房，只有每隔數日回家拿換洗衣物而已。

採訪和做愛。白天拍攝小朋友們的流血現場，早晨和夜裡貪求無厭的性愛。我覺得自己好像變成了猴子。如果你想說我不過是食髓知味的晚熟男，那也隨便你。但是，換做是你自己，那時候又是如何？眞的沒有呆立在突然開啓的門前面嗎？房間裡頭眞是耀眼迷人啊！

重覆著兩個人才能夠創造的奇蹟，感謝著雲端上某個設計這種結構的人，不知不覺間六月的第一週過了，東京進入了漫長的梅雨季節。

當然，我和加奈一點兒都不在乎。因爲，兩個人早就被愛弄得渾身濕漉漉的了。

如果是代替淋浴的微溫雨水，那可眞是歡迎之至。

六月。擦過池袋商業大樓頂端的低雲，就像是轉鬆了的水龍頭般飄起了雨。但是，這持續的降雨還是無法冷卻街頭燃燒的熱度。

加奈的錄影帶存貨不斷增加。充滿血腥的錄影帶，這種帶子特別好賣。從那個時候起，現場開始出現奇怪的傳聞。內容就像下面的對話，紅天使的小鬼說道：

「G少年背後有羽澤組撐腰，黑道當後盾，他們幹的事很齷齪。我們也需要同盟，才有抗衡的力量。」

G少年的小鬼也說了：

「R天使跟京極會勾搭在一起。他們是黑道流氓的跑腿。我們必須保護這個地方，那些傢伙的目標只有錢而已。」

我和加奈因此去訪問雙方集團。不論問哪邊，答案都是一樣。

「我們沒有跟黑道勾結，但是那些傢伙有。」

變成鸚鵡的小鬼們。這究竟是怎麼一回事？

關東贊和會羽澤組是池袋老字號的暴力組織。上次組長千金的失蹤事件，我曾幫過他們，多少有些門路。再加上還有國中同學在裡頭。

我回到加奈的房間後，撥 PHS 給猴子。晚上十一點多。

「我阿誠。」

「啊，好久不見了。」

猴子聲音的背後是播報員報導職棒結果的聲音。

「喂，猴子。你有聽過羽澤組和 G 少年合作的事嗎？」

「聽誰說？」

「組裡的人。」

「沒有啊。不過，如果他們哭著來找我們，那就另當別論。那種行爲就像是職業選手插手高中棒球一樣。我是小弟，所以才沒被告知也不一定，不過現在他們鬧得那麼大，如果有這種消息的話，應該早就在組裡傳開了。」

「是嗎？」

「是呀。而且啊，這次的 Civil War 害得池袋每家店的營業額都減少了。我們的抽成當然也大爲減少。我想沒有人會樂見這種小鬼戰爭的。」

你自己不也是小鬼一個。但我沒講出口。

「那你有聽過京極會嗎？」

「唔，聽說在南池袋一點一點地擴張勢力。那些傢伙後台很硬，連我們也不敢隨便惹他們喔。」

猴子接著跟我報了京極會後台的名字，那是一個總部設在關西的全國性暴力組織，屬於他們黑道業界的松下電器。所謂數大便是美，日本株式會社走到哪兒都有。

「抱歉！你可不可以幫我暗中查探組織上頭是否有和G少年合作的跡象？」

「阿誠，你這次是不是也有插一腳呀？」

「啊，這次插了一大腳。我想讓池袋恢復成以前的樣子。」

猴子偷笑。

「為了城市和平，你想要拔刀相助？好吧，公主的事也欠你一份情。我盡力試試看。對了。阿誠，你看過那部片子嗎？」

「哪部？」

「那部片叫《Peace Maker》，好像是「創造和平的人」這個意思嘛？」

對呀，我回答。猴子是國中畢業，我是千辛萬苦才混到高工畢業。不過，我們的知識，幾乎都是在街頭學校學的。猴子說道：

「阿誠，你乾脆就去當 Peace Maker 嘛。我可以幫忙。什麼小鬼頭內戰，我已經看不下去啦。」

我道了謝，掛上 PHS 。記得有一款名槍也是叫那個名字。剛好加奈這時候一邊擦拭頭髮，一邊從浴室走出來。我被欲火侵身打敗，飛身撲向她。

沒出息的 Peace Maker 。

那天晚上凌晨後，我撥 PHS 給禮哥。雖然池袋警察署署長的工作，都是在做政治社交，不過也相當繁重，禮哥極少在十二點以前回到目白的家。

「阿誠嗎？」

「嗯。禮哥，你沒女人啊？不管幾點打過來你都馬上叫出我的名字耶。」

「神經，這是你的專線手機啦。」

我先報告了今天一整天的情況，接著講了京極會跟羽澤組的事。雖然還只是傳聞，但要他特別留意京極會。禮哥說會請負責暴力組織的刑警提出報告書。切斷 PHS 前，新局長說道：

「阿誠才是，女人方面怎麼樣呀？」

我看著沒有一點鼾聲、因爲疲勞和滿足而沉睡中的加奈——結實的睡美人。

「當然是春風得意囉。像你這種天才啊，是不會懂得戀愛的甜蜜啦！」

「阿誠，下次要不要來玩玩《乞丐王子》的遊戲啊？」

我們笑著結束通話。要我去當王子的話，那鐵定是選角錯誤。

第二天早上，天空陰沉沉的。我說要回家露個臉，就離開了加奈的公寓，悠悠哉哉地走到太陽城。

脖子上戴著京一給的項圈，搖晃的銀翼讓我在太陽60通南側也能一路平安。因爲北側G少年原本就認得我的臉，我現在可以自由行動。不過，想想這還眞是有夠奇怪。因爲在一年以前的此刻，每個人都可以在池袋自由行走的呀。

太陽城地下一樓的羅多倫咖啡館。我在靠窗的位子坐下，取出PHS，按下紅天使的天使長磯貝的電話號碼。

「我阿誠！」

「喔，原來是你。有什麼事？」

「有點話想問你。可不可以私下見個面？」

「什麼時候？」

「現在馬上。我在太陽城。」

知道了，磯貝說。他果然是在隔壁的天使公園裡。我一邊喝著冰拿鐵，一邊等他。五分鐘後，他來了。Levi's 501的二手褲配上紅白條紋T恤。電視偶像穿的話會很可愛，但是磯貝穿起來就像是摔角選手的運動衣一樣。

那傢伙在十米外就向我點點頭。接著走進店裡，在我旁邊坐下。

「今天攝影機沒有一起來嗎？」

「嗯，有些話當著鏡頭也不方便說，對吧？」

磯貝看著我，眼睛就像被太陽曬熱的水。

「我問你，你在天使是負責哪些工作？」

「京一的參謀，其他就是財務金流管理。」

「那麼，實際上操縱天使的人是你囉？」

「不是。我只是維持組織的形態，讓天使運作的汽油還是京一，我沒有號召力。」

磯貝忽然吐了一口氣。我用力盯著磯貝的眼睛說道：

「你知道京極會嗎？」

他的眼神沒有變化。但是，在半閉的眼睛裡，感覺好像有什麼在暗自蠢動。那傢伙立刻回答：

「有聽過傳聞。不過，我不認識。你在這裡散佈那種不名譽的傳言，對於天使來說非常困擾。以後不准在我和京一面前提那個名字。」

說完，磯貝把臉貼近我的臉。眼睛跟眼睛的距離只有十公分。

「知道了嗎？」

磯貝從歪斜笑容的嘴唇裡丟下這句話。我凝視著他，沒有回答。磯貝從凳子上站起來，直直走出店外。

令人戰慄的背影。

晚上八點多，我們走在太陽60通上時，〈隨風而逝〉曲子的鈴聲響起。看著把手機拿在耳旁的加奈，並解讀她的表情。這次好像是獨家。眼睛散出的光芒不同。那一陣子，只要一發生事件，雙方集團的朋友就會打電話來，每天都吵得要死。不過，加奈大約是每四、五件才會扛著攝影機出機一次。

「這次是什麼？」

「刀子，是肚子唷！救護車好像也已經開往池袋醫院了。」

說到最後一句時，加奈的背影已經離太陽通很遠了。加奈讀高中時是籃球選手，聽說曾經被職業球團挖角。連續雙腳左右跳還是福島縣冠軍。腳程眞是快得恐怖。

我們奔向停在巷子路邊的小卡車。自從梅雨季節開始，代步工具就從加奈的SR換成了我的Datsun。我從牛仔褲前面的口袋掏出鑰匙時，加奈手放在前座車門把手上等待。

「太慢了，從你的打工薪水裡扣唷。」

開什麼玩笑。明明自己連一毛錢都還沒付給我。

池袋醫院是一棟位在川越街道旁邊的白色磁磚建築。如果不是人行道上立了一個小小的、紅紅的急救醫院看板，還會誤以爲這裡是哪家保險公司的分店，非常不顯眼。醫院後面就是發生上次事件的東池袋公園，我把車子停在公園小徑。加奈才扛起攝影機，就聽到救護車的笛聲愈來愈近，沒等我們就無情地停下。

醫院旁邊的夜間入口。加奈站在只亮著一個紅燈的鋁門旁開始攝影。後頭的雙扇門用力打開，擔架床從救護車卸下。兩名身穿白衣、頭戴安全帽的急救人員，在我們的眼前咔啦咔啦地推著擔架床。搖晃的點滴。不知道是不是出血過多，那小鬼的臉蒼白透明。從脖子到腳踝都蓋著白布，伸在外頭的全新愛迪達 Stan Smith 鞋底還是乾淨的。他的網球鞋是令人心痛的白色。他應該還只是個國中生。

擔架床後頭跟著一個小女生。細長而清秀的鳳眼雖然紅冬冬的，但卻沒有流淚。身高連一百四十都不到。可能是小學五六年級吧？白色T恤、紅色尼龍背心、旁邊有三條紅線的運動褲。

女孩消失後，鋁門緩緩地關上。

「走吧。」

加奈移開觀景窗前的眼睛說道。

「去哪？」

「我還想再深入訪問一下剛才的女孩。」

說完，加奈飛快地奔回小卡車。究竟想要幹什麼呢？

加奈回來了，專業攝影機換成了小型手持V8，肩上揹著裝了電池和空白錄影帶的背包。

「走囉。」

她說完，打開醫院夜間入口的門進去。我也跟著進去。沒有開燈的醫院裡頭像是洞穴，安靜加上黑暗。實在很難想像外面就是川越街道。加奈直直朝詢問處走去，向面對著電腦螢幕工作中的護士問道：

「我們是剛才送來少年的家人。要去哪裡才好呢？」

「請到二樓最後面的手術室，休息室在走廊的旁邊。」

我們跑上二樓。灰色長廊的盡頭有一扇霧面玻璃的雙重自動門。更往內的區域是手術室，禁止非醫護人員進入。退到剛才的長廊，飲料自動販賣機像是燈塔般醒目，我們走進沒有門的房間。三排黑色沙發面向只看得到夜色的高窗並排著。剛剛的女孩一個人孤伶伶地坐在第一排沙發上。

和少女隔著一小段距離，加奈在同一排沙發坐下。

「一定沒事的。打起精神來。」

少女抬頭望向加奈，眼神裡沒有一絲情感。

「妳一個人嗎？爸爸媽媽呢？」

她搖搖頭。

「我沒有爸爸。媽媽收不到訊號。」

說完，從背心口袋裡拿出手機。她瞅了一眼我脖子上的天使項圈。加奈說道：

「我們在拍這裡的記錄片。如果妳願意的話，可以讓我拍嗎？」

女孩子想了一下。

「如果你們陪我到手術結束的話就可以。」

手術總共費時五小時。

我們在休息室聊了很多事。等待手術結束的期間，不知爲何特別容易口渴？罐裝咖啡、柳橙汁、綠茶，然後再一罐咖啡。

女孩名叫峰岸薰，十二歲，國小六年級。手術中的是她十四歲的哥哥，茂。茂是紅天使的成員。他們父親不知跑哪兒去了，母親從事夜間工作。今天傍晚，茂和薰出門買母親的生日禮物，結果被幾個G少年圍起來。薰說茂好像因爲她在場，所以逞強不肯認輸。也不管對方有四個人，硬是虛張聲勢，從口角演變成動粗，最後以亮刀子收場。

我正想是不是要等到天亮時，手術室的自動門打開，擔架床推了出來。少年的臉色和剛才一樣蒼白，沒有意識。從我們面前停也不停地就推走了。薰沒動，只有眼神追著擔架床。撲簌簌的淚水。年紀輕輕的醫生從手術室走出來，筆直走到薰的面前，微微一瞥拍攝中的加奈，對薰說道：

「沒關係嗎？」

他是指採訪。薰一言不發地點點頭。

「妳哥哥雖然大量出血，狀況很危險，不過最困難的部分已經撐過去了。我想應該沒有問題了。不過，腸子的部分傷得很嚴重，我們必須拿掉很多部分。所以，在肚子旁邊開了一個洞，裝了一個袋子。雖然很難過，不過保命是最重要的。這個袋子，傷好了以後還是必須一直裝著。妳聽懂了嗎？」

像是自己被刺一樣的面無血色。薰沒說話，再點點頭。要不然還能怎麼樣？哥哥茂十四歲，未來一生都得過著肚子吊著糞袋的生活。

「等媽媽下次來的時候，我會再詳細說明。今天等了這麼久，辛苦了。妳很勇敢唷！待在這裡也不能做什麼，回家好好休息吧。」

醫生說完，瞪著我們。

「人家拍也讓你們拍了，記得把這個孩子送回家呀。這點小事還做得到吧？」

這不用說我也知道。我沉默地點點頭。

我注視著看似憤怒般的表情、還拚命忍住淚水的薰。

我們的城市爲什麼會墮落成這個樣子？

眞是太可恥了。無法抑制的忿怒從我的身體裡洶湧而出。眼前變得漆黑一片，全身血液沸騰。我站在微暗的走廊，因不甘心而無聲飮泣。薰拉拉我的運動衫袖子，邊哭邊跟我說：

「不要緊的，誠哥。我跟哥哥都不要緊的。所以，別哭了唷。」

我豁出去了。只要能夠恢復這個地方的和平，要我幹什麼都行。我抱住薰的肩膀。像是小鳥一樣的肩胛骨。我看向加奈。V8的蔡司鏡頭，像是露水一樣清澄映照出愚蠢的人類。

我絕對要變成 Peace Maker。我絕對……堅石般的思緒不停反覆，在深處凝結成冰冷的硬塊。

把薰送到平和台，讓加奈在出租套房前下車。我說待會兒見，就把車子開回我家的停車場。時間超過凌晨兩點。廂型小卡車的大燈剛照到停車場時，沒看到半個人。但是，當我鎖上車門準備回家時，背後傳來男人的聲音。

「你就是眞島誠？」

我回頭。五個男人站成半圓形，圍住站在小卡車旁的我。四個二十來歲的年輕人跟一個四十來歲的歐吉桑。很詭異，不論哪個集團都應該沒有這麼老的傢伙。

看我一句話也不說，右邊的小鬼猛然向我襲來。或許是剛才在醫院看到的景象讓我一時氣昏了頭，我才做了普通打架時絕對不會做的事。我輕輕擋下拳頭，把小鬼的手臂夾在胳肢窩，奮力掐住後連同身體一起向外扭轉。在我的肋骨附近接著響起了骨頭鬆開的沉悶聲響。我拚死全力攻擊。小鬼用力量壓止住他向外彎曲九十度的手肘，在地面爬轉。之後是一陣混戰。

混亂之際，一個漂亮的拳頭從下巴旁切入。回過神來的時候，我的視野幾乎停留在停車場的柏油路面。被切割成三角形的夜空。臉頰碰到梅雨季節的柏油路時感覺冷冰冰的。我看著許多飛來的腿，覺得自己好像足球一樣。我用手臂護著後腦勺和肚子，像嬰兒那樣捲曲著。踢到第十下定位球時我還有記憶，之後就漸漸失去意識了。對方應該是很專業的，攻擊全集中在大腿、肩膀、背部等大片肌肉。沒有殺害的意思，應該是某種警告吧？非常明確的訊息。

其中一個人很固執地猛踢我的屁股，而且還精準地瞄準尾椎骨。痛死我了。衝擊順著脊椎奔竄，升到頭蓋骨中變成了煙火。綻放在緊閉的眼底的煙火，每次都是不同的顏色。在愈來愈模糊的意識裡，傳來遠方的聲音。

「好啦，收手了。可不能因為你們是小鬼就小看你們。不過，現在那個女的也不敢再查東查西了吧？」

那個女的是哪個女的？我雖然想好好地問他，但是嘴裡流出來的只有模糊的「啊」跟「唔」，還有一堆口水。然後，我選擇了最輕鬆的方式。

我在半夜三更的停車場裡暈厥了

睜開眼睛，馬上投向手腕上的 G-Shock 表望去。還不到十五分鐘。我的身體看來並不具有手表那種耐衝擊性，連將上半身撐起來都花了大半天。已經好久沒有被人打得那麼慘了。從牛仔褲的屁股口袋裡拿出 PHS。奇蹟般的竟然沒有壞。我按下加奈的快速撥號鍵，加奈立刻接起來。家裡忽然有點事，今天要在那裡睡了。說完就立刻掛掉。我的聲音不知道會不會怪怪的呢？我也不知道。

接著，我做了一個十多年沒做、令人懷念的動作——像嬰兒一樣扶著牆爬行。平常步行到店裡三分鐘的距離，那天晚上花了二十分鐘。

爬上樓梯，輕輕開了門，回到自己的房間。老媽說不定還沒睡，不過她沒有出來，感謝老天！我吃力地脫下牛仔褲，檢查全身的傷勢。滿身瘀青，紅黃藍黑，像是色彩斑爛的絞染。用手鏡檢查臉部，這邊一點傷痕也沒有。果然是高手，手法相當老練。

不過，依然只是一群白癡。自以爲是使用暴力的專家。天眞的以爲只要讓對方嘗到痛入骨髓的疼痛，大部分的傢伙就會知難而退。我過於輕視小鬼們的戰爭，依賴平時的慣用手法——這是歐吉桑最容易落入的陷阱。

我的全身瘀青不過是小傷一件，但是反而因此讓我找到了一條線索。

清晨，因爲口渴而醒了過來。我想起了昨天那句話，那個女的！那個女的是誰？我聽見下雨的聲音。我好像發燒了。想要翻個身，但因爲身體實在痛得要死，只好放棄。就這麼又睡著了。那個女的，究是是誰？那個女的……

第二天早上眞是慘到最高點，發燒加疼痛。關節像是曝露在雨裡的舊輪胎一樣僵硬，完全不聽使喚。全身的瘀青顏色更深，牢牢嵌進身體裡。我爬到廁所，心裡很怕自己會尿出一泡血尿。耶～結果沒事。老媽用「你耍白癡啊」的表情看著我。雖然我一點食欲也沒有，但是她準備了三人份的白煮蛋、香腸、土司跟沙拉，我只好硬吞下去。隨手摇出一些維他命跟鎮痛劑，和柳橙汁一起喝下去。回到房間，打PHS給加奈。我好像感冒了，讓我休息兩天吧？好，別勉強自己喔！然後我就一直睡到傍晚。休息，也是戰鬥的一環。

睜開眼睛時是下午四點多。恢復意識的瞬間已感到身體輕鬆許多。我把巴爾托克的〈弦樂四重奏〉

從第一號開始放，一邊開始思考這次的事件。如果和暴力組織有關的話，那背後的「圖形」就很簡單了。一定是爲了爭奪錢和地盤！可是，要怎麼讓敵對的數百名小鬼也能看懂這幅圖呢？那些傢伙沉迷在憎恨和暴力裡頭。抗爭行爲的愚蠢和抗爭理由的詭異，要如何才能像雷擊一樣點醒他們呢？有沒有一次就能把內戰擺平的手法？如果內戰長期化，像死去的渡邊或薰的哥哥那樣的犧牲者一定會再增加。

該怎麼做才好，Peace Maker？

就在我想得心煩意亂的時候，有人敲我的房門。

「可以進去嗎？」

是明日香的聲音！我慌了手腳。這半個月來每天都和加奈在一起，完全放明日香一個人吃草。看我片刻都沒回應，明日香打開門進來。白色的超短迷你裙，藏青色底白色水珠的緊身T恤，是那種強調胸前偉大的超低胸上衣。對於看慣加奈洗衣板胸部的我來說，那眞是個凶爆駭人的景象。

「我在樓下聽你媽說了。被打得全身是傷喔？誠誠，不可以亂來唷。」

坐在枕邊的明日香，沒兩三下就淚眼汪汪。我用搖控器把巴爾托克切掉，明日香曾說過那跟恐怖電影一樣可怕。接著，明日香勤快地照顧我。拿出新的T恤和內褲，還用微波爐溫過的濕巾幫我擦拭全身。不管是便利商店的烤布丁和飯團，或是百香果汁和減肥茶，只要在食物送到嘴邊時張嘴就好，不用動一根手指。我覺得自己現在好像變成了雛鳥。

但是，我腦袋裡還是死命地計劃最佳時機。

提出分手的最佳時機。

只是，在這種事情上，我總是致命性地慢半拍。好不容易緩過氣來，正想要說我有喜歡的人時，明日香搶先一步說道：

「喂，誠誠，雖然有點難以啓齒……我，好像懷孕了。」

昨晚被當足球踢的數十倍衝擊！我想說的話頓時被吹到十萬八千里遠去了。

「確定了嗎？」

「嗯，已經去過婦產科了。」

「是嗎……」

我啞口無言。剛開始交往的時候，好像有一次她說今天絕對沒問題，就直接做了。我沒辦法說自己忘了有這回事。

「所以，明日香想怎麼辦？」

「學校也不好玩，如果是誠誠的小孩，我想休學生下來。你會娶人家嗎？」

說完，明日香抬眼試探著我。我的眼前一團漆黑。但還是強顏歡笑：

「我知道了。我想睡一會兒，妳可不可以到隔壁一下？」

當然不可能睡得著。我的腦袋裡盡是加奈的笑臉和她結實的胴體，還有懷了孕的明日香、跳舞的京，和白熱化的太陽通內戰。

不過，看來我還是非常虛弱，不知不覺又睡著了。晚上一醒來，發現明日香在枕頭旁邊用泡芙跟咖啡歐蕾壓了一封信。

已經是爸爸了，不可以再亂來囉！不要再管什麼內戰的事了，還有那個女人的工作也是。我明天再來看你。♡明日香。

小孩怎麼能生小孩呢？我的頭痛了起來。就算是未來媽媽的請求，我也不能不管內戰的事。我拿起PHS，按了千秋的號碼。橋本千秋是池袋二丁目色情按摩店「綠洲」的紅牌，深諳色情行業內幕。

「我阿誠。現在方便說話嗎？」

「可以呀。今天已經收工了。」

「最近，妳們圈子有沒有聽過京極會這個名字？」

「嗯，我們店裡也有他們的人來推銷商品呢。亞麻床單啦，手巾啦，毛巾等等的。因爲是大公司，好像眞的挺便宜的。」

「是嗎？」

「好像還說最近池袋會由京極會接手，要我們趁現在趕快投靠他們。我們店長還因此發了好一頓牢騷。說他才不會這麼容易就背叛羽澤組。」

「喔~但也有店家因此倒戈的吧？」

「對呀，好像太陽60通以南幾乎都是這樣。聽說是因爲京極會跟天使間靠得很近。」

原來如此。接著我們聊了一些以前的事，包括被強制遣返伊朗的卡西夫。那傢伙聽說經常會寄信來，現在好像計劃從台灣坐船偷渡過來。日本有那麼好嗎？我這麼一說，千秋就答道：

「那是因爲日本不但賺錢容易，又有像人家這種美女嘛。」

我用握著 PHS 的指甲敲擊著給她拍拍手。

「對了，誠誠，你還在跟那個叫明日香的女生交往嗎？雖然一直沒跟你講，不過你們開始交往的時候，我有聽到不好的傳言喔。那個女生雖然看起來很老實，但是好像到處跟人吹噓，說一定要把誠誠變成自己的男人。她爲了找你，聽說週末晚上會在池袋夜店一家接一家地喝。喂，別再跟那種女生在一起啦！她跟誠誠一點也不配。」

我說我會考慮考慮，就掛了 PHS。接著，心情沉重地按下猴子的快速撥號鍵，一邊想著千秋的話中含義。逐漸可以看出內戰的構圖了，可是心情依然沉重。

阿誠爸爸——這簡直一點眞實感也沒有！

停車場遇襲之後的第三天早上，我的身體已大幅康復，十幾歲的年輕身體眞不是蓋的。中午過後起床，先做做簡單的伸展操，鬆弛一下僵硬的肌肉跟關節。這時，明日香來了，好像還帶著自己做的便當。章魚香腸、心型煎蛋、兔子蘋果、草莓薄片三明治。

明日香在散亂的被子上攤開方格花布。正準備開始吃便當時，玄關傳來敲門聲。

「誠同學，身體好點了嗎？我買了午餐，要不要一起吃？」

是加奈的聲音。血液刷地一聲從臉上抽離，我真希望此刻自己是透明人，或者乾脆從此消滅掉也無所謂。

「打擾囉——」

從走廊一步一步逼近，死刑執行人的腳步聲。門一打開，加奈提著便利商店的袋子站著。和平常一樣的灰色運動衫配牛仔褲。她看到我們，臉色一瞬間變了。

「原來如此。好像真的打擾啦？」

慘笑，接著就轉身準備離開。

「等一下！」

雖然不知道要說什麼，但我不加思索地出口叫住她。她停住行步，一旁明日香突然插口：

「就是因爲妳，阿誠才會被人打得鼻青臉腫。他前天晚上在停車場遭人襲擊。雖然不知道是哪個集團，可是絕對跟 Civil War 脫不了關係。」

加奈十分震驚，擔心地看著我。

「身體已經沒事了嗎？」

我點點頭。

「不要緊。活蹦亂跳得很。明天就可以開工了。」

「你還要管 Civil War 嗎，誠誠？你很奇怪耶。」

加奈沒理明日香，向我點頭致意。

「我今天先回去了。你保重。」

「還有啊，我懷了阿誠的貝比呦。我們要結婚了，你不要再來勾引阿誠啦，歐巴桑！」

明日香的話刺向加奈的背部，洋洋得意的女人聲音。

提著便利商店袋子的右肩僅止抽動了一下。就算扛著沉重的攝影機，也依然直挺挺的寬闊背膀，現在的力量卻如沙一般流逝。加奈一言不發地走了。我家玄關的簡陋大門傳來輕輕的關門聲。

我的心很痛，但是加奈的心想必更痛吧。

第二天上午，連綿不斷的梅雨暫時停了，我和以前一樣去了出租套房。加奈正在保養攝影器材，連我進到房裡都沒有回頭。一股僵硬的氣氛。加奈邊維修邊說：

「懷孕嗎？每次和男人感覺不錯的時候，總是被這個阻擾，真可笑啊。」

接著是一聲嘆息。

「對不起。」

「沒關係啦。就像那個女孩說的一樣，我比你大了快十歲，本來就是歐巴桑嘛。我也早有這種心理準備了。不過，這次眞的是短了點啊。」

「別說什麼歐巴桑的啦！」

我衝口而出。但後面的話還是吞了下去。我喜歡加奈，所以根本不在乎年齡。我好想這樣告訴她，然後緊緊抱住她。但是，現在這樣做又有何意義？

那一整天都不對勁。不管是採訪哪一陣營的小鬼，或是拍攝事件現場都一樣。從昨天開始，我倆發生了某種決定性的變化。只不過是想要把汽車音響轉大時碰到對方的指尖，兩人的身體也會變得很僵硬。曾經天經地義親吻的手指，現在卻是遙不可及。加奈的手指明明都有不同的味道的說？我逝去的戀情啊。

晚上回到出租套房，我剛把器材擺在床邊，加奈就看著旁邊說道：

「誠同學，很可惜，今天開始你就得回自己的房間去囉。我有點累了，想沖個涼就去睡，不送你了。趁我洗澡的時候自己離開吧。」

加奈說畢，就拿著毛巾躲進了浴室。以後或許沒什麼機會再到這個房間了。沒辦法，該做的事還是得做。

好久沒當小偷了。

書架上擺著 Beta 錄影帶。我拿了那晚在公園拍攝，裡頭大量收錄紅天使成員的兩捲帶子。先塞到牛仔褲肚子裡，再用風衣罩住，最後把空盒放回書架上。

「晚安，加奈。我是眞的喜歡妳喔。」

我小小聲說完後，便離開房間。爲什麼只有在沒人聽見的時候才能變得坦率呢？

那天晚上離開加奈的房間後，我開著小卡車到江古田。火腿族無線電的公寓在江古田。普通的錄影帶店沒辦法拷貝 Beta 帶，但是在器材應有盡有的無線電家裡，那不過是小事一樁。

我請無線電拷兩捲備份。在等待的空檔，跟他講內戰的事。我也差不多想再跟大夥攜手合作了。於是拜託他召集上回精彩暗算藥頭的無聊少年郎們。

「眞是技癢耶。」

無線電的眼睛被他的蘑菇頭遮住，所以我沒辦法解讀他的眼神。但是，他的嘴角上揚竊笑，讓我想起了小紅帽裡的大野狼。只不過，這次的小紅帽可是一點也不値得同情的傢伙。

我帶著原版 Beta 帶和 VHS 轉拷帶離開無線電的家。十一點五十五分，我拿出 PHS，按下禮哥的快速撥號鍵。一邊聽著來電答鈴，一邊打開車門進去。

「阿誠啊？什麼事？」

「有帶子想請你調查一下。現在有空嗎？」

「嗯。」

「那你到樓下，我十五分就到。」

切斷PHS，啓動點火裝置。之前一直處於挨打局面，但現在總算輪到我們攻擊了。不能就這樣逃避退縮。那些在太陽60通放火，然後躲起來偷笑的傢伙，我一定要把他們的頭割下來。後照鏡裡，我的嘴唇浮現出笑容。小紅帽，小心哪！我有上百種不用流一滴血就可以把人抹殺掉的方法呢。小卡車在夜晚的街頭流竄，我不禁用鼻子哼起歌來，吉米漢醉克斯的〈Angel〉。

強迫自己不去想和加奈共渡的第一個晚上。

抵達位在目白的禮哥家時，正好就是十五分鐘以後。在綠蔭環繞下，幾棟中高層大樓的高級住宅區排列著。夜深人靜，不見人影。爲什麼有錢人喜歡住在這種靜悄悄的地方呢？和從換氣風扇的臭味就可以知道隔壁晚餐吃什麼菜的我家大相逕庭。

大樓門口前的下車處舖了磚塊。凸出的圓屋頂。入口兩側是抱著水瓶的白色女人雕像，禮哥就站在像美術館展覽室一樣的電子鎖大門裡面。

我車子一開到門口，他就走了出來。想不到有錢人也會穿汗衫呀。我一面爲這種無聊的發現而感動，一面搖下窗戶。

「上來坐嗎？」

長腿禮哥彎身問我。

「還是算了，免得我又忍不住手癢就慘了。」

禮哥神色一陣怪異。我把拷貝的VHS帶子遞給他。

「先別說那些。我是想請你調查這捲帶子裡有沒有京極會的人，就算是低階小弟或只有一點點關係都行。如果可以，順便也問問大阪負責暴力組織的刑警。」

「原來如此，京極會嗎？Civil War 白熱化之後，終於輪到好手出馬了嗎？好，我會調查看看。不過啊，阿誠，你畢竟是外行人，千萬別做危險的事。這是警察的工作。」

我跟他說我知道，只不過想探聽一點內幕消息而已。然後在心裡吐舌頭。我的確是外行人。可是，太陽通內戰才不是什麼警察的工作。這是我們跟我們的街頭的問題。

我的確是在幫池袋警察署署長進行間諜工作。但是，能控制我的，只有池袋街頭的聲音而已。

那個聲音，現在叫做和平。

第二天，把錄影帶放在腹前藏好，就到加奈的出租公寓去。我敲敲門、一打開，加奈雙手抱胸而立。被發現啦！順手牽羊被抓包時也是如此，情況不對總是瞬間就能感覺出來。

「誠同學！你私自拿走了採訪的帶子，對吧？」

我點點頭。沒辦法。從肚子拿出錄影帶，輕輕地放在桌邊。

「你到底是拿去做什麼？不可能是賣給別人吧？」

「我本來的目的就不是單純幫加奈採訪而已。」

「你說不用錢時，我就覺得不對勁了。誠同學和那些閒閒沒事的小朋友不一樣，我就猜想你是否有其他目的。但是，因爲你是好人，所以我沒在意。那麼，你的目的是麼？」

「結束 Civil War 。」

「原來是這樣。」

她點點頭。我正視加奈說道：

「我想我們現在最好各自行動。加奈是記者，所以從外面報導這個城市。但是，我從現在開始要深入 Civil War 的漩渦裡。我要讓自己變成其中一員，然後阻止這場抗爭。什麼暴力問題啦！不能隨心所欲地閒逛啦！紅藍之分的啦！我已經受夠了。」

加奈長長地嘆了一口氣。

「我知道了，那也只好這樣了。」

「我最後也有一個問題想要問妳。加奈爲什麼會想來採訪 Civil War ？除了池袋當地，並對內情深知的小鬼之外，那時候應該還沒有人曉得內戰的事才對。原因是什麼？」

第二次嘆氣，加奈看來有些灰心。

「再瞞你也是沒用的吧？來池袋以前，我在大阪採訪暴力組織。不知道爲什麼京極會的幹部很中意我，覺得我很有膽識，所以才給我情報的。他們要我來池袋看看，說一定會有獨家消息。」

原來是這樣。我們都別有用心。但是很奇怪的，我並沒有生氣。已經不是小孩子了，大人的世界裡也會有這種事吧？我向加奈伸出手。

「是該分手的時候了。我眞的很快樂。加奈可能不知道我有多麼感謝妳吧？加奈教了我很多事情。

連做愛也教了我不少。」

我向她笑了笑。妳是我的初戀這種話我說不出口。加奈一握住我的手，就撲進我的臂彎裡。臉頰貼著臉頰，在我耳邊說道：

「我不會說再見的。一定要再見面唷。還有，千萬不可以亂來。我不准你死掉。」

我狠狠地抱住她，看著她的眼睛。就在那個時候，我什麼都明白了。加奈知道我喜歡她，我也知道加奈喜歡我。兩個人都知道對方知道這個事實。在兩面鏡子間永無休止地來回般的理解之光。只有在那一瞬間，遠離的心又合而爲一。

沿著她出租套房外品味有待加強的白色走廊離開，那時候我的眼角噙著淚水。究竟是悲傷，還是幸福？我已經無法分辨了。

數日後，在下雨的午休時間，我接到禮哥的電話。

「發現一個可疑人物囉。那個帶子裡自我介紹是天使長磯貝繁幸的人，那傢伙的本名其實叫內海繁幸，是京極會的成員。關西少年院也有他的檔案照。」

禮哥說道。這樣目標就可以確定了。

「然後啊，阿誠，你應該是沒問題啦，不過別帶著武器到處晃喔。我們已經決定要加強臨檢和盤查。如果帶著奇怪的東西，可是會被抓來我們這裡的。」

我要他安一百個心，然後掛了PHS。我的武器藏在腦袋裡，誰也看不到、誰也偷不走，但卻比小鬼到處揮舞的玩具來得危險百倍。戴奧辛、股票債券、年輕女人們——最危險的東西反而隨處可見。

六月第三週。跟禮哥說的一樣，警察從陰雨綿綿的星期一開始，強化取締工作。頭兩天，天使跟G少年都有一大群人被帶到池袋警署，不過第三天就沒有人被抓了。相對的，是每兩三條街就有一個小鬼的家變成了兵器室。難以數計的各種刀子、催淚瓦斯、電擊槍、特殊警棍，全都和電動玩具的空箱子塞在一起，堆得像小山一樣。甚至太陽60通到處都謠傳有人有托卡列夫、黑星，或是什麼保加利亞製的鑰匙圈手槍。

內戰末期的徵候。在那種東西從某條巷子裡噴火以前，一定要設法解決才行。

這回輪到無可救藥的少年仔登場了。

對了！話說回來，那時只要我在池袋走動，就會不時有被人注視的感覺。如果又被當成足球踢，我可受不了。那種時候，就算是繞遠路，我也會選擇人多的路走。在池袋鬧區的傘海裡，要分辨出誰是跟蹤者並不容易。所以，我只能盡速逃離。

逃走，一點都不可恥。

那週星期六晚上，「無可救藥的少年仔＋1」在無線電的江古田公寓裡集合。小俊、賢治，還有我叫來的超級救援和範（和範韌性高得令人嘆服，應該很適合這次事件）。

我跟大家說明從今天春天開始的太陽通內戰，還有我們身為「Peace Maker」的工作。這次事件沒什麼賺頭，我計劃把加奈給的打工費和大家平分，請大家不要期待太高。大家默默地猛點頭。一遇到有趣的工作就不顧一切的少年們！我用無線電的相片印表機把磯貝的照片列印出來，然後貼在被電子儀器淹沒的鋼架上。

「目標就是這個傢伙。希望能將他和京極會的接觸情況，全記錄下來，讓人可以一目瞭然。這傢伙是京極會的基層組員，這次靠太陽通內戰應該大出風頭了。讓我們來揭穿他的假面具吧。」

和範舉起手。

「如果事實並非如此呢？」

「如果不是，就捏造成眞有那回事。這可不是什麼法院審判。我們要丟下一顆炸彈，用爆炸威力把小鬼的戰爭火焰一股腦兒吹滅。什麼道理、正義、公平，等事情結束以後再談。」

沒有人回答，但是掌聲很熱烈。我們接著開始進行作戰會議。無線電這時提出好點子。採用！然後，我把可以讓所有人同時通話的對講機遞給和範。準備完畢。這次換成我們設計那群傢伙了。目的是揭發沸騰街頭背後的內幕，讓對立的集團再次合而爲一。混合紅與藍，爲這裡的小鬼染上全新的色彩，變成和平與共存的顏色。

所以，我們的集團名就是「Purple Crew」（紫組）。很少在運動會上看到的顏色，不過還蠻好聽的。

梅雨正盛的星期六深夜，我們開窗看著大雨滂沱的夜空。雨是紫色的。我還做了一個迷幻的夢，夢見太陽60通被紫雨染成了紫色。

隔天開始，我們徹底監視磯貝。他的房間在南池袋的東京音樂大學旁，五層樓建築內的三〇三號房。無線電和平常一樣迅速地裝好竊聽器。和範踏遍附近所有地方後，終於找到最佳監視地點——相距五十米左右的綜合大樓。他帶著瓦楞紙箱和望遠鏡到屋頂凸起的樓梯間上方，小俊和賢治也是監視的基本輪班成員。我和無線電在他的三菱得利卡廂型車裡伺機而動。爲了不引起懷疑，邊不停地更換地點，等上好幾個小時。

在我們裡頭，磯貝只看過我。所以，我在磯貝值勤的時候，就去天使公園現個身，遠遠地觀察，不著痕跡地向天使套出他的情報。

在京一成爲舞者首領的十二月三十一日過後一個月，磯貝才在池袋出現。總之，好像從一開始他就很得勢，因爲腦筋轉得快，又會照顧人，沒多久就成爲京一的左右手。紅天使的擴大路線，也是由磯貝所主導。原來是這麼一回事。

死去的渡邊是磯貝的大掌櫃。但是約在他被裹著紅布丟棄在公園海藍中的兩個月前，聽說生活突然變得很奢侈。不但開始一個人搬去高級大樓住，還買了中古的BMW轎車代步。由於眾說紛紜，無法得知眞相如何，但是我開始在腦中描繪了一幅圖畫。這似乎會成爲攻擊磯貝的好材料。

在久雨不晴的天氣下，六月第三週平靜地過去了。

只要徹底地跟蹤某人一星期，大概就可以掌握出那個人的生活模式。磯貝完全沒有發現有人在跟蹤自己。每隔一天，那傢伙就會去天使公園値勤。當班的中午，會有三個天使到他的公寓接他。車子是漆成大紅色的豐田 Hilux Surf 。到步行不用十分鐘的東池袋中央公園上班。

不當班的時後，不是帶著貼身保鑣在池袋購物血拚，就是連看好幾場電影。那傢伙很喜歡美國動作片。磯貝是普通的愛玩一族。奇怪的是完全看不到女人的蹤影。照理說他應該不會沒有女人緣才對呀？然後，他每週六晚上會出席以京一爲首的 R 天使幹部大會。雖然沒有像京一那種偶像魅力，但是磯貝口才也挺好的。我混在情緒高漲的小鬼裡聽他發言。把 G 少年幹掉！爲了自由、獨立和復仇。磯貝大力煽動著小鬼。眾人拍手與高喊。

我在集會前排發現加奈。扛在肩頭的攝影機和洪水般的鹵素燈。我故意不去看她。加奈的背脊僵硬，是否她故意不轉頭過來呢——我自以爲是地胡亂猜想。

首先，打破第一個僵局的是和範。賢治和小俊因爲打工和專門學校的課業忙得抽不出身。和範連續一個人監視了三天，天色微暗的星期四傍晚四點，濛濛細雨。

手提式無線對講機突然響起，我和無線電分別把對講機按在耳朵上。

「那傢伙現在正走出公寓大門，這是他第一次單獨行動。他戴著太陽眼鏡和底特律老虎隊的棒球帽。」

我立刻移到得利卡的駕駛座，緩緩跟著開了出去。車頭轉出公寓彎角時，看到逐漸遠去的磯貝背影。今天他全身上下看不到一點紅色。黑色發光材質的貼身衣服，老虎隊的帽球帽就算是一百米外都看得到。

我暫時停車。磯貝到了明治通後舉起了手。我確認計程車停下來載客後，猛然踩下油門跟進。

他坐的計程車筆直地在明治通上行駛。因爲發薪日快到了，車潮很擁擠，但還不至於跟丟。我旁邊的無線線把固定在儀表板的V8打開。計程車在靖國通右轉。我們的右手邊是歌舞伎町的霓虹燈，車子穿過JR陸橋朝西新宿駛去。計程車停在一棟像撐起東京雨雲的超高層大樓一隅，磯貝在飯店前面的圓環下了車——世紀凱悅飯店。挑高大廳在黑黝黝的雨裡閃閃發光。

「怎麼辦？」

我說完，無線電點點頭。從堆在後座的變裝用衣服裡，取出一件深藍色的西裝外套。穿上之後，對著照後鏡弄了弄頭髮。

「我去去就來。」

說完，就躍入雨中。無線電雙手抱著裝了攝影機的包包，朝著發光的大廳奔去。

我可以做的事沒了。在西新宿的路上，坐在冷氣不靈的悶熱車廂裡乾等，呆呆地看著雨。賞雨是一件很快樂的事，我其實還滿喜歡的。

二十分鐘後，在大廳的自動門那頭看到了無線電的身影。牛仔褲、籃球鞋配上海軍西裝外套，遠遠看起來果然很怪。那傢伙取出對講機。

「我要直接到地下停車場，我們在那碰頭吧。」

「OK。」

我再緩緩地駛出得利卡，朝世紀凱悅飯店的停車場前進。

地下停車場裡頭，粗大的水泥樑柱在高級進口車輛間橫行。把車子停下來等了一會兒，看到無線電從電梯裡出來。他直接走向我，一臉奸笑。似乎拍到了好東西。無線電站在車子旁敲了敲窗戶。我把門打開。

「這地點眞不錯，就算那傢伙下來，也可以馬上看到。」

「嗯，結果怎樣？快點說。」

「等一下嘛，我先讓你看個好東西。」

接著，我們在得利卡裡頭舉行特別試映會。

我把無線電的V8接到後頭的顯示器。彩色視訊很穩定，畫面微微搖晃。無線電說道：

「這台的防震功能眞不賴。」

耀眼的飯店大廳、複雜的幾合圖形厚地毯、三個接待員並肩站立的櫃台、可以擠爆我那四個半榻榻米大的房間的巨大插花、間隔好大空位的沙發組、在飯店大廳有事沒事忙著的人們。

磯貝翹著二郎腿，坐在其中一個單人沙發上，因爲戴著太陽眼鏡沒辦法看出臉上表情。這時，畫面右手邊的電梯方向出現一個又高又肥的中年歐吉桑。亮灰色的雙排扣西裝是亮得耀眼的鮮藍色襯衫、銀色素面的領帶、粗大的手裡拿著房間鑰匙。歐吉桑把手放在磯貝的肩頭，站在旁邊親切地和他交談。我覺得那個手放的方式有點怪異，不是單純放著而已，還不斷溫柔地撫摸。無線電笑了。

「看得出來吧？」

「嗯，大概。」

我有點受到驚嚇。不是因爲磯貝是同志，而是因爲磯貝那傢伙的審美觀未免也太與眾不同了。與眾不同，或許還是比較委婉的說法吧！

因爲，（正常人的話）怎麼會看上那種大熊咧？

追著走向電梯的磯貝和歐吉桑，攝影機也跟著移動。瞄準貼著磯貝走路的大塊頭背後。電梯開門以後，兩個人一起進去。畫面上，無線電的手被關了一半的門夾住。無線電抱著裝有攝影機的包包進了電梯，兩人緊盯著無線電，像是要刺穿他似的。從歐吉桑異常魄力的眼神立刻可以明白，這傢伙的來頭不小。

過了一會兒，電梯門打開。無線電當先走了出去。往左右兩邊延伸的長廊，沒有人影。無線電把背包向後一翻，飯店走廊在畫面裡轉了一圈。眞高明。背後攝影術呢。

接著，磯貝和歐吉桑也步出電梯。凌厲的眼光追著無線電，但是看到他往走廊的反方向走掉後，似乎就安心了。歐吉桑摟著磯貝的肩膀。打開數來第五扇門的時候，歐吉桑對著磯貝的下巴上面，落下激烈的吻。

愛是盲目的。

我們在窗簾緊閉的廂型車後座足足等了三小時，努力不去想像那個房間裡頭發生的事。

晚上八點多，剛才的大熊歐吉桑把脫下來的領帶塞在上衣口袋，走出電梯門。雖然相距很遠，但是也可以看出他正轉著鑰匙圈和手機，春風滿面地迎風邁步。叮叮噹噹，腳步就像是要起舞一樣。我們把車開到出口旁的空地上等待。

過了一陣子，銀色的豐田 Celsior 從眼前通過。大熊坐在駕駛座，握著方向盤的粗糙大手上戴著粗獷的白金手鐲，銀色光芒拉出一條尾巴。

我靜靜地把得利卡開出去。

Celsior 從下雨的小瀧橋通北上，穿過上落合的廢水處理場旁，由新目白通朝目白駛去。不是什麼值得一提的大事，不過那傢伙的車子就駛進了禮哥家旁邊的高級大樓大門，隨即消失在地下停車場裡。門口周圍不用說又是那些直接從義大利進口、白得發亮的大理石。

我們把得利卡停在大門前面。大門旁有警衛室，警衛人員正在站崗。今天到這裡就已經夠了。

話說回來，還眞是不可思議。不論是好人，還是壞人，爲什麼大家有錢之後都想過同樣的生活呢？

晚上十點，回到磯貝位於南池袋的公寓，呼叫一直在雨中的屋頂上監視的和範。今天到這裡就好，下來吧。五分鐘後，和範出現在綜合大樓的樓梯口，被淋得跟落湯雞一樣。風帽帶子繫得緊緊的黑色橡膠披肩、長靴。雙手提著便利商店塑膠袋，裡頭滿滿裝著小便袋、袋裝零食和礦泉水。脖子上掛著高倍望遠鏡。他一看到我們，就舉起右手，豎起大姆指。公主事件之後，他就愛上這個手勢了。

和範一進到車裡，就有一陣濃濃的異味撲鼻而來。這也是當然的嘛！在大樓屋頂監視超過七十個小時，既沒洗澡，也沒去廁所。無線電也很難得的在話語中洩漏出情感。

「我已經聽說了，你還眞猛啊！」

和範害羞起來，以看似生氣的表情望著玻璃窗外。

「……謝謝……」

我覺得自己好像聽到他那樣回答，不過也可能是我聽錯了。

隔週，我們也開始跟蹤大熊。但頭兩次失敗，因爲我們開頭只顧著找那部車子。其實大熊歐吉桑換了代步工具。私底下他使用較不顯眼的 Celsior ，上班時則改開深藏青色的賓士。像是虎鯨一樣粗的十二氣缸轎車，也是黑道的愛用車。

他的上班地點是在南池袋一棟像骰子似的混凝土外牆三層樓要塞。窗戶上罩了厚厚的百葉窗，入口的不鋼鋼板門至少有五公分厚。建築物角落的遙控式監視攝影機咔啦咔啦不停地轉。黑色看板上用金色的粗毛筆字寫著：

京極會吉松組

一點也不像非營利的義工團體。

我叫無線電用相片列表機把大熊歐吉桑的大頭照列印出來。和前一次磯貝的情形相同，拜託禮哥調查他的來歷。這次非常簡單，隔天就立刻有了答覆，還附了一個A4大小的信封。大熊的名字叫吉松徹，現年五十二歲。想不到竟是吉松組的組長。信封裡裝了好幾年前的新聞剪報影本。他因爲組員的暴力事件被追究雇主責任，照片還被登了出來，這似乎可以派上用場。

雖然還不是證據確鑿，但還是請無線電把這兩週的跟監影片剪成五分鐘的犯罪實錄，再拜託賢治製作影片中的字幕。原稿則由我來寫，把可疑的地方一鼓作氣誇大。

寫謊話這檔子事，還眞是有趣哩。

六月的最後一週，Purple Crew 的作戰進入了下一個階段——拿手的耳語戰法。我們只要隨便找到幾個G少年和R天使小鬼就問：

「聽說梅雨季節結束前崇仔跟京一要一對一決鬥，是眞的嗎？」

不論是哪個陣營，剛開始的兩三個人都說沒聽過。不過，小鬼們臉上都難掩興奮的表情。那天傍晚在街上偶然遇到小鬼時，即使我什麼也沒說，他們反而會過來跟我通風報信。

「誠哥，你知道嗎？我們的首領聽說終於要出手了。說要直接消滅那些傢伙的大頭目耶！」

我假裝大吃一驚。那可眞是太陽通內戰開始以來的大新聞呀。然後，我又偷偷地加了點料——這次也要發揮功力喔。

「是嗎？地點就在 West Gate Park 嗎？」

「眞是這樣嗎？」

「不，我聽到的好像是說在七月十日星期五晚上。弄錯的話就抱歉啦。」

說謊話這檔子事，也還眞有趣。

七月剛開始，G少年的國王崇仔就打電話給我。背景音樂是街頭雜音和FM廣播，看來崇仔在白天還是不停移動著。

「阿誠嗎？是你在放一些奇怪的消息吧？」

「喔～已經傳到你那裡啦？」

「我跟京一的決鬥嗎？」

「對。」

「因爲是你，所以我想可能另有目的？」

「當然。爲了和平。」

「有成功的可能嗎？」

「一半一半吧。不過，總比什麼事都不做，只是一味乾等夏天來得強吧？天氣一熱，小鬼腦袋裡的保險絲很快就燒斷了唷！不知道會出現多少死人。」

崇仔低笑道：

「說的也是。就算你的計劃失敗了，也不過就跟京一決鬥而已。」

我也取笑他：

「你確定有勝算嗎？」

「當然。因爲我跟阿誠不一樣啊！不但有贏的準備，也有輸的準備。」

PHS掛斷。崇仔和平時不同，他是認眞的。我有種不好的預感。

那陣子，我完全恢復到過去的平凡生活。在西一番街我家的水果行看店，或是修改已經剪好的錄影帶。我看店的時候，明日香幾乎每天都上門，她還是穿著完全看不出有身孕的細肩帶洋裝和繫繩小褲褲。老實說，明日香那種過於露骨的性感，我實在無福消受。

別人的事就可以這樣拚命，爲什麼一遇到自己的事就完全沒輒呢？七月以後，我已經有了當爸爸的覺悟。沒辦法，這次內戰結束後，就從街頭人生退隱吧。像那些十幾歲就生了小孩、過著正經生活的「前」不良少年老爸那樣。雖然我從不覺得自己是什麼前不良少年啦。

在太陽通的巷子裡發現了賣仿冒品的小攤販——鱷魚牌夾克外套一件一千九百圓日幣。鮮艷的紫色吸引住我的目光，正好配 Purple Crew 。我向說得一口蹩腳日語的女生問道，五件賣多少啊？嗯～八千五。我的想法因此又改變了。我請她再加一件。你運氣很好喔，紫色在中國是代表幸運的顏色。她逢迎地笑。

最後以六件一萬圓成交。

即使如此，在街上閒逛時還是經常會感到有人在看我，雖然是不具威脅性的感覺。是我的 Fans 嗎？應該不會有人追得那麼熱心吧。不過遇到那種情況時，我依舊會選擇人多的路回家。因爲內戰的重頭戲就快來到，現在不是受傷臥床的時候。

七月的第一週不知不覺就結束了。第二週的週末是G少年和R天使的決戰，可以感到街頭空氣漸漸熾熱起來。路上到處都開始在打賭，賭盤賠率六比四，崇仔占優勢。崇仔閃電般的直拳和京一袋鼠般的舞蹈。在近處親眼看過的我，也說不準哪邊比較強。

悶熱的星期二深夜，在房間聽CD時，禮哥撥電話給我。

「阿誠，總覺得街頭的氣氛不大對勁，你有聽到什麼傳聞嗎？」

「是少年課的人跟你說的嗎？」

「不是，是我自己的感覺。」

不愧禮哥，可不是只會喝酒、或擺擺樣子而已喔。我說沒聽到什麼怪事，就掛了電話。若以署長的立場，那肯定會想盡辦法阻止星期五的決戰吧？不過，事態早非警察所能控制。

最後的機會可不能讓標榜安全第一的他們給破壞了。

禮哥之後，PHS又響了。

「喂？我京一。」

久違的聲音。崇仔的冷酷和京一的甜美。兩個實際人物雖有某種相似感，不過聲音卻是南轅北轍。

「怎麼了？」

「有事想拜託你。」

「什麼？」

「星期五晚上的事你應該聽過了吧？我也有點受不了了，和崇仔直接對決了事也不錯。所以，我想請你當見證人。你既不是G少年的成員，也不站在他們那邊吧？」

「對。」

「那麼，你願意見證到最後嗎？」

「嗯，我知道了。」

「那麼……星期五晚上九點，West Gate Park 見。」

京一好像想要說什麼，但是自己先掛了電話。我也有話想要跟他說。當見證人正合我意，不過我是為了阻止你和崇仔決鬥才答應的。

除了死亡和暴力以外，一定還有其他的路！我想跟京一這麼說。

星期五早上濃雲密布，天空很低。要是在池袋街頭散步時，就像快跟頭頂撞在一起一樣。聽說黃昏到晚上的降雨率是百分之五十。從上午開始，「無可救藥的少年仔＋1」就在我的房間集合。大家反覆欣賞磯貝和京極會的錄影帶片段，確認晚上的程序。之後，無線電和賢治調整器材，小俊在畫畫，和範只是發呆。

我把仿冒的紫色鱷魚牌夾克發給大家，每個人都很高興。穿上相同款式的夾克外套後，就像是《西城故事》一樣呢——雖然沒有那麼帥啦。

中午過後，我們正準備去附近的拉麵店吃飯，才出門就看見明日香從火車站那頭走了過來。眞麻煩！我叫大家先去。明日香一看到我的臉，就拉開嗓門說道：

「誠誠，你不會去今晚的決鬥吧？學校和路上到處都在談論這件事唷。」

「不好意思，我一定要去。」

「你又要插手 Civil War 了嗎？只不過看不慣襯衫顏色就打人，那種傢伙根本是人渣嘛。」

明日香說得沒錯。

「我知道。但是，今晚不去不行。」

我沒跟她說我是崇仔和京一兩人世紀對決的裁判，而且還是這次公演的始作俑者。拳擊經紀人唐・金（Don King）兼職業摔角手吉村道明。（這個比喻有點落伍了嗎？）

我和明日香站在西一番街上說話時，有個小鬼突然從大樓陰影裡冒出來。我之前沒見過那傢伙。明日香一看到他的臉，表情立刻變了。

小鬼穿著露出胸膛的白襯衫，黑色的大直筒褲，赤腳套了雙黑色的 Gucci 懶人鞋，曬得黑亮的胸膛上掛了一條粗粗的蒂芬妮銀項鍊。有點纖弱的時髦美少年。他戰戰兢兢地說道：

「那個，你是誠哥吧？」

我點點頭沒說話，明日香搶著說道：

「好啦，你走開啦。」

兇巴巴的聲音。少年看著地面，好像有什麼事情。我說：

「你有什麼事？」

「誠哥，你和明日香在交往嗎？我叫杉村義人，和她唸同一間高中，春天以前曾經交往過。然後，五月的時候明日香要我出錢……」

少年說到一半，明日香就尖叫道：

「囉嗦！閉嘴！義人，你走開啦。」

我完全搞不清楚狀況，我對少年說道：

「你說下去。」

「她跟我說都是我害的，要我出錢給她墮胎。」

我看著明日香。她一副氣嘟嘟的樣子。

「你出了嗎？」

「嗯，明日香到處用這一招，不過不是壞人。所以，請你原諒她。」

明日香嘆了一口氣道：

「全給你毀了啦。」

「我聽了誠哥的傳聞，就想如果明日香又騙人的話，不知道會被誠哥怎麼修理。」

我不禁失笑。原來是他在跟蹤我。爲了保護明日香嗎？

「常常跟在我後面的就是你嗎？」

「對不起。但是，請你原諒明日香。」

「你啊，就算被明日香騙了錢，還是一樣喜歡她嗎？」

少年畏畏縮縮地點頭。

「等一下啦，誠誠。人家根本就沒有想過要騙你的錢喔。那是義人自己亂想的啦。」

「那懷孕呢？跟我說實話。不然的話，我一輩子都沒辦法再相信妳了。」

大家陷入沉默。我注視著明日香。我覺得應該不算嚴厲的眼光，但不知明日香覺得如何。過了一會兒，明日香說：

「現在沒有啦！不過，以後還是可以有嘛。如果人家不這樣說，誠誠就會被那個歐巴桑搶走啊。人家不是存心要騙誠誠的，是眞的喔。」

「我知道了。謝謝妳跟我坦白。不過，給我一點時間想想我們以後的事。」

明日香和少年嘰嘰咕咕地不知道在講些什麼，我丟下他們兩人到拉麵店去。陰霾的天空像是觸手可及，如果我也可以像京一跳得那麼高就好了。忽然好想吹口哨，吹哪首曲子好呢？還是〈Angel〉吧。這次放任自己去想和加奈共度的第一個晚上。

我在拉麵店請 Purple Crew 成員吃中飯。因爲，幸福要和大家共同分享。

從拉麵店回來的路上，我一個人到西口公園。午飯時間的公園裡，附近的粉領族和學生在長椅上吃午餐，好不熱鬧。可是，地上到處都可以看到紅色和藍色的塗鴉。今天晚上，這個廣場上會聚集多少的少男少女呢？而我是否有調解他們的能力？心裡突然一陣不安。

我取出 PHS，按下好久沒按的快速撥號鍵。

「喂，是我。」

加奈吸了一口氣，停了一下。

「誠同學，你好嗎？」

音調提高的聲音：

「嗯，從來沒這麼好過。」

「怎麼突然打來？不可能是想要聽聽我的聲音吧？」

「一半是這樣。另外，想要報一個獨家給妳。」

「是今晚決鬥的事？」

「對。」

「聽說這次的見證人是你？」

「對。我今晚決定要拉下太陽通內戰的幕。所以，如果你不想錯過最後一則新聞，今晚待在我旁邊就好了。我們下午六點過後會在西口公園，加奈也一起來吧。」

「知道了，我會去。」

「還有……」

「還有什麼？」

「明日香的事情解決了。懷孕是騙人的。」

「是嗎……當不成爸爸還眞可惜呢。」

好冷的笑話。可是，加奈和我同時笑了出來，畏首畏尾的怯笑。加奈說道：

「我本來就想跟你聯絡。我有一個朋友是街頭流行雜誌的編輯，他問我有沒有認識對街頭情況很熟悉的寫手。誠同學，怎麼樣？要不要試試看？如果是你，一定寫得出來。更何況，你不愁沒題材，對吧？如果你有意思的話，我可以馬上幫你介紹唷。」

我跟她說我會考慮看看。最後，她又再慫恿我一下。

「我覺得誠同學你現在這樣很可惜。你自己也說過，如果可以找到眞正想做的事就好了。或許這次會是一個契機，試試看嗎？」

掛斷 PHS 之後，抬頭看著覆蓋西口商業區的陰暗天空。底下像是墨水流過一樣漆黑，上頭是被微弱太陽照得矇亮的雨雲，這些巨大的泡芙一個連著一個淹沒了池袋天空。

回家路上，頭上頂著雨雲，雙手插在口袋，一個人邊走邊笑。也不知道是什麼理由，但是，有時就是會想邊走邊笑。

那天下午，無可救藥的少年們各隨喜好打發時間。我戴著耳機聽巴哈的〈馬太受難曲〉，爲了勝負關鍵的決鬥把心靈淨空。無線電依然在調整器材，賢治在玩我的麥金塔，小俊在看漫畫，和範透過電視談話性八卦節目觀察這個世界。大家都默默做著自己的事，我並不討厭這種氣氛。

下午五點半，我到後頭的停車場開車，把小卡車停在水果店前面。我們把器材搬進車裡，五個人上了車，朝步行不到幾分鐘的西口公園前進。

世紀對決的大日子。天空雖然陰暗，但截至傍晚爲止總算還沒下雨。

西口公園的圓形廣場上，小鬼們慢慢開始聚集。我們把小卡車停在公園旁邊的小徑，卸下器材，再把車子開到附近的收費停車場。

快六點的時候，天空在夕陽的映照下變成了玫瑰色。潮濕的空氣、綠油油的樹木，還有聳立在公園周圍的大樓也變成了粉紅色。我們把器材架設在圓形廣場的中央。測量距離、調整焦距、確認電池電力，應該沒問題吧。五個人就圍在器材旁等待。

下午六點，加奈扛著攝影機走過來，穿著第一次見面時的灰色混紡長袖圓領運動衫和褪色牛仔褲。我靜靜地將最後一件夾克遞給她。

「穿上這個。這是我們的代表色。今晚要混合對立的紅藍兩色，把所有小鬼都變成紫色。爲了防止萬一，拜託加奈把一切記錄下來。」

「我知道了。」

加奈也穿上仿冒的鱷魚牌。這麼一來，Purple Crew 就準備完畢了。

下午八點，池袋的夜晚來臨，西口公園周圍大樓的霓虹燈亮起。G少年和R天使的成員陸續抵達。人數已經超過一百了吧？但沒辦法算出實際上有多少集團。雖然小鬼們不斷用眼神在向對方示威，但是沒有傻瓜會在世紀決戰開始前出手。

晚上八點五十五分，R天使的首領尾崎京一率先從東武百貨出口現身。依舊是黑色牛仔褲配仿麂皮背心，赤腳套著涼鞋。圍在四周的親衛隊裡我發現磯貝的身影，太好了！京一看到我時輕輕地點點頭。附近已經擠滿了小鬼。大略估計天使有一百五十人，G少年將近兩百人。就像是不良少年少女的運動大會一樣。

公園旁的路上停了一輛沒有窗戶的大巴士，車身上有東京電視台的標誌。年輕男子從車子裡下來，開始在路邊架設轉播器材。糟了，我們的計畫裡頭可沒包括電視。沒辦法，只能依原定計畫進行。如果有必要，再拜託幾個集團的朋友去阻止攝影機進來吧。走一步算一步囉。

晚上九點整，G少年的國王安藤崇在三層貼身保鑣的護衛下，從東京藝術劇場的方向出現。可以看見高大的雙塔一號、二號在空中凸起的頭。崇仔也從遠處向我點點頭，好像笑了一下。他身穿貼身彈性的黑色西裝，足蹬 FILA 的黑色運動鞋。

在這座直徑近百米的石板圓形廣場，京一和崇仔在中央面對面站立，兩人相距五米。而我站在他們兩人的中間。圓心周圍是直徑十米左右的圓環，滿滿擠著小鬼們的臉圍繞著兩人。摩肩擦踵，層層不斷的人潮。小鬼們的興奮就好像要把附近濕潤的空氣煮沸，危險到只要誰一點火，立時就會引起暴動一般。近四百個小鬼們屏息注視著我們——熾人的視線和對暴力的渴望。

我緩緩環顧四周。在小鬼的外側可以開始看見零星的制服警察。公園外面是各家電視台的SNG車，偶爾會射出刺眼光線，直通夜空。

來吧，不開始不行了。這是我一手策劃的劇本呢。

正想按下連到擴音器的麥克風開關時，我的 PHS 忽然響起。誰會在這種時候打來呢？我不急不徐地說道：

「喂？」

「阿誠嗎？是我。西口公園究竟是怎麼搞的？」

是禮哥。火燒屁股的聲音。

「小鬼們想要談判解決問題。你叫警察別管了。」

「不行。十點鐘開始的新聞節目就等你們的頭條。上頭對我們施加強大壓力。暑假當前，絕對不能讓少年暴動事件在電視上實況轉播。鎮暴警察也已經趕往池袋，這回可不是當做小孩鬧著玩就可以解決的了。」

「禮哥，不！橫山禮一郎警視正。我們還沒有做出任何違法的事情。我保證一定在十點以前解決，給點時間吧。你不是也說過，用嚴刑峻罰來取締的話，問題是無法解決的嗎？如果現在硬要介入，內戰的火是無法平息的。讓小鬼們用他們遲鈍的腦袋去思考吧。讓他們自己去解決問題吧！」

我幾乎要發出哀號。可是也不能就此抽手不管。京一和崇仔兩人像夜裡的樹木般若無其事，其他小鬼則用一副不可思議的表情看著我——那個白癡，怎麼在這種時候講個不停？池袋警察署署長說道：

「我也有做得到跟做不到的事。」

「這我當然知道。所以，我只是請你先等我一個小時。」

「辦不到。」

「你自己說過的話跟給上司的印象，哪個比較重要？真的那麼想發達？不是說想參與現場的工作嗎？現在，禮哥來下令警方停止進攻就是最好的現場工作啊。拜託你啦。」

「該死！阿誠，我如果被調到北海道的話，你可得每年帶著波本威士忌來看我喔。只給你三十分鐘。」

「五十分！」

「不行，四十分。」

「好啦，再貴的波本威士忌我都給你帶去。禮哥，多謝了。」

我掛斷 PHS，然後按下麥克風電源。倒數計時四十分，我絕對不讓我們的街頭變成什麼電視頭條。我一定要保護這些笨蛋小鬼，不讓躺著看電視的那群人的好奇心得逞。

那些練習過的講稿，這時已經不知道飛到哪去了。

「事情交代完了嗎？」

崇仔笑道。我點點頭。

「那可以開始了嗎？」

「好吧。不過……」

我把擴音器的麥克風拿到嘴邊。

「在這場決鬥以前，我有話想跟 G 少年和紅天使說。只要給我五分鐘。之後你們想怎樣都行。」

我對無線電彈了彈右手手指。小俊跟和範把一百五十吋的投影機螢幕在廣場中央展開，在夜裡的公園射出耀眼的白。我說道：

「這是你們非看不可的影像。站在螢幕背後的人請繞到對面來。」

我把擴音器的音量轉到最大，聲音像要破裂一樣。小鬼們一個接一個地移動。無線電按下液晶投影機的電源，賢治用連到投影機的V8拍攝站在京一旁邊的磯貝。最新型的夏普液晶畫面，亮度四千流明。從單眼鏡頭溢出的光芒，在大螢幕上變成了磯貝的平頭。浮在池袋夜空的巨大臉孔。那傢伙的表情逐漸改變，從困惑到不安，從忿怒到恐懼。

「這位仁兄是紅天使的副首領磯貝。各位應該都認識吧？」

再對無線電打了個手勢。螢幕立刻從現場影像切換成事先準備的錄影帶片段——少年感化院的記錄。光頭磯貝的大頭照，旁邊寫著他的本名。

「可是，不知道爲什麼磯貝還有另一個名字。對吧，內海繁幸？」

我一用擴音器叫他，便可以感到那傢伙膽怯了起來，賢治應該也錄下那個表情了。錄影帶繼續播放。世紀凱悅飯店的下雨傍晚，和大熊歐吉桑的幽會。看到在飯店走廊接吻的磯貝，四周的小鬼們發出一陣吸氣聲。

「我並不是要質疑磯貝的性向。但是，如果這個歐吉桑是某人，那事情就不一樣了。」

閃閃發亮的螢幕上出現吉松的新聞剪報特寫。

「這個歐吉桑是京極會吉松組的組長。他們在紅天使擴張勢力的幕後，一步一步地在池袋擴張地盤。天使突然擴大是從誰加入以後才開始的？是誰自願擔任和京極會的聯絡人？我聽說被殺死的渡邊在當了磯貝的大掌櫃之後，手頭突然變得闊綽起來。那麼，把那些錢從某處拿來的人究竟是誰？爲什麼讓二十來歲的小鬼掌管那麼多錢？還有，把盜用那筆錢的傢伙凌虐至死，再裝成G少年所爲丟在公園裡的究竟是誰？」

最後一句沒有直接證據。要在兩週內找出殺人證據也不太可能，對方畢竟是職業級的。可是，似乎和事實相距不遠。磯貝這時臉色發白了。

「大家可別忘了，用假名字和假人生欺騙自己夥伴的，究竟是來自哪裡的哪個傢伙？你們可以相信那種人嗎？」

四百個小鬼屏息凝氣，可以明顯感受到他們的迷惑。我等自己剛才的話滲透到每一個角落之後，對無線電比了最後一個手勢。電視新聞播放過的鏡頭：公園的藍色海洋和紅色屍體、巷子裡燒得只剩殘骸的車子、不知哪個小鬼在人行道漾開的血泊、連同哭泣聲一齊推走的擔架床。

「煽動你們抗爭，然後漁翁得利的是誰？打架和爭吵並不是什麼大不了的事。可是，如果是被別人擺佈的話，你們嚥得下這口氣嗎？是爲了讓誰賺錢，害去年爲止還一起玩的好友現在卻相互鬥毆、砍殺、放火？」

我環視附近小鬼的臉孔，隔了一會兒才又接著說道：

「你們在刺傷自己的朋友時，是什麼感覺？」

我看著崇仔，他也瞇起眼睛看著我。京一默不作聲地瞪著磯貝，臉上沒有任何表情。周圍是在炙熱黑暗裡鴉雀無聲的小鬼們。但是，這只是我的感覺而已。在加奈如洪水般的鹵素燈照射下，我的眼睛看不見另一頭的夜。壓抑聲音繼續說道：

「我們大家都很軟弱，所以才會說謊。我們大家都很膽小，所以才要武裝。我們大家都是笨蛋，所以才會互相傷害。但是，我們可以原諒彼此。就算有人撒了彌天大謊，也一定可以原諒他。」

最後一句話我面對著加奈說出，我直直凝視著鏡頭。我的眼裡可能噙著淚水。接著我看見加奈的淚水自壓在觀景窗的右眼流下。

「只讓我一個人說，可能並不客觀。就給磯貝一個辯護的機會吧。」

賢治又要給他一個臉部特寫。這時，磯貝犯下一個致命的錯誤——那傢伙不為自己辯駁，反而用手拍落賢治猛撲過來的V8。這個大白癡！如果冷靜地反駁，像我們那種漏洞百出的影片，隨隨便便都可以搪塞藉口。莫非，我們眞有那麼一點眞實的力量？

京一揮了揮手，親衛隊便把發狂的磯貝壓倒在石板地上。磯貝的臉被壓在紅天使的塗鴉上，賢治立刻換上備用V8。磯貝口裡罵著誰也聽不懂的話，螢幕上出現被同夥壓在地上的磯貝特寫。看著他淌著唾沫的臉孔，原來醉心決鬥的小鬼們也失去了熱情。

接下來的瞬間，京一出其不意地一躍而起，黑色牛仔褲的膝蓋幾乎快到同眼睛高度的跳躍，他在磯貝身上降落，落在被三人壓在地上的磯貝膝蓋背面。咔啦咔啦，柔軟的東西和堅硬的東西被同時切斷的聲音。京一臉上找不到任何稱之為感情的東西。接著，就直接在磯貝的身體上起舞。在雜亂的舞步之後，他的臉上又找回一絲淺淺的微笑。

「別跳了，京一！你的舞蹈不是為了毀滅這個傢伙而存在的。」

我一說完，天使成員裡響起此起彼落的附和叫喊，其中也有女生的尖叫。這小子的仰慕者還眞多！對我的制止還一副酷樣的京一，在聽到紛至沓來的小鬼叫聲後，臉上又恢復了原來的表情。最後，一扭腳再向下一踩，京一就從磯貝背上躍下，雙手抱胸，直視著我和崇仔。點點頭。我那時首次確信停戰正式生效了。

「好了，已經夠了吧？每個人回家自己好好去想想！我們的 Civil War 究竟有沒有正當理由？」

我說完，正準備關掉麥克風，一聲尖叫在此時突然爆出來：

「不行！還不夠！」

喊叫聲之後，一個小學生模樣的小女孩出現在小鬼群裡。是薰。池袋醫院休息室之後就再沒看過她。她穿著和那天相同的紅色背心跟牛仔褲，娃娃般的頭上今晚綁著紅色印花大手帕，對薰來說似乎大了點，打結後面多出來的布像領巾一樣在夜風中飛揚。

「我知道是那個人不對。可是，天使也被打得很慘呀。跟我哥哥一樣的人，天使裡有一大堆。我絕對不會原諒他們的——」

最後一句話夾著悲鳴，聽得不是很清楚。薰將手伸進背心裡頭，再伸出來的時候手上拿著刀子。刀刃全長二十公分的戰鬥用刀，薰拿起來就像武士刀一樣。爲了在夜晚肉搏戰時不會反射光線，全部用鐵氟龍加工過的全黑野戰刀，殺人用的工具。中央刻了一道細細的血溝。只有刀尖一釐米處，雙刃的輪廓在夜裡發光。

薰一邊慘叫，一邊衝向崇仔。速度並不快，如果是平常的崇仔，應該可以先吃個飯、喝杯茶，然後輕鬆閃過。但是，崇仔看看薰，再看看我，和平常一樣默默向我點了點頭，然後他朝薰展開雙臂，像是要抱住奔跑過來的妹妹一樣。

「不要！」

有人大叫。過了一會兒，我才發現那是我自己的聲音。

崇仔的身體和薰小小的身體合爲一體，空氣黏膩的沉重。四百個小鬼全沉默下來。崇仔輕輕拍著薰的背，像是在誇獎她做得很好。薰開始放聲大哭，癱坐在地上。崇仔的左大腿根部長出一把黑色的刀。

「誰去叫救護車！」

我大叫，奔向崇仔。那傢伙的左腿血流如柱，還強作歡笑地對我說道：

「意識愈來愈模糊了。時間不多，快把麥克風拿來。」

我把擴音器的麥克風遞給他。不要硬撐！我又說了多餘的話。崇仔的聲音透過喇叭傳出，完全聽不出痛苦的冷酷聲音。

「就像這個小不點說的一樣，我覺得G少年的確做得有點過火。京一，還有紅天使的各位，對不起。雖然算不了什麼，但是能否用我的這點血來補償大家呢？我已經不想再看到無聊的戰爭了。」

於是，崇仔抬高聲量。隨著聲音，刀傷的部位噴出血來，將石板染上鮮艷的顏色。

「我在此命令所有G少年，立刻放下手裡的武器。Civil War從今晚起停戰。」

只說到這裡，崇仔就當場倒下，頹倒著把麥克風指向京一。我把崇仔遞給我的麥克風轉交給京一，京一握住麥克風。

「磯貝的事情我們會負起責任調查。我也支持剛才的停戰提案。紅天使的成員聽著，把手裡的刀子丟掉！」

過一會兒沒有任何動靜，我還以爲一定不成了。

剛開始，那個聲音就像是傍晚雷陣雨，刀子滴滴答答地落在公園的石板路。聲音後來漸漸變大，最後變成了刀子扔落地面的豪雨。在我聽來，那是比任何音樂都更加甜美的聲音。

就像是被海浪捲走的沙丘，小鬼們的影子一點一點地從 West Gate Park 消失，各集團從出口離去的紅、藍背影。在和禮哥約定的五分鐘前，公園裡只剩下我們紫組，這裡變回和過去一樣的夜晚了。

救護車開走的時候，躺在擔架床上的崇仔抓住我的手，手臂蒼白，但是仍然握力強勁。一副向上看的空洞眼神。

「如果……我不行的話，阿誠……你……就當Ｇ少年的……首領！不要……跟我嫌……麻煩，拜託你了。」

我只能點頭。崇仔的遺言後來變成了我們之間的小笑話，不過還好沒事。崇仔輸了別人三公升的血後，堅強地活了下來。聽說刀子雖然傷了大腿內側的大動脈，但是沒有切斷。眞是個狗運亨通的傢伙啊。

多虧這樣，我才不用當什麼代理ＧＫ。我還是不太適合當國王。

因爲國王不是都沒穿衣服的嗎？而且還孤伶伶的。就連家臣都不能算是好兄弟呢。

所以，在電視機前面守著「夜線新聞」的各位，眞是抱歉啦。反覆播放的不是現場轉播，而是黑暗裡下著刀雨的模糊長鏡頭。我自己後來也看了，眞是毫無半點緊張感的畫面啊。就像是不冰不熱的可樂一樣。

但是，聽隔天的池袋警察署記者會說，回收的刀子大約有三百把。兩個大型合成樹脂水桶裡滿滿裝著戰鬥刀、獵刀、露營刀、救生刀、萬用刀、固定刀、折疊刀……（刀子可不是只有蝴蝶刀哩！）淹沒記者會現場地板的各種刀子。但是，那種東西也只不過是道具而已吧？

等所有人都靜靜離開公園之後，警察和鎭暴警察才開始撿拾道具。加奈的攝影機從遠處拍攝在西口公園回收遺失物品的公務人員。

Purple Crew 比他們早一步撤退了。我到現在還找不到適當的詞彙來表達，我有多以我們組員爲傲。

唯一遺憾的是，薰被警察帶走了。薰還只有十二歲，殺人未遂並不會被追究刑事責任。可是，還是要接受調查，也得面對少年法庭的審判和保護處分。

崇仔在池袋醫院的床上幫加奈寫請求救濟的請願書。這樣寫可以嗎？他有點不好意思的拿給我看。那傢伙平常根本不寫文章，請願書當然不會好到哪裡去，就連格式都很奇怪，遣詞用字七零八落。不過，還眞是一篇好文章呢。我就像個傻瓜一樣，一面看著，一面忍著淚。

所以，我寫下崇仔和薰的故事，替換上假名，給加奈介紹的街頭雜誌。加奈幫我的專欄起了個名字叫〈Talk Of Town：街頭巷語〉。想不到我的專欄風評還不差。可能是因爲內容與眾不同吧？決定開始連載。所以，我現在每天都精疲力竭地在房間裡把文字輸進麥金塔，每個月的截稿日就像箭一樣飛快來到。我以前好像跟你們說過閱讀鉛字很痛苦。但是啊，寫文字卻比它苦上千萬倍。腦筋因此變得虛弱無力，必須用我所知道的極少數字彙，努力地掰過去。

但是，也不能就此放棄。一方面是因爲我也漸漸開始感到有趣，另一方面是嘗試了以後才知道，原來也有一些東西是唯有我才能寫得出來。

某天，我去池袋醫院探病。崇仔的病房在薰的哥哥隔壁，兩個人聽說交情已經蠻要好的。我們打屁的時候，他突然用左手抓住在床附近飛舞的小甲蟲。轉過頭來看著我，一副「如何啊？」的表情。志得意滿的國王。原本像是地平線閃電一樣的直拳，現在變得跟F1賽車一樣慢。

「現在用的是全速嗎？我還以爲那隻蟲要在崇仔的手裡產卵了耶。」

崇仔咧嘴一笑。

「不，我這個速度就綽綽有餘了。比拳頭速度的時代已經結束。而且對那些遲鈍的傢伙而言，我因此變得比較親切了。」

他一說完，輕輕地張開拳頭，夾在手指間的綠色小甲蟲輕飄飄地飛向窗外。崇仔就像先前那個晚上一樣默默跟我點了點頭。

好樣的國王。

就像G少年跟紅天使開始在抗爭時一樣，連結束也是迅雷不及掩耳。但是，警方也沒有就此鬆懈，磯貝和京極會的小弟因爲東池袋公園的殺人案被逮捕。聽說警方挨家挨戶地查訪全東京的油漆行，找出大量採購藍色油漆的傢伙。我在這之前，已向禮哥報告了磯貝的事。新署長曾問我要不要感謝狀，但是被我回絕了。後來，我在週刊雜誌上的犯人照片裡，發現一張熟悉的臉——那個在半夜停車場死命踹我尾椎骨的小子。

目前，兩個集團的集會都改在相同地點一齊舉行，主席聽說是輪流擔任。至於京一，好像已經脫離了天使。

七月中旬，梅雨暫歇的時候，京一突然出現在我家店裡。他和平常一樣的穿著，肩上掛著一個大行李袋。京一看到我，羞澀地笑了。很棒的笑容。那傢伙如果現在編排新舞，不知道會是一支什麼樣的舞蹈？是否會和我們活人的世界更接近一點呢？我不知道。只知道京一跟西一番街不太搭調。可能是因爲他和我不同，總讓人覺得氣質出眾。他說道：

「我等會兒要去參加一個現代舞團的面試選拔會。我父母在山手線的另一頭留有一棟房子，我決定去住那裡了。我想以後池袋可能只會偶爾來一下了。下次來的時候，如果阿誠還記得我，一起聊聊音樂吧？」

說完，他伸出手。而我緊緊握住，要他好好加油。我絕對想看京一在舞台上。我這麼一說時，他忍不住笑了。京一的笑容很迷人，相信一定會有很多女性仰慕者。

無論怎麼說，他的群眾魅力可是經過池袋認證的。

然後是加奈跟我的事。就算內戰結束、和明日香的問題也解決了，但兩人仍無法再回到原來的樣子。那個魔法般的觸摸和心動不知消失到哪裡去了。不知道爲什麼，雖然一起去約會過好幾次，可是徒然只有快樂的約會和刺激的做愛，對我們來說好像還少了些什麼。等到回神過來的時候，就算兩人在一起，也在想著不同的事情。我們之間是不是因爲面對悽慘現場的壓力以及互相撒下的小謊言才燃燒起來的呢？無論如何，那個不可思議的一個月是我的初戀，這個事實永遠不會改變。

內戰結束第六天，加奈爲了新工作飛去沖繩了。聽說整個夏天都要採訪在美軍基地生活的少年。我到羽田機場送機，加奈在登機口前對我說話——她注視著我。我們視線相連，但是，沒有像內戰那時傳達得那麼深刻了。

「回來以後，要再見面唷。」

我沉默地點點頭。不是說謊，是眞的想再見面。加奈的背影消失在機場人潮裡。而那個時候我在寂寞的同時，也有了一種解放的感覺。我不知道我們的戀曲是否會有第二章。從機場回家的路上，我記得好像曾看到許多廣告看板。可是，我當時在想什麼，卻一點兒也記不得了。

七月十日，停戰集會後第九天的星期日。太平洋高氣壓降臨，漫長的梅雨季節結束，夏天在東京天空出現。

晴朗的天氣。陽光溜溜地滑過乾爽的肌膚，氣溫三十三度。我一個人到西口公園。積雨雲密密麻麻地在池袋高高的夏季天空湧現。東武百貨的半透明玻璃窗上，落後的雲朵呈鋸齒狀通過。向露出肌膚的極限挑戰的大膽女。還沒吃夠苦頭，像孔雀一樣刺探女生心意的泡妞男——一如往常的西口公園夏日午后。

我像是要泡熱水澡似的在長椅坐下，這裡果然是屬於我的地盤啊。手裡拿著加奈的信，緩緩打開後，開始閱讀。

信裡頭是這樣寫的：Purple Crew 的大家好嗎？記得別忘了幫我留一個位子呦！只要阿誠說一聲，我隨時都會飛去你那裡的。

無線電、賢治、小俊、和範、猴子、千秋，大家都以不同方式在這個城市過得很好。而我當然也是如此。如果你失去元氣，沒有心情去學校或公司的話，何不來池袋看看呢？剛開始或許需要一點勇氣，才能鬆開領帶和制服的領子坐在路邊看看吧？但是一旦這樣做的話，一定可以發現你以往沒有注意到的世界。

街頭是一個非常有趣的舞台，也是一所嚴格的學校。我們在那裡爭執、受傷、學習、獲得一點點成長（或許有吧）。街頭物語永遠不會結束。

所以，我也不會說再見。或許哪天在某處再會吧。在那之前，我會爲大家準備一大堆的精彩故事。要是找不到題材的話，就隨便捏造囉。

本人有多會扯謊，相信看到這裡的你一定最了解。是吧？